旅する日本語

——方法としての外地巡礼

［編著］
中川成美・西成彦

［著］
アンドレ・ヘイグ
金東僖
杉浦清文
劉怡臻
呉佩珍
栗山雄佑
謝恵貞
三須祐介

松籟社

旅する日本語——方法としての外地巡礼【目次】

旅する日本語——方法としての外地巡礼

【対談】「旅する日本語」の射程と可能性（中川成美×西成彦）…… 7

【日本と朝鮮】

帝国日本の監視・識別文化——「不逞鮮人」恐怖症——（アンドレ・ヘイグ／追田好章訳）…… 51

植民地体験と翻訳の政治学——『朝鮮詩集』に収録された鄭芝溶の作品を中心に——（金東僖）…… 97

植民者二世と朝鮮――森崎和江の詩におけるダイアローグ、そして共振について――（杉浦清文）…… 123

【日本と台湾、そして沖縄】

植民地台湾の内地人による石川啄木受容（劉怡臻）…… 161

一九三〇年代におけるアイルランド文学の越境と台湾新文学（呉佩珍）…… 193

〈聞き受け〉つつも〈再生〉できない声――目取真俊「マーの見た空」論（栗山雄佑）…… 215

【ボーダーレスの時代】

在日台湾人作家温又柔『空港時光』研究――「内なる外地」と自他表象の連動（謝惠貞）…… ***245***

戦争と「同志」叙事――大島渚『戦場のメリークリスマス』から明毓屛『再見、東京』へ（三須祐介）…… ***277***

コリアン・アメリカン文学と日本語の場所（西成彦）…… ***305***

あとがき 341

編著者・著者紹介 345

旅する日本語——方法としての外地巡礼

【対談】「旅する日本語」の射程と可能性

中川成美×西成彦

中川　『旅する日本語』という論集を編むにあたって、これから西さんと二人でいろいろな考えを話していきたいと思います。僕は日本文学、および比較文学研究、西さんは比較文学と外国語文学研究、特にポーランド・イディッシュ文学の研究者ということで、そこから相互に派生していくような問題を交換しながら、進めて参りましょう。

この企画が出発しましたのは、なんといっても西さんのご著書である『外地巡礼』の刊行が契機です。もちろんそれまでに西さんは、日本語自体が膨張したり縮小したりしながら国境を越え境界を越え、様々なところに侵犯と融合を繰り返しながら文学を生成していく、そういう過程をテーマの一つになさってきているわけです。この「外地巡礼」という考え方には、私もたいへん触発されております。ひとつそういうところから、「外地文学」という問題を考えていきたいのですが、「外地」という言葉自体はまさしく、植民地主義あるいは帝国主義の派生として出てくる言葉ですね。「外地」に対応して「内地」という言葉があって、そのような「境界」、外と内とを分かつものとして出てくるわけです。しかしながら、特に日本の植民地政策のなかで大きな点としてあるのは、日本語統一への強制です。つまり大東亜共栄圏において日本語を共通言語にしていくという目的があって、教育やさまざまな制度のなかに日本語を潜りこませていった。そのなかで、例えば朝鮮半島や台湾という植民地における日本語文学というものの生成があります。さらにもうちょっとさかのぼって考えてみますと、明治期以降の近代化のなかで、いわば国語統一という問題がありました。そのなかで「外側」に追いやられていく地方語、つまり方言ですね、そういう問題があったかと思います。もっともこの統一日本語というものも、実は明治三〇年ごろまで生成を繰り返していて、統一的なものができてくるのには相当な時間があるわけですけれども、しかし当初から、琉球語あるいは北海道のアイヌ語というような言語が外部化される、周縁化されていく、ということがあったかと思います。

それからもう一つ、移民の問題があります。これもまた、西さんがたいへん関心をもって、ブラジルにも何回か行かれて研究されている、ブラジルの移民文学という問題は代表的なものです。それからハワイ、アメリカ西海岸に多くの移民たちが行っていますが、その移民文学というものが、二世・三世の段階で様相を変えていく、つまり日本語に執着して日本語の運用能力を試すかのような作品と、いっぽうで代を重ねるにしたがって、その現地の英語やポルトガル語など運用が易しいほうの言語によって書かれる作品とに分かれていきます。日本を描きながら、言語は非日本語であるという作品ですね。もちろんこのなかにはカズオ・イシグロのような、外国籍をとってしまった作家が純然たる英語によって日本のことを、それも長崎の原爆を描くというような屈折した過程を経る文学があり、それがノーベル賞をとるという現在の世界文学状況があります。

それから、やはり戦争という問題があると思います。西さんのお仕事の中でやはり大きい比重を占めることに、ユダヤ・ホロコースト関係のものがあるわけですが、戦争という究極の状況の中で、一民族・一言語が圧迫的にその外側にいる民族を虐殺して、その言語や文化そのものすら奪おうとする。非常に残酷な、人間性の実験のようなことをどのように捉えるかという観点が西さんのお仕事にはあるように思えます。戦争というのは、国土の侵略と占領を繰り返すので、常に境界が動いていくわけですね。第一次大戦、第二次大戦の総力戦のなかで、すさまじいまでの国境移動が行われる。そうすれば、いちばん最初に申し上げた、植民地主義、帝国主義下における世界の版図の引き直し、そういったものも考えなければならないわけです。そのことによって国すらも失ってしまったポーランドや、民族抹殺の危機に陥ったユダヤ民族問題が、西さんの研究に据えられているのは良く了解されます。

それから「翻訳」ということですね。日本語で書いてはいないけれども日本のことを書いている、そういうものをどのように、日本文学あるいは国民文学とも言い換えてもいいかと思いますが、そういう枠付けのなかで考えていくか、あるいは日本語で書かれているものの、まったく日本のことを題材としない作品をその対象とする国や民族、風土との関連の中で、どのように位置づけていくかということについても西さんのお考えをお聞きしたいと思います。

それからもうひとつが、性、ジェンダーという問題になるかと思います。国境を横断していく女性の身体が、いわば一種の、実験的ともいえる存在の問い直しを繰り返していくわけです。それは例えば、西さんがフェイスブックの「複数の胸騒ぎ」に書かれて、『立命館言語文化研究』第三三巻一号に「「多言語都市・上海」を思う・続」に再掲されている池田みち子論の部分にもあるように、「流浪する女たち」とでも名づけるべき女性身体のことですが、「置き去りにされる女たち」と言い換えてもいいでしょう。これは西さんの鷗外『舞姫』論のなかでも問題化されていました。つまり女性身体の問題のことをお書きになっているわけで、性、ジェンダーの問題が非常に大きな問題として出てくると思います。

つまり、日本語というものが移動し、旅することによって、ある種の多文化・他領域を変質させたり隠蔽したり、あるいは変革を繰り返していったわけです。そういうところに実は日本語文学の面白さはあるのであって、日本語で書かれたものだけが日本語文学であるということに対する、根底的な疑義というものが提出されています。これについてはもちろん、これまでも言われてきていることですけれども、しかしながらこのことについて意識的に問題として提唱していく、非常に明確なご意思が西さんにはあったように思うのですが、それらについての考えを今日はうかがいたいと思います。

＊『外地巡礼』まで

西　はい。多くの論点を出していただきました。すべてを受けとめられるかどうか心もとないんですが、私自身のここ二〇年の文学研究を支えてきたのはやはり、立命館大学に来てから、それこそ境界を越えて非常に貪欲に、内外の先鋭的な思想や議論、またじっくりと作品テクストに触れた上で、総合的に人文学を立ち上げようとされている多くの方々に出会ったということがとても大きなこととしてありました。そうした空気を産み出しておられたのは西川長夫先生でしたし、それから中川さん。

一九九七年の四月に赴任して、たまたま研究棟の前を歩いていたら、僕が仲間と一緒に一九九四年に出した『モダニズム研究』（思潮社）という分厚い本を小わきにかかえている方が研究棟の前を横切られて、誰だろうと思ったらそれが中川さんでして（笑）。

また、そのあと京都界隈では、京大のグループが中心になっていたファシズム研究会を介して細見和之さんや崎山政毅さんらとも知り合って、「サバルタン」とか「他者性」とかそういったタームに親しみ、リゴベルタ・メンチュウや金時鐘《キムシジョン》を熟読するような機会にも恵まれ、さらにビョン・ヨンジュ監督の「ナヌムの家」の上映企画に参加させてもらったのも、そのころでした。

それまで自分はポーランド文学を核とする比較文学者だと、仮にモダニズムの文学の研究会に入れていただくとしても、ポーランドを担当することが自分にあてがわれた役割だと思っていたんですね。しかし、京都に来てからは、そうした自己認識というか、使命感というか、気負いはたちどころに消え失せました。それこそ「元ポーランド文学研究者」と紹介されることもあったりして（笑）。

ただ、それには助走期間があったことも確かです。『文藝別冊：越境する世界文学』という本が河出書房新社から一九九二年に出るんですね。そこで最初は、「ゴンブローヴィチやコンラッドについて書いてください」という依頼だったんです。コンラッドについてという注文ははじめてだったので、それは光栄だったんですが、そのとき「日本のことはだれか書くんですか」って編集者の樋口良澄さん（現在、関東学院大学客員教授）に訊いたんですね。そうしたら「川村湊さんがポストコロニアル的な観点から何かお書きになるとは聞いてますけど」という話だった。そうか、川村さんだったら満州の日本文学とかの話になるだろうな、と想像して、「じゃあ宮沢賢治のこと書いていい？」って言ったらそれが通った。それ以降僕は宮沢賢治に手を延ばすことになるんですけれども。

そんなこんなで、一九九七年の段階では、自分のなかでも機は熟してきていたんだなと今となっては思います。要するに、中川さんをはじめ他領域の人たちともっと交流しながら、自分はポーランド文学者だとか、日本文学者だとかというような、国名や言語名が頭につかないような「比較文学者」になりたい、という気持ちを強く持ち始めていたんですね。

そのころ、とてもだいじだと思ったことがあります。学者が学歴を積んで、要するに修士や博士の学位をとって、仮に文学を研究してそれを職業にするとした場合でも、文学が描いている人物は、必ずしもそういう学歴の高いインテリ層とは限らない。あるいは、ヨーロッパ人が書いている文学だからといって、その文学が扱っているのはヨーロッパ人とは限らない。「サバルタン・スタディーズ」というのは、そういう認識を可視化した上での人文科学研究の洗い出しですよね。

研究者は自分のあり方に自負を持てば持つだけ、そこにひそむ権力性を見ないようになってしまう。そこがまさに問題なんであって、むしろその自分にとって見えないものは何なのか、見えないものをそれでも研究の対象にしているのはどういうことなのか、それが「サバルタン・スタディーズ」という、ある種のアポリアに立ち向かおうとしたインテリの誠実な姿だったと思うんですね。

そして、あるときハッと思ったわけです。僕は『バイリンガルな夢と憂鬱』（人文書院、二〇一四）という本を出して、そこで旗幟を鮮明にしたつもりですが——「西さん、外国語いくつできるの？」と人からよく聞かれますが、そういうときは、適当にぼやかしたり、サバを読んだりしながら答えていたんです。しかし、僕はしょせんは日本語のモノリンガルで、あとは中学で英語を学び、大学でフランス語やポーランド語を学び、というので今に至っているだけです。ところが、世の中、生まれた時からバイリンガルというか、それこそウォルコウィッツの「ボーン・トランスレーテッド」ではありませんが、「ボーン・バイリンガル」みたいな人っていっぱいいるわけですね。しかもそういうひとに限って、人生遍歴のなかで生き延びるためには、トライリンガルやクワドリンガルにならざるを得ない。しかし、かといって、どの言語も読み書きができなかったりもする。そういう人たちが地球上にはたくさん存在するわけです。だからもし文学研究者がバイリンガルを論じるとしたら、その両極性――自分たちの対極にあるもう一つのバイリンガルの存在――を無視してはまずいだろうと思ったんですね。

そのときに、文学はその二者間を媒介してくれる。研究者と、底辺の沖仲仕のような人たちの中間に身を置こうとしているのが作家であり、それをするのが作家の良心だと思う。そういう論点を試してみたんですね。そして文学研究者は、そこを読み飛ばしてはならないと。

僕は外国文学を研究していましたから、学部を卒業して、修士論文を書いたら留学するのが当たり前というような空気があって、二五歳の時にポーランド留学を果たすことができたんです。日本で生まれ育った人間が晴れて菊のご紋の入ったパスポートを手にして、憧れのワルシャワの目抜き通りを歩いて、クリスマスを迎える季節になれば、いかにヨーロッパのクリスマスが美しいか、クリスマス料理用の毛皮つきの野ウサギが市場で売られていたり、生きた鯉が魚屋でその時期だけ売られていたり、毎日が驚きの連続でした。

しかしかたや、それこそ移民として、あるいは強制連行のようなかたちで自分の故郷を追われて、言葉もろくに通じないような異文化圏のなかに放り込まれた人たちが味わっただろうとまどい、というか「胸騒ぎ」が、留学生には追体験できないかというと、そんなことはない。それを経験しているのに見えなくしちゃう何かがあるだけで、それが研究者なるもののプライドであるとしたらそれはかなぐり捨てるべきだろうと、そういうふうに思ったんですね。

そのときたまたま、これもやはり立命館に来てからお世話になった木村一信《かずあき》先生（二〇一五年九月に他界されました）に誘われて、『〈外地〉日本語文学論』（世界思想社、二〇〇七）という論集に声をかけていただいたんです。そして、そこではあえて「外地巡礼」という言葉を論文のタイトルに用いてみた。それは『外地巡礼』にも収録されて、その単著全体のメイン・タイトルにもなるんですが、そこで「外地巡礼」という言葉を用いたときの含意は、「外地」に出かけていった人たちは決してエリートじゃない。もちろん役人や将校などそういうエリートもいるかもしれないけれども、多くの人たちは零細民で、内地では居場所がなく、希望を抱くことができなかったような人たちこそが、移民船の船客になることも含めて、「外地」に出るというときの多数派だったはずだ。そして、そういう人たちの足跡を追う我々は、あくまでも文学者であったりあるいは人類学者であったり社会学者であったり歴史学者であったり、そういう学問を背負っていくわけだけれども、やはりその間の「格差」は常に意識されなければならない。その感覚をどういうふうに表すかといったときに、かつてそこで痛ましい、あるいは呆然とするような思いをした人々のため息やら血と汗と涙（今風に言えば「血、涙、汗」BTSかな）が地面を濡らしているような場所に行って、我々はまず手を合わせて、古《いにしえ》を偲ぶところから始めるしかない——そういう感覚でした。つまり、人跡未踏の、あるいは日本人が一度も行ったことのないようなところ、サハラ砂漠の奥に行って日本文学とは何かって考えるんじゃなくて、ひとりでも日本人が足跡を残した場所に行ったらそこで、僕のなかでは、自動的に文学研究者としての想像力が動き出すんですね。

さらに「巡礼」という言葉を使った理由としてもう一つ付け加えておくと、島崎藤村が一九三六年にブエノスアイレスで開かれたPEN（国際ペンクラブ）の大会に出かけたんですね。飯倉の家を全部売っぱらって、静子夫人と一緒に。そして、その時の紀行文を藤村は『巡礼』と題した。

彼はシンガポールに行ったら二葉亭四迷のお墓に参って、するとそのまわりにたくさん「からゆきさん」のお墓があるのを発見する。あるいは南アフリカのケープタウンに寄港したら、日本人のエリート商社マンの娘が、イギリス人と同じ学校に通っている。つまりすでにインド系の移住者も含めて有色人種とは別の扱いを受けて、日本人エリートは「名誉白人」としてふるまっている。『巡礼』は、そういったある意味でのフィールドワークノートなんですね、藤村なりの。それを「巡礼」と名付けているというのが、僕にとっては、ヒントになった。そうした二重性＝両極性というものを常に頭に入れる、というのが僕の比較文学研究の基準点なんです。

以下、中川さんが指摘してくださったいくつかの論点について、ちょっとずつ答えつつ、やり取りしていければと思うんですけれども。

＊世界の中の日本語文学

西　まず日本語とは、近代日本語とは何か、ということですね。これは当然、国民国家の成立と不可分で、つまり国語を教えなきゃいけなくなったときに初めて標準化が必要になるわけです。これはさらに、戦後の日本で起こったドタバタを考えれば手にとるように明らかなわけです。つまり、ともかく漢字を簡略化する、と同時に、発音通りに書く――つまり「てふてふ」と書くのではなくて「ちょうちょう」と書く。それぐらいならいいんですが、一時期金田一京助たちが試みていたのは、「河原町へ行く」といったときの「へ」は、「へ」じゃなくて「え」にしろという。「この本を買いたい」の「を」も「お」にしろ、とそこまでいったんは行く。しかし、それはやりすぎだろ、ということで今の状態に戻るのにたぶん五、六年かかっていますね。そうやって国家があるからこそ、国語という単元があり、近代学校教育があるからこそ、国語の標準化が必要なのであって、逆に言えば、近代初期に国を持たない時代を経験したポーランド語や、国を持つことなく今に至っているイディッシュ語には、そういう「国語」としての標準化への上からの圧力がはたらかないままの状態で、ある意味、その野放図さが魅力だというしかない自由さ、過酷さのなかで文学が紡がれていった。

しかしそれがだんだん、いわゆる国民国家なるものが、フランスを皮切りに、一九世紀ヨーロッパのモデルになり、二〇世紀の植民地解放後にもまさに国民国家というかたちで金太郎飴のように国ができあがっていって、そのなかで学校教育や国語教育や、文学が構築されるようになっていった。そういうことですね。そのときに、ポーランド人なんて、多くが国語教育を受けないまま、例えばアルゼンチンに渡っちゃってるわけです。ポーランドから南北アメリカへの移民の最盛期は、一九世紀末から二〇世紀初頭にかけてですが、その移民たちの家族に宛てた手紙がロシアの官憲によって没収され、それが第二次世界大戦期、ドイツ占領下のワルシャワで発見されるんですね。それを見ると、ポーランド語で書かれているとはいっても、正書法にはかなっていないし、方言は丸出しだし、なにより家族に宛てた手紙ですから、手紙が書かれているのは、イディッシュ語、リトアニア語、ドイツ語、ロシア語、などまちまちなんです。そういうのを見ていると、たんに国があるとかないとかだけじゃなくて、日本におけるように、移民に出る前に行われた作文教育の意味は大きいなあ、と思うんですね。そのあたり、中川さんはどう思われますか。

中川　本当にその通りですね。ただ、国民国家の要請としては、フランスが一番いい事例ですが、フランソア一世が「ヴィレール＝コトレの勅令」によって、公文書におけるフランス語使用を義務付けたところからフランス語がフランス国家、そして文化と確然と結び付けられていったわけです。日本も、戦後の国語審議会で、例の日本語は全部フランス語にせよとか、ローマ字表記にせよとかの提案が出されて、国民文化のドラスティックな転換が目論まれたわけです。勿論、それらは結果的には否定されていってしまう。

つまり、戦前からの連続性は変わらずに持続され、今に至りました。これは私が考えるに、明治二〇年代、つまり一九世紀後半前後まで、国語ってあんまり一定してなかったような気がするんですね。新聞の表記を見ていくと、最初は漢文調であったりしたのが、やがて美文調に流れ、擬古典体みたいなものが美しい文章として主流になっていきました。それが口語的なものに矯正されていくというのは、言文一致運動の影響があるのは勿論なのですが、やはり東京帝国大学文科大学に一八九七年、国語学の講座である「国語研究室」が上田萬年によって開かれたことが大きかったように思います。なぜなら「国語」という概念がここに確立されて、エスタブリッシュメントされたと言えるからです。明治三〇年前後の「日本語」の確立について、水村美苗さんが『日本語が亡びるとき——英語の世紀の中で』の中で、書かれている通りです。わずか三〇年余りで西洋の概念語、愛とか物理とか物体のないものをすべて、漢語から借りるとはいいながら、ともかくも日本語に翻訳したっていうことは驚異的であり、そのためには口語表現が必要であったということです。

西　しかもそれが、東アジア圏全体に広がっていった。

中川　そうなんですよ。逆に中国語の側に影響を与えたり——文学という語がまさにそうですけれども。『日本語が亡びるとき』は二〇〇八年でしたっけ？

西　ええ。

中川　水村さんが執筆されているそのころに、外来語が日本語翻訳されないでそのままカタカナ文字に変わっていって、日本語がかつて到達したような翻訳の工夫というようなものが消えていくという状況になりつつあったわけです。そうした水村さんの、ある種の危機感を表明されたものとして、非常に保守的な考え方であるという批判もありましたけれども、私たちがこれほど外国文学を読めるようになったというのは、そのような翻訳、つまり口語に対応し得る漢語を援用することによってなしえたということが言えると思います。日本の翻訳文化については、いろいろな方がおっしゃっていますが、少なくとも近代日本語の確立ということについては、明治二〇年から三〇年にかけて、今言ったような口語に対応し得る漢語による日本語の整備というものがあって、それから一九二〇年代に、新聞が全面的な口語体に変わっていくというようなところで、いわば日本語の均質的な確立というのがあったと思うんです。そこで切り捨てられたものは何かというと、いわゆる古典的な和文脈や、口語の慣用語法にあった雑種性みたいなものが忘れ去られていくということであったかと思います。

西　それはいつごろの時期になるんですか。

中川　明治三〇年前後、一九〇〇年前後からではないかと思うんですが。

西　そこでちょっと話をはさませていただくと、ブラジル移民は一九〇八年、明治四一年の笠戸丸が最初でした。それがちょうど日本でいったら『破戒』が出たり『三四郎』が出たりという、まさに日本語が確立した時期ですね。だから案外、ブラジルに行った日本人は、最低限の日本人としての言語的アイデンティティを背負ってたんですね。例えば中国人が、ゴールドラッシュの時期に、アヘン戦争のあとの混乱のなかでアメリカに渡ったとしても、彼らはアメリカにおいて、チャイニーズとしての citizen ではないですよね。

中川　そう思いますね。

西　それは決定的な違いで。

中川　そしてもうひとつは、やっぱり明治五年、一八七二年の学制発布による、初等義務教育の実施ということが大きかったと思います。例えば明治初期の教科書を見ると、とてつもなく難しい。小学生の六歳、七歳の子供が、こんなの読んでたのかというようなものを授業しています。これは近世からのつながりとも言われています。それから日本の教育制度が画期的だったんですけれども、男女等しく教育の機会を得たことは、こうした急速な「国語」としての日本語の確立に影響したことは疑いようはありません。移民した人たちが、非常に日本語に固執したと言われてますが、やはりそこには日本の義務教育の影響があったんだと思います。

西　サンフランシスコでもサンパウロでも、日本語の本屋さんができるんですから。『ジャパニーズ・アメリカ』（新曜社、二〇一四）の日比嘉高さんはそのへんに注目されていますね。

中川　そうなんですよ。それから、日本語教育にたいへんこだわっていて、日本人（語）学校が世界各地に、できるわけですね。これにはやっぱり、日本語への愛着というものの強度を感じます。

ちょっと話が変わるんですが、世界的な販路から言えば日本語はすごく少数言語なのに、ある意味で非常に世界的な広がりを持っています。それはなぜかというと、翻訳可能性の問題だったと思うんです。

西　日本語を第一言語とする人は一億何千万人かいて、第二・第三言語の人が一千万ぐらいいるわけですね。

中川　それしかいないはずなのに、なんでこれほど英語やフランス語に翻訳されているのか。その量が圧倒的に多いのはなぜなんでしょう。それは例えば日本文学が優秀で、世界的評価を得るにふさわしい文学だからというような日本びいきの解釈もあるでしょうが、いろいろな国々の文化政策の影響も見逃せません。例えば今、芥川の作品はロシア語と中国語にはほとんど翻訳されていますが、それは明らかにコミュニズム体制の国が持つインターナショナリズムによるものですし、芥川がそうした方向で翻訳対象として「選別」された経緯を踏まえない限り、意味はつかめません。

西　ただ、話者人口の多さと、「世界文学」のレパートリーとして掲げられているマスターピースの数は比例しませんよね。それを言い出したらサイノフォン（中国語話者）の「世界文学」への貢献は、まさにこれからというしかありません。

中川　その通りなんです。結局のところ、どうしてこのような広がりを見せたのかというところは、本当に謎だと思うんです。

その理由は様々に考えられると思いますが、先ず日本語の強度みたいなものを考えたいと思います。明治三〇年から四〇年ぐらい、すなわち一九世紀終末から二〇世紀初頭に確立された日本語は、例えば明治四〇年前後に成立した自然主義文学あたりから現代の同時代作品と変わらずに読めるようになったわけです。

このような百年の強度を持った近代語って一体何なんだろうと考えますと、それが西欧からのある種のインフルエンスによって成立させられた、初めから非常に混淆的にできていたからだと、私は考えてます。もちろん漢語の非常に難しいものもいっぱい入っていましたけども、それがどんどん大正期に簡略化されていって、ほとんど現在の人たちでも容易に読める形態と内容を保持し続けたのは、近代化初期に措定されたコードが、西欧近代の発展・進歩に随伴できる水準を持っていた、つまり近代的思考のコードを読み込むに十分のリタラシーを具備していたと思わざるを得ないわけです。その経過があるからこそ、戦後にほとんど言語改革をしなかったのだと思います。勿論、そうした言語的水準と政治的・文化的動向の間はイコールではなく、しばしば前近代的な記憶を懐旧して、思わぬ齟齬をきたしたのは、歴史に見る通りです。しかし、この言語水準こそが文学にとっては、基礎資産となって、非常に重要なファクターとして動いてるというように僕は思っています。西さんは、いかがですか。

西　そうですね。永井荷風や有島武郎が渡米する時期には、すでに多くの移民が太平洋を渡って、西海岸あたりの日系人文学の基礎を築きつつあったんですね。そして、一九〇八年以降は、ブラジル移民のラッシュもまた訪れるわけです。もちろん、そのなかには日本語の読み書きが自由でない者も含まれたとは思いますが、すでに鷗外や藤村ならば読める（だからこそ一九三六年にサンパウロを訪ねた藤村は現地で大歓迎を受けるんです）。そういう「日本語文学」のフォーマットみたいなものが、世界中の日本語圏（＝日本語を共通語とする人びとの共同体）の太い紐帯になっていたんだと思います。だからこそ、東アジアにおいても、日本文学を読むことが、すでに世界文学を読むことに等しかったし、ロティでもハイネでも、日本語訳を読むことで文学に目を開かれた植民地エリートは少なくなかったわけですね。

このあたりは日本人研究者があまり強調してしまうと、お国自慢に聞こえてしまう惧れがあるんですが、ハーヴァードで比較文学講座を担っていらっしゃるカレン・ソーンバーさんの『移動する文字テキストの帝国』*Empire of Texts in Motion: Chinese, Korean, and Taiwanese Transculturations of Japanese Literature*（二〇〇九）あたりがある意味バランスよく日中戦争に至る前の時期の東アジアを広い眼で見ておられますよね。それにぼくが何かしら付け加えられるとしたら、南北アメリカに渡った移民たちも、英語文学やポルトガル文学にさほど気後れすることなく、日本語文学を誇りえたのだということ。細川周平さんの『日系ブラジル移民文学Ⅰ・Ⅱ』（みすず書房、二〇一二）などを通していっそう明らかになってきたのは、「短詩系の文学」が果たした「日本語共同体」の構築力、そして日記や手紙をまめに書きしたためる「グラフォマニア」な側面、そういったすべてが明治から大正にかけて確立したんだと思うんです。

伊藤博文の名に因んで「博文館」という名を掲げ、雑誌『太陽』（一八九五年創刊）などで時代を画した出版社は、「自由日記」が飛ぶように売れて、それがドル箱になったという話を西川祐子さんから伺ったことがあります。『日記をつづるということ／国民教育装置とその逸脱』（吉川弘文館、二〇〇九）にも出てきた話だと思う。

まさに、そうしたなか、とくに漱石や子規の影響下に『白樺』の世代が生まれ、その延長にプロレタリア文学の担い手までが連なって、さらに新感覚派が、西洋文学のどんな前衛文学よりも東アジアでは持てはやされた。

これが大日本帝国期の「軍拡」と同時代に生じた現象ですから、その戦争協力的な側面をしっかり見究めることも大事ですが、中川さんがおっしゃるように、戦後文学にまで受け継がれる日本語文学のインフラは、まさにその「軍拡」の時代に形成されているんですよね。

ただ、「世界文学」なる殿堂に招き入れられた作家は、漱石や志賀や横光ではなくて、芥川や谷崎や川端であったというあたり、これはこれで、ヨーロッパの「オリエンタリズム」との関係も考えないといけないでしょうね。

中川　そうですね。このオリエンタリズムとの相関性はまさしく日本文学そのものの問題ですし、「軍拡」との関連性もおっしゃるとおりだと思います。ただ私が言いたかったのは、むしろ日本語の汎用性、可能性についてです。二〇世紀初頭に急速に、日本語汎用の領域がものすごく拡張されて、一般の市民層も自在に日本語の可動性を利用していくということがあったと思うんですね。だけどおそらく鷗外も漱石も、そうした汎用性や可動性によりかかることなく、独自の「文学性」に拘った。それは彼らが西欧留学から学び取った文学そのものの「意味」の探求と色濃く関与しているわけですが、こうした主知的な文学的営為が、「高踏的」とも解され、むしろ日本語の汎用性や可動性とは切り離されてしまったような気がしています。その証拠に海外では鷗外や漱石の翻訳が一番遅れている。やはり伝統的には、川端、谷崎、或いは三島由紀夫となっているわけです。フランスで一番有名なガリマールの「プレイヤード」叢書に入っている日本人作家は谷崎のみです。だからやっぱりそういうような、ある種の日本人性ともいうべき日本文脈を汎用性の高い近代日本語で転換した作家たちのみが世界文学という市場に残って、それが非常に「特殊」であるかのようにフォーカスされていくことに、違和感を覚えます。

では、なぜ漱石は人気がないのか、ということなんですが、これがすごく面白いことだと思うんです。そうした近代語を駆使し――英語と対比させて漱石は考えることができた人だったわけですけれども――、翻訳可能圏の非常に近いところにいながら、日本語以外の言語に転換できない難解さがあったと思うんです。それはいったい何だろうかというと、漱石が日本語の相対化を図るという荒業を非常に早期にやったということなんだと思います。漱石のそうした側面というものは、なかなか理解できない。なぜ理解できないかというと、西洋のコンテクストでは理解できない。だからといって、日本のコンテクストだけでは到底理解できないような独自性が、漱石の文学にはあります。つまり世界史的な枠組みで言うべき「近代批判」がそこに息づいており、それは周到な日本語の運用によって構成されている。漱石が使う日本語は、当時確立した汎用性に満ちた近代日本語の簡明さを突き破るような様々な影を帯びています。それは前近代の庶民の記憶に残る口語表現だったり、翻訳不可能な日本的な思念に培われた造語だったり、多様な言語表現によって、言語表現できないような叙述の可視化を、漱石は自身の言語経験から導こうとしました。ですから漱石は、同時代の鷗外と並び、非常に特殊な位置にある作家だというふうに思います。

しかし一方において、こうした漱石を、日本文学の最高基準とした「日本文学史」の作り方にも問題はあった、というふうにも思います。国際性という観点からすると、こうした漱石や鷗外のわかりにくさをあたかも日本的な特殊性としてあげつらってしまう危険性は否めません。それは外国の研究者のなかにおいて顕著であるかもしれません。そもそも研究者人口が非常に少ない世界規模での漱石研究ですが、二〇〇〇年代に入って「Soseki's Diversity」（二〇一四年四月、ミシガン大学）など、いろいろな漱石関係の学会が世界各地で開かれて、漱石のちょっとしたブームが起こったわけですけれども、そのなかで忘れられない発言があります。早くから漱石翻訳をしてきたアメリカ人研究者が、四〇年も五〇年も前から漱石は訳されているのに、アメリカの日本文学研究では漱石はあまり人気がなく、川端とか三島とかいった作家に集中したのはなぜだろうと疑義が出されました。こういうときに必ず出てくるのが、アメリカにおける出版資本との関係だということなのですが、僕はそれはあったかも知れないけれども、それだけではないような気がしています。特に翻訳との問題もあるんですけれども、最近二、三〇年の間に、いわゆる日本の植民地文学の翻訳がアメリカでもどんどんされていく、あるいは日本のプロレタリア文学が翻訳されていくというような、新しい研究世代、翻訳者の世代が育ってきたアメリカ日本文学研究の状況があります。これは日本文学研究が非常に変化してきたことを表しています。実は日本の経済成長が下降するにしたがって、日本文学の研究人口はどんどん減っていますし、文学研究する人自体が少なくなっています。ですから、こうした北米圏での新しい日本文学研究の方向は注目すべきことだと思います。しかし、それでも鷗外や漱石などが活性化するには至らなかったこれまでの経緯があります。というものの現在の日本でも、こうした明治期の作家の研究は低調であるわけですから、ことさらに問題視するのはフェアーではないのですが。しかし、特にアジア圏の文学研究がなぜこういうふうに偏向しているのか、ということは議論の対象になるでしょう。またそうした状況下に起こった二〇〇〇年代の西欧での小さな漱石ブームも再考していく必要があるかと思っています。

西　難しい問題ですね。

中川　そのような事情はどこの文学でも一緒だと思うんですが、外国語文学に関しては。最近は英語文化圏、英語圏の中の文学というのが翻訳を含めて非常に大きな市場を占めるようになって、やはりそこでは、村上春樹もそうですが、英語で書くか、英語に翻訳しなければだめだ、という考え方も出てきているのかなというふうに思います。

西　まあ漱石が英語に訳されてしまうと、まずあんまり新味がなかったんでしょうね。普通の家庭生活が淡々と描かれているといったような……

中川　よくそれを、翻訳の完成度のせいにしたり、それから特にアメリカは出版社の力が強いですから、話を明快にするために完訳とはせずにプロットの一部を端折っちゃったりするような出版資本の問題としても考えたりするのですが、それだけが問題ではないようにも思えます。漱石ではなくて、川端や三島が日本文学翻訳のスタンダードになるというような力学の所在については、日本語の問題と併せて考えていくような視点が必要です。

＊アジアと日本近代文学

西　ただそれは、アジアではどうかということになるとまた違ってくると思うんです。もちろん川端や横光が、一九三〇年代の中国あたりでは憧れの的というか、みんなそれを追いかけていて、逆にその時代の上海モダニストたちは、漱石なんて眼中になかったと思うんですね。でも例えば韓国の李光洙《イグァンス》などのように、まだ漱石が生きていたころ、あるいは白樺派が出てくるころの明治末期から大正期に日本語を覚え、文学に目覚めたような朝鮮の人たちは——たぶん台湾もそうだと思うけれども——やっぱり漱石、あるいは啄木から相当学んでいて。

中川　そう思いますね。

西　日本風の悩み方、というんでしょうか……

中川　アジアのなかで共有すべき近代化の齟齬みたいなもの、伝統との齟齬みたいなものは共有されたと考えるべきです。

西　片方で、文明というのはもうそろそろ先が見えてきたんだという意識があって、もう片方に文明にしがみついていないとふり落とされるっていう強迫観念みたいなものがあって。そういう葛藤を、西洋文学読む以上に、漱石なんかに感じ取った植民地の人たちは少なくないと思うんです。

中川　僕も同感です。そこで西さんが書かれたもので思い出したのは、西さんは横光の『上海』を非常に批判的に受け取られている。まあエクゾチシズムだとかいろいろな言い方がありますけれども、やはりある種の、日本語でしか物を見ない人が外国を見るとああいうふうになっていくという（笑）、非常に典型的なところがある。

西　漱石はそうじゃないですね。

中川　漱石も鷗外も、そうではなかった。もうひとつ、西さんの指摘されている日本文学のなかでは、『舞姫』について『世界文学のなかの『舞姫』』（みすず書房、二〇〇九）という一冊を書かれているわけですけれども、つまり恋か立身出世かという「太田豊太郎」的な悩み方はわかりにくく、外地文学の典型としてあるというのは、重要な指摘で、横光にはそれがないんですね。どうしてそういう差異が出てきてしまうのかということ。それは、語学力とか言語能力の問題、海外適応力の問題というふうにも思わないではないんですけれども、ところが一方において、横光が戦前期において、川端をしのぐ流行作家として第一位に輝いていたのは何故なんだろうと思うわけです。『旅愁』は、日本人の共有するある種の西欧観、エクゾチシズム観を満足させるだけの門構えがあったと思います。フランス人と対等に渡り合いながら暮らす日本人の一群というのが、一種の文学的アイコンとして動いたということは非常に日本文学史の中で大きいと思うんです。

横光研究は比較的、日本文学研究の中でも進んでいる方です。これをこの一〇年か二〇年の間に、韓国や台湾の人たちがいま述べたような横光評価で捉えたらどうなるかということを分析に入れれば、全くの読み替えができるわけです。これはすごく面白いところです。つまり、日本人が読みたいように読んできたものが、日本の外側の目を通して、日本語を母語としない人の目に晒すことによって、変革される、あるいは新しい読みの可能性が提出される、ということはいくつも出てきています。

西　『旅愁』に関してもそうですか。

中川　ええ、それから『上海』に関してもそうです。やっぱり中国では、批判的な論文が多いわけですね。『旅愁』は、やっぱり観光小説という枠組みから離れられなかった作品だと思います。前田愛さんがよくおっしゃっていたんですが、あれをガイドブックの代わりに持っていくことはできるけど、小説として堪能することはできないって言われたことがあって、それは言い過ぎかなとも思ったけれど、最近はそれがよくわかるようになりました。『旅愁』の作者の視点は、初めから思い込んだもの、見たいものを見ているのであって、総合的に小説全般を俯瞰するような力が欠けているように思えます。勿論、それは後半部において戦争に突入して、状況が変わってしまったということも関係しますが、何より横光が立てた「東西の対立」という問題項が皮相的なものであったという結論に至らざるを得ません。

西　『外地巡礼』の中で、あえて触れずにすませたことがあります。自分の手に余るということもあったし、ちょっと別の枠組みでないと無理だろうと思って避けたのは、まさに中川さんが問題にされている、また中川さんのお弟子さんの中にもそういうことを研究している人がおられますが、ヨーロッパに行った人たちが何を書いたか、ということですね。そのなかには左派の知識人もいるし、ヨーロッパに行って自分の思想に磨きをかけようというタイプもいれば、逆に植民地の民衆に連帯するっていうんでアジアに向いていく、そうした二つのタイプがあると思います。そのへん、彼らについて書くのを避けたことが『外地巡礼』の欠点としてあると考えたときに、それを補うとしたらどんな補い方があるのかなと思って。

中川　補うとかいう問題ではないと思うんです。

西　まあ、それは充分なされてきたことではあるんですよね、充分ではないにしてもたくさんなされてきた。

中川　そうです。やっぱり日本文学研究の一形態として、文学散歩っていうのが結構比重が大きくあるんですよ（笑）。聖地巡礼みたいなね。

西　藤原書店から次々に刊行されることになった『言語都市・上海 1840-1945』（和田博文ほか著、一九九九）にはじまる「言語都市シリーズ」ですね。

中川　ええ。日本語で書かれたものでしかたどらない、というね。それはそれで面白いと思うんです。日本人がどういうふうにヨーロッパを見ていたかということが良くわかります。以前末広鉄腸の『啞の旅行』について書いたんですが、忍《おし》君という主人公が日本から船でヨーロッパにわたり「西洋赤毛布《ゲット》」をするという話です、一八八九年から九一年にかけて刊行されました。一八八八年から九年にかけて一〇か月ぐらい鉄腸は「西洋見物」と称して、北米、ヨーロッパを旅行しました。その体験記ともいえる作品です。忍君は外国語がだめで、まったくしゃべれないのですが、旅行のはじめのうちはものすごく中国人のボーイなんかにいばっているわけですね。

ところが太平洋を渡るにつれてだんだんと委縮しちゃって、外国語にたけたフィリピン人紳士にすっかり魅了されるわけです。このフィリピン紳士がホセ・リサールという落ちがあります。フィリピン革命の情報は当時の日本に多く伝わってきていて、欧米帝国主義からの解放というアジアに共有されるべき理念に忍君も賛同するのですが、船の中のささいな日常の生活習慣の違いに、忍君は打ちのめされておどおどし始めます。日本の辺境性というようなものを強く感じた忍君は、自己処罰的にというか、自虐的に自らの西欧体験を叙述するというスタイルをとります。こうした日本人の対応の在り方は、日本人が書く欧米体験のひとつの典型となります。「赤毛布」というのはマーク・トウェインがヨーロッパに行ったときに使ったんで、それの日本版、というふうに言えばいいんでしょうね。こうした韜晦に近い自虐の在り方というのは、日本の西洋紀行のひとつのかたち、トラベル・ライティングの特徴になっていますが、これは非常に興味のあるところですが、実は横光もこの例外ではなかったというわけです。これは当時横光と同時期にパリに滞在した人たちにインタビューをしたときにうかがったのですが、横光はいっさいフランス語ができないので、時とすると乱暴とも思える行動をとったそうです。カフェなんかで、「おいおい、ギャルソン、マッチもってこい」って大声でウエイターを怒鳴りつけ、手まねでマッチをするジェスチャーをしたあと、一緒にいた日本人に「こんなのでも通じるんだよ」って恥ずかしそうに言ったそうです。こうした「バンカラ」は、当時の日本人男性の一種のポーズでもあって、日本では社会的に許容されていたわけですが、パリではやはり「野蛮」とみなされてしまう、逆に言えば、ホセ・リサールのような完璧に西欧化された人たちに対する、日本人男性がもつ「忌避感」、あるいは「嫌悪感」のようなものがそこに発生してしまうことに気付きます。戦時下にはあからさまになった、西欧体験を経た知識人たちのそうした西欧的な身なりや振る舞い、身振りというものに対する迫害や弾圧は、そうした日本人の内部に潜む感情の露呈として考えることができるわけです。西欧崇拝みたいなものと全くそれに反する西欧忌避みたいなものを、どういうふうに植民地との関係の中で考えていくかということが、日本人の書いた西洋紀行を読むためには必要ではないかと考えています。

西　中川さんは科研費の、そして研究所のプロジェクトとして「トラベル・ライティング」をテーマに取り上げてこられましたが、日本人に限るわけではないとしても、いわゆるトラベル・ライティングは作品としてというよりも、まずはエクリチュールの形として興味深くて、特にヨーロッパに行く途中に東南アジアを通らざるを得なかった時代の、日本人の複眼的なものの見方というんでしょうか、アジア人のなかに、ヨーロッパ人がアジア人を見るときのまなざしと、見られているアジア人の側のまなざしを両方感じ取ってしまうといったような。中川さんが挙げられた作品のようなものも含めて、トラベル・ライティングという観点が非常に重要だというのは僕も感じています。それこそブラジル移民もみんなインド洋まわりでしたから——さっきの島崎藤村もそうであったように。

中川　そうですね。

西　そういう意味で、日本人が世界を見てまわるときには、ものすごく濃厚で、かつ多彩な異文化接触をしているはずなんですね。その積み重ねがあったと思うんです。それが飛行機の時代になると、完全に消えていってしまうというのはとてももったいないことで、そのあたりのことは『外地巡礼』では手に負えなかったので、別の機会にまた、ということになるのでしょう。ただそこで話を戻しておくと、船で——太田豊太郎もそうだけれども——ヨーロッパに行って戻ってきたような世代の人たちは、まさに石炭を船に積み込んでいるような、どこの人間なのかも分らない名もなき港湾労働者であるとか、それこそ有島武郎の『或る女』で描かれるような下層船室の移民たちとか、そういう階級的な問題とかにも全部旅する中で触れていくんですね。いま我々が楽しむような、おしゃれな街を歩いておしゃれなホテルに泊まっておしゃれなお土産買って帰ってくる、みたいなものとは全然違う、それこそ「巡礼」というか、いちばん人間が喘ぎ苦しんでいる現場というのを見届けているんですよね。そういう移動が持っている、いちばん神経に触れる部分に、文学は目を向けてきたわけだから、我々はそこをきちんと見ないと読んでる意味がないと思っています。

＊戦争と文学

西　先ほど中川さんから出していただいた論点のもうひとつは、戦争でしたね。これに関しても僕がポーランド文学を研究しているということと関連させてお話ししたいと思います。

ポーランドは先ほども言ったように、ポーランド分割という百年以上に及んだ亡国の時代を乗り越えてきていて、しかし皮肉にも、この時期にこそ国を持たない民族の文学としての「ポーランド文学」が成熟していった。逆に国ができてからどう落とし前をつけるのかということで、様々な苦労が、ゴンブローヴィチをはじめとする二〇世紀作家や詩人にはのしかかったんですけれども。それを頭に入れて、あらためて、戦争と文学という問いの立て方をした時に、日本人は日本人が関わった日清・日露・太平洋戦争をめぐる、日本人の、日本人兵士の勇敢な姿、および悲惨な最期、それら全体を見る事後的な記憶のあり方をめぐる文学として――時には大岡昇平のような実存主義的なものも含めて――、まず一義的には理解しますよね。ただその時には、まさに大岡昇平がそうだったように、自分の経験としての『俘虜記』のような書き方から始め、さらに西洋のいわゆる戦争文学なんかも意識しながら、戦場で人間が崩壊していき、捕虜になるという屈辱的な経験の中で、どうやって記憶の中に落とし込んで行くのかというある種のプロットとして練り上げていった『野火』を書く。だけどそれでも足りずに『レイテ戦記』までつき進むことで、日本人の側からだけ見たんじゃ戦争は分からないぞ、というところへと行きつくんですね。この大岡昇平が典型的だと思いますけれども、戦争文学を国民文学の中にとじこめるわけにはいかない、というのが一番重要なことだと思います。

中川さんがのちに『戦争をよむ／70冊の小説案内』（岩波新書、二〇一七）にまとめられる、京都新聞での連載をされるのに先立つ形だったでしょうか、集英社から「戦争×文学」全二十巻（二〇一一～一三）が出ました。あれは色々な意味で賛否両論あるかもしれないけれども、「戦争文学」というひとことで、広くくれば、これだけ多様なものが日本語で書かれていたんだということを教えてくれた。しかも当然そこには在日の作家なども含まれてくるので、日本語で書かれた戦争文学を日本の国民の中に閉じ込めるような、そういうところは突破したスケールの大きな企画だったと思うんですね。

そう考えたとき、中川さんの『戦争をよむ』が、もう一つ別の意味で重要な役割を果したとすれば、日本人があの日本の戦争について考えるときに、戦後どのような読書体験を経ながら自分たちの戦争に立ち返ろうとしたのかに目を配っている点にあると思います。決して日本人の書いたものだけではなくて、それこそドイツ、フランス、ポーランド、それこそアウシュヴィッツなんかを舞台にしたものもそこには挙げられていて、膨大な戦争文学なるものが戦後には書かれている。しかもそこには朝鮮戦争やらベトナム戦争のように日本人もまた当事者性をかいくぐることのできない戦争が相次いだわけで、であればこそ、関連文学はかなりの数が日本語に訳されているわけですね。だから今日我々が戦争について考える時に、日本人が書いたものだけじゃなくて、日本人が書き損ねたことがらまで含めた——たまたまというのもあるでしょうが、タブー意識が災いしたケースも少なくないでしょう——、そういう広がりをもって戦争文学というジャンルをもういちど見渡してみるべきだと思うんです。

僕はポーランド文学あるいはイディッシュ文学をやっているので、ホロコーストに巻き込まれたような人々がそのさなか、そして生き残った後に書いた文学というのを追いかけて、雑誌『みすず』に連載してきたんですが、ホロコースト戦争で亡くなった人たちはひとまず措いておいて、生き延びた人たちを見ていると、アウシュヴィッツに入る前にすでに多くがポリグロットなんですね。多くの囚人はイディッシュ語とポーランド語ができる。それ以外に教養ある人は英語やらドイツ語やらができる。その上でそこに入る。そして、そこに入ってしまえば、知らなかったポーランド語やドイツ語もプリモ・レーヴィのように覚えざるを得ない。そして戦争が終わって生き延びた、さてどこへ行くか。イスラエルに行ったらヘブライ語を覚えなければいけない。フランスに行ったらエリ・ヴィーゼルみたいにフランス語を覚えなきゃいけない。まさに彼らのサバイバルは、言語的サバイバルでもあったりするんですよね。それは僕がこの『外地巡礼』を書く中で考えていたこととぴったり重なるんです。

ホロコースト・サバイバーのユダヤ人に関して言えば、言葉はあくまでもその都度その都度のツールでしかなくて、自分にとってどれが本質的な言語なのか、サバイバーたちには答えようがない。それこそ、ベンヤミンではないけれど、世の中には「純粋言語」なるものがあるかもしれないが、それぞれの言語はそれに近づこうとしているだけで所詮便宜的にあるものにすぎないという、ある意味で悲観、いや逆に楽観しているとしか言いようのないような言語経験を踏まえて、戦争文学が書かれているという現実を目の当たりにした時に、日本のアジア太平洋戦争を考える時にも、その点を見落としてはならないと思うんです。

たとえば『外地巡礼』の中で取り上げた陳千武さんという人は、本島人の日本軍兵士で、戦争が終わった後シンガポール経由で台湾に戻って、台湾で作家になって日本語でもちょっと詩を書いたりしていた人なんですが、北京語で『生きて帰る』(原題:『活著再來』一九九九)を書いた。それを丸川哲史さんが翻訳されて(明石書店、二〇〇八)、それで我々にも簡単に読めるようになったんですが、こんなに面白い戦争文学があったということを、丸川さんに教わるまで我々は知らなかったんですね。台湾の志願兵やあるいは徴兵で戦地に送られている人は当然いて、そこでは現地のチャイニーズをそこに見出す。皇軍兵士としての「出陣」なのに、華人ディアスポラを追いかける「巡礼」になってしまうんですね。それどころか、戦時下ですから、チャイニーズ同士が敵味方に分かれて戦うような現実もあったわけです。そんな戦争でもあったアジア太平洋戦争のことなんか、すっかり失念していた自分がとても恥ずかしく思ったりもしました。

日本で教育を受けて軍隊の中でも日本語で何不自由なく生活できて、慰安婦を買うときも日本語で用が足せる、そういう兵士たちがいたかと思えば、日本語はあくまでも学校で教わった言語でしかなくて、あるいは軍隊での共通語でしかなく、それこそインドネシアのティモール島に行ったらそこで同じ福建語を話すような女性と知り合って、というような経験があったりもするわけです。そういうことはヨーロッパの戦争ではある意味で普通のことで、それこそポーランドという国が無かった時代には、ロシア軍にいるポーランド人とオーストリア軍にいるポーランド人同士が戦場で出会う、しかも血のつながった兄弟がそこで出会う、といったようなことがいくらでもあった。戦争というものはいかに民族を引き裂くものかというのが、ポーランド文学なんかだと戦争文学におけるイロハのイなんですね。

日本にいる限りは、日本軍の兵士はみんな日本語を喋っていたと思っちゃうけれども、そうじゃない。それは遡ればナポレオンのロシア遠征があった時に、ロシア軍がナポレオン軍と戦うために、徴兵で読み書きもできないような兵隊たちを集めてくる。トルストイの『戦争と平和』がフランス語から始まっているのは有名な話ですが、軍人はみんな教養人だから、日常的にはフランス料理を食ってフランス語を喋って、「突撃《シャルジェー》」で済むんですよね。でもそんなこと言ったって田舎出の兵隊たちは分からないから、ロシア語でやらない限りはフランス軍と戦えない。そういうことになって、それがある意味ではロシアにおける「国語としてのロシア語」の始まりだということがあって、トルストイやドストエフスキーはその時代をくぐり抜けて出てくるわけですよね。

戦争というのは、要するに、かならずしも国民国家と国民国家の争いであるというものではない。傭兵時代まで遡ってみれば、種々雑多なバックグラウンドがある人間が集まって戦って、それで生き延びたら生き延びたで、その後彼らはどこへ行くか。また別の国の傭兵になるかもしれないし、自分の郷里に戻って兵隊なんて嫌だっていうことで畑を耕すかもしれないし、ということなんですね。「戦争と文学」というようなことを言っても、そこで生きていた一人ひとりの、生まれてから死ぬまでの経験というものはじつに様々で、軍隊というシステムの中で便宜的に統一・統合・管理・組織化されているだけなのだということ。それが軍隊なんだ、それがデフォルトなんだということなんです。

逆に、皆が日本人魂で天皇陛下のために死んでいった、というのはものすごい虚構ですね。軍隊内部の多様性ということでわりと指摘されやすいのは方言使用がめちゃくちゃだということで、大阪弁しゃべる奴は一番口ばっかり達者で役に立たないっていうような、そういう種類の噂は聞こえてくるけれども、日本の軍隊の中で多様性があったなんて、そのレベルで終わってしまいがちです。そういう固定観念そのものから解体していくということと、僕が『外地巡礼』でやろうとしたことは同じ方向性を向いていると思うんですね。

中川　よく分かります。本当にその通りで、そういった一個一個の人間が持つ多様性というものが、戦争という場ですべて違う現れ方をしていく。それは、文学のテーマになりうるわけですね。大岡昇平の『野火』にしても、火野葦平の『麦と兵隊』にしても、今やスタンダードとなって、それぞれの主人公の行動が、究極の状況での唯一の選択と考えられがちですが、実は選択の余地はいくつかあったはずだという多様性の在り方についても、その文学を読むときに考えるべきだと思うんですね。

僕は戦争ということを考えるときに、心がけたことがあります。同じ現場にいる敵と味方を見渡してから文学を考えてみたいということです。例えば、僕の本に入れたドルトン・トランボの『ジョニーは戦場に行った』（一九三九）ですが、これは明らかにエーリッヒ・マリア・レマルクの『西部戦線異状なし』（一九二九）を下敷きとしているのですが、同じベルギー南部からフランス北東部にかける西部戦線に従軍した青年兵士を主人公としています。ドイツ人・パウル・ボイメルとアメリカ人・ジョーは前線のどこかで敵味方として出会っていたかもしれないのです。パウルは戦死し、ジョーは四肢を失うわけですが、この二人の青年の絶望の描写に、戦争の本質的な残酷さがにじみ出てきます。この両作品とも優秀な映画となっていますが、文学作品とは別の視覚的な衝撃を伴って、レマルクとトランボが追求しようとする問題が明瞭に伝わってきます。

それからもう一つの問題をいつも考え込んでしまいます。それは贖罪というような、生き延びたものの罪悪感にも似た奇妙な感情についてです。つまりようやくのことに戦争を生き延びて——いま西さんがサバイバルの問題を挙げましたけれども——、生き残った者が、生き残って申し訳ないという感覚を共有して持つことについてです。これは原爆被災者やホロコーストのサバイバーにも共通するのですが。でも、戦地で同胞の命を救うことなく自分が生き残ったり、家族や友人を救えないままにひとり生き残ったりしたことへの悔恨というか、虚無というか、割り切れない感情の葛藤に悩むということは、どうしようもないことなのにもかかわらず、戦争を描く文学に描かれるテーマの一つです。ベトナム戦後に着目されたPTSDなどは、まさしくこうした感情の堆積の上に成り立っているのであり、容易に癒されることなどないわけです。戦争が戦争の期間だけで終結しないのは、このような葛藤の中で、決して解決されない巨大な煩悶に至るからだと思います。戦争はいったん起こしてしまえば、ほとんど永遠と言って良いほどの長い時間、人間を蝕み続けると言い換えてもいいかもしれません。それはまさしく人間が人間であることのよすがともなる「人間性」を試す壮大な実験場のようなものかもしれません。

そうした人間性とは、決して「善」だけで構成されていません。想像を超える「悪意」や「残虐性」も、人間性の一部ではあります。またそうした感情は共有され得るものもあれば、全くできないものもあります。文化や習慣の違いだけにとどまらない、このわかりにくさを少しだけ開いてくれる手がかりとして文学はあるように思えます。例えば僕は、アラブ世界の思考法にすさまじく疎いのですが、今一番世界で紛争を繰り返す中東の状況に興味を持っています。ああ、このように考えるんだ、という発見を中東を舞台とする作品から発見することが多いです。

西　例えば？　ジハードと特攻は一緒だというような話が一時期されたりしていましたけど……

中川　例えば、ジハードで全身に爆弾を装着する、といったことを考えると、理解が停止してしまうのですが、確かに特攻も同じじゃないかと言われたらその通りなんだけれども、それまでの手順というか、具体的な行為のなかで、その当事者は何を考えているのだろうと、思ってしまうわけです。ある種の組織の中で指令として下されたものに自己投企することは、特攻隊と同じく理解できなくはないのですが、その本人が爆弾を装着するときの感覚とはどのようなものなのだろうという疑問は、拭うことができません。

うまく言えないのですが、イスラム原理主義のファンダメンタリズムを理解できないというよりは、それに従服する人間の感情と思惟の在り方が身体のなかでどのように葛藤していくのかがよく了解できないということかもしれません。ヤスミナ・カドラに『テロル』（二〇〇五）という作品がありますが、これを読んでいると、つくづくそうした問題について考えこまされます。テルアビブに住む裕福なアラブ系医師・アーミンの妻シヘムは幸福な家庭生活をおくる主婦であったのですが、大きなテロ事件が起こり、実は彼女が首謀者であり、自爆して死んだことからアーミンによる妻の過去への追跡が始まります。平穏な日常に対置された荒々しいテロは、妊婦を装ったシヘムによって完遂されるのですが、どのような心理で彼女が爆弾を装着するのか、それも妊婦を装って腹に巻き付けるときに、シヘムはどのような感情に支配されているのかが、気になるのです。ジハードの理想の下《もと》にイスラエルに帰化したアラブ人という蹉跌を断ち切るかのようにテロに赴くシヘムの混沌とした身体感覚を、この小説は描いているように思えるのです。突如空いた穴に落ち込んでいくようなアーミンの当惑は、読者に共有されるのですが、どこにも回収できないシヘムの感情と行為に、この小説が戦争というものの本質の一端を余すところなく描いているように思います。

西　カドラはカドラで、イスラム教徒としての立場から『カブールの燕たち』を書いたりするんですが、それがはたしてアフガン文学なのか、イスラム文学なのか、そこは微妙ですね。アルジェリア生まれの彼は、カミュを含めたフランス文学から多くのヒントを得ていますし（公開処刑に対する過度の関心とか）、なによりフランス語で書いているわけです。フランス語圏文学が、その語圏の外にまで舞台を見出して、ある種のオリエンタリズム（凶暴な東洋というイメージも含めて）をまで逆手にとって書くわけですね。イスラエル建国期以降の北アフリカから中近東にかけての戦争は、だれが何語でどのような立場で書けばいいのか、その答えが出ないままに、試行錯誤が続いている。もちろん当事者性を背負いこんで書く作家もいれば、そうした当事者性を越えて、西洋の読者の固定観念を揺さぶるために書く作家もいる。そんななかで、カドラのような作家が広く読まれるというのは、まさにオリエンタリズムを廃棄することが目的ではなく、西洋によるイスラム世界の「平定」の困難さを文学を通じて伝えようとしているのだと思います。アルジェリア独立戦争の教訓を糧とすることのできないヨーロッパ世界に絶望しながらも、しかし、見限らない。粘り強い文学的試行錯誤だと思います。

第一次、第二次の世界大戦は、教養ある先進国の知識人を大量に巻きこんで、結果、豊かな戦争文学の山を築きましたが、それがありうべき戦争文学のモデルでも、頂点でもない。そんな気がしています。そしてこれからの戦争文学作者は、目の肥えた先進諸国の読者をあっと驚かせなければならないから、いっそうの負荷がかかっているようにも思いますね。

中川　例えばそこで和解とか平和という言い方によって、一種のスタンダードを、世界枠で構築しようというときに、それを阻むものはいったい何なのでしょうか。

西　ただ、イスラムに和解という言葉はないですから。それはひたすらキリスト教ですよ。許し、というのは。

中川　だからそこの考え方の違いとか思考の違い、意識の違いというだけではなくて、実は人間性の問題が根底的なところにあるものとして、読んでいったらどうかな、と思います。それは実は自分の中にも蠢くものとして理解した時に、小説の読みはもっと面白いものになっていくのではないでしょうか。そうしますと、戦争における暴力性は、より明確な形で看取できることになる。そして、それに続く贖罪感や他者への共感や、暴力への忌避感などといった様々な人間性に付随する情動の諸相が躍動して、もっと複雑な思考に耐えうるような「読む主体」が確立されていくのではないでしょうか。

　ですからボリス・シリュルニクが『憎むのでもなく、許すのでもなく』で言うようなことが理解されるようになるのかもしれません。レジリエンスが全てを解決するというふうには思わないけれど、ただ、ホロコーストという、わずか七〇数年前に起こった本当の暴虐を見た経験が、そこにたどり着いていくのは必然だとも思うのです。つまり、なぜ人間はそこまで行くことができるのかという非常に大きな、戦争を貫く根本的な疑義は、到底説明できないし納得もできない。しかし、それでも生き延びた人間は生きていかなければならないという運命のもとに、どう生きていくかという設問は、極めて具体的な思考、そして具体的な身体への執着を要求するからです。

＊戦争犯罪と文学

西　それから、最後に戦争と性暴力との関係についてふれておきましょう。本論集に収めた僕の論文のなかでもその話題が少しですが出てきますから。僕と中川さんは、朴裕河さんの『帝国の慰安婦』（朝日新聞出版、二〇一四）について、『対話のために』（図書出版クレイン、二〇一七）という彼女を背面支援する本の出版にも関わりましたが、戦争犯罪ということに絡めて戦争文学を見るときに本当に気をつけなきゃいけないことがあります。戦争文学というのは、仮に回想の形をとったものであったとしても、それを読む我々がそれを証言として、あるいは真正の語りとして読むのではなくって、その言葉の中に、より深い、その中に埋め込まれている真実を――人間性のおぞましさも含めて――読み取る。それがまあ、国語教育が子どもらに培うべき文章読解力の基本中の基本だと思うんですね。そこに書いていることをそのまま情報として受け取るんじゃなくて、そこに人間の真実がどんな形で書き込まれているのかを読むのが、読み解くということなんだと。ところが戦争犯罪になると、それが裁判の素材としても使いまわされるわけで、東京裁判であれ、ニュルンベルク裁判であれ、あるいはアイヒマン裁判であれ、そこに出てきていろんな人が証言しますよ。そこで証言したことは、それこそ脚色も入っているかもしれないし、逆にそこでぶっ倒れて、その迫真性がまさに証言力を持ってしまったりということもある。要するに裁判官たちの心と論理力に働きかけるようなパフォーマンス、そして演じられるような証言なるものと、やはり違うと思うんですね、文学が持ってる力は。

証言という制度を生み出しているのは、あくまでも法という、古代までさかのぼることができるようなルールなんだけれども、その法で片付かない部分というのが人間の生きている世界の中には沁みわたっていて、そこに言葉を与えていくのもむしろ文学の役割だっていうふうに割りきらないと、文学作品を証言のように使ってしまったり、文学は真実を捻じ曲げると貶めたり、そういう目を覆いたくなるようなことばかりが起こってしまうんです。

中川　朴さんの事例でもそうでしたね。まさしくおっしゃるとおりで、教条的になんでも判断していくというか、それは平和教育にしろ、非戦主義や反戦主義にしろ、そうした意味において戦争を絶対悪として捉えていくのは、それはそれでその効用はあるんだけれども、実は先ほど西さんがおっしゃったように、各論の形で状況というものはあって、非常に多様なんですね。兵士と殺戮される現地の人、あるいは兵士と兵士、あるいは兵士と上官──様々な状況の中で、人間が百人いれば百通りの状況というのが生まれてくるはずであって、それは折々の、一個一個の人々のもつ人間性によっていろんな状況が決定されていく。そこにおける人間の多様な感情のあり方、それを情動といってもいいのかもしれませんけれども、そのすべてを描くのが文学であると。その状況そのもののみを出来事として書いているのが文学というわけではないというのは、当然の読み方ですね。

ところがいま、とうとう高校教科書などから文学が外されていくという状況になってきて、文学はフィクションだからウソだ、という考え方がかなり強力になってきています。エビデンスとしてまったく証言能力がないんだという解釈なのでしょうか。また文学がかつてのように世間に影響を与える力も失せてしまっているのも事実です。フィクションは「嘘」だという考え方には、本当にそうなのかと問いなおしたいですね。フィクションは仮構ではありますが、「嘘」ではない、もしそのような考え方がデフォルトであるとすれば、違った角度からの教育が必要だとも感じています。少なくともそうした文化状況の中にあることは、押さえておかなきゃならないと思います。

またいっぽうにおいて僕が思うのは、文学というのは最大の異文化体験であるということです。例えば戦争文学を考えますと、郷里でふつうに農業をやっていた二十歳の青年がある日突然シンガポールやミャンマーや中国北部に持っていかれてしまう。そうした強制的な移動の中で、どんな人間でも全く異質な文化体験に投げ込まれて考えるわけです。そのそれぞれの考えというか、思いというようなものを、ある作家たちは作品によって代弁していくのですね。読者は自らとは全く異質な文学内の人々の体験を共有しながら、登場人物を通して異文化に触れていくわけです。つまり一人の兵士の体験から作家、作家から読者に手渡されていく「異質なるもの」の連鎖によってひとつの作品は存立している。それをどういうふうに読解していくかという探究する意思の根底に、その一人の兵士の心情と経験に常にフィード・バックさせていくような心構えというようなものが必要なのではないかと思ったりします。

西 そうですね。従軍はある意味での異文化体験ですよね。ただ、留学から戻った人間が体験を語りたがる（太田豊太郎もそのひとりですね）のに対して、現実に戦争を経験してきた人が自らのことを多くは語らなかった。これが日本においては、かなり致命的だったと思うんですね。それを語ることによって、自分の癒しにもつながっただろうし、世の中の誤った戦争表象みたいなものに対する修正にもなりえたはずなんだけれども、彼らが貝のように口をつぐんでしまったがために、ここまできてしまった。その結果として、植民地や占領地の側から、しかも女性からその報告がどんどん吐き出されてきて、その五〇年以上の空白というのは、埋め合わせられないんですよね。いっぽうで金學順《キムハクスン》さんたちの証言があったおかげで、そういう時代の空気の中でアレクシエーヴィチの本も受け入れられたし、独ソ戦の時代の戦時性暴力とか、そういうものも俎上に乗せて考えることができるようになってきた。つまり女性は銃を持たないって思いこんでいたこと自体が、ソ連兵からするとちゃんちゃらおかしいわけだし、銃を持たないからといって戦争を経験していないことはないわけです。そういう女性の眼から見た戦争ということが、いろいろなかたちで浮上してきたことで、今まで男がここまで頑なに語らなかった部分に注意が向けられるようになっていく。語る代わりに精神病院に入らざるを得なかったようなベトナム帰還兵とか、そこまで追い込んでしまうような経験が積み重なったために、戦争の記憶は孔ぼこだらけだったんですね。文学がそれに十分な役割を果たしていたとはとても言い切れないから、文学さえ読んどけばすべてがわかるということでもないけれども、文学をきっかけにしてその空白に、どこまで想像力を広げていけるか、そこを軽視されてはならないと思うんですね。

中川　ついこないだ、NHKのドキュメンタリーで、戦後補償の問題が取り上げられていましたが、戦後七六年たつわけですが、非戦闘員であった一般市民への補償、戦後補償が未だなされていないというのは、どう考えても納得できないことです。これはずっと裁判が続いているわけですが、解決を見ておりません。

だけど、戦争被害の中でも一般の市民がどれほど過酷な運命を、特に子供や女性たちが受けたかというのは、さまざまな作品や映画やドキュメンタリーなどの中に描かれてきたのに、七六年たっても補償しないとする日本政府の対応に怒りというよりも、何か不可解なものを見るような気がしています。直接の被害者は、七六歳以上なのですから、最早埋め合わせも何も利かないわけですね。

また今年［二〇二一年］になって、菅政権は、「黒い雨」裁判について一部認める、という判決を出しました。しかしもう新しく被爆者手帳を渡せる人は一体どれくらいいらっしゃるのでしょうか。――この日本の戦後処理の不備ということを題材とする作品はこれまでたくさん書かれていると思うんですが、それが法制や制度のなかに反映されないのはどうしてなのかという問題は、もちろん文学の無力ということもあるかもしれないけれども、それだけじゃないように思います。もうすこし、日本人そのもののメンタリティ、戦争犯罪、戦争責任の追及の仕方ということに問題がある気がしますし、遅延した戦後処理問題は、四分の三世紀以上経っても決して色あせることなく人々の胸に深く刻まれて、やむことなく人間の心をさいなみ続けているという事実にこそ、注目すべきだと思っています。それはまさしく人間性をめぐる根源的な問いであることは言うまでもありません。

西　戦争犯罪という概念そのものが、自国民に対する国家の責任というような、それこそ水俣病あたりからようやく浮上し始めたような問題系以前の救済話になっていて、それこそ軍人恩給っていうふうにして片づけたんですね。あれを補償というふうにしていれば、東京大空襲で亡くなった方々にも補償を出すべきだ、そうすれば当然植民地から動員された方々への補償、あるいは賠償を、という話にもなったと思うんですね。

中川　だから、いっさい戦後処理、戦後補償をしなかったツケが、いろんな場面で現れてきています。もちろん沖縄の問題もそうですし、原爆や空襲被害、戦没者慰霊などの問題は文学における主要なテーマであったはずですし、さきほど西さんおっしゃったとおりで、そうしたものが隠蔽されて読まれなくなるということは大変な問題だと思います。

それからもう一つの問題として、戦前の、戦争協力につながったとされるような作品が、戦後七〇年以上にわたって隠蔽されてきた。最近その研究がすこし進んできましたけれども、やはり遅かったということは言えると思います。戦前の作品なんかを読んでいくと、やっぱり植民地問題にしても、いろいろなアプローチをしているんですよね。そこにはもちろん、時代の制約はある。『満韓ところどころ』があるから漱石は植民地主義者だったというような言い方もあるかもしれないけれども、時代的な制約というものはあるわけですから、免責するわけではないけれども、それを非難しても始まらない。でも問題はいくつも出されていて、それを読み解くだけの力が、日本人にはなかったんじゃないか。そういう感慨に浸るほど、作品の抹殺はひどい状況ですね。一九六〇年代から七〇年代にかけて、近代文学派や戦争経験者が生きている時代に、いくつも根本的な戦争責任を問うアンソロジーが出ましたね。いろいろなものが出ていたんだけれども、そういうものさえ、今ほとんど読めなくなっています。

西　宮本常一たちの『日本残酷物語』（全七巻、平凡社、一九六〇）とか。

中川　ええ、そうです。それからもうひとつ僕が不思議なのは、日本人が見ているはずなのに、ナチスの戦争犯罪を書いた作品って、日本人が書いたもので何かありますか。おそらく同時期にベルリンやパリにいた人たちは、ユダヤ人が迫害される状況を見ていたと思うんだけれども。ほとんど聞かないんですね。

西　聞かないですね。

ともかく最初に言ったことにもつながるんだけれども、ヨーロッパの日本人――ヨーロッパを「外地」

といっていいのかどうかという問題もあるんだけれども――、そこももう一つ取り上げると、それこそ鷗外から荷風までという感じで、もうすこし膨らませられたかな、とは思います。

それから、戦争というものが、文学においてはある意味で国民文学からの越境を要請してしまうという話はさっきもした通りなんだけれども、まさに反戦という言葉に置き換えて言うと、あらゆる戦争文学は、世界のどこにおいても反戦文学として読まれうる。

中川 ええ。

西 特にホロコーストについて考えていると、実はホロコーストという現実は――ユダヤ人はそれを盾に、イスラエルという国を維持するために最善を尽くすということになるわけだけれども――、幸いなことに日本人の中でも、ヒロシマ・ナガサキと「被害体験」ということでつながりやすいので、ホロコーストに感情移入する日本人はとても多いし、アウシュヴィッツに行くとけっこうドイツ人や日本人の観光客が多い。しかもそれは、ポーランド人にとってはとてもうれしいことだという言い方をされるんですね。ただ、現地の公式ガイドをされている中谷剛さんに言わせると、ドイツ人の場合は基本的に贖罪意識から訪ねてくるけれど、日本人の場合には、日本人も酷いことをしていたというのは知りつつも、贖罪ではなくて、ドイツ人ほど酷いことは私たちはしなかったよね、というような自己免罪のニュアンスが強いという……

中川 そこまでひどくはない、と。

西 ガス室までは作ってないよね、と。

『外地巡礼』のような本を出したいま、自分では日本人の良心の限界をさぐったつもりではいるけれど、台湾の人たちや韓国・北朝鮮、中国本土の人たちが、日本人にはまだこういう見方が欠けてるな、という批判をぶつけてきてくれたら、それを受け止めることが次の仕事だな、という覚悟はできているつもりです。じつは今度、台湾で中文版が出ることになっていて、この本は半分は台湾文学論なので当然のことといえばそうかもしれませんけれども、中文版が出れば、本土にも渡るだろうし、新しい読者が得られると、いまから楽しみにしているんです。

中国では堀田善衛の『時間』が秦剛訳で出たそうで、かなり話題になっていると聞きますから、日韓、日台もさることながら、文学を介した日中の歴史認識の固定化に揺さぶりをかける動きが連動していくといいなと思っています。

「旅する日本語」ということで言えば、リービ英雄のような作家が、日本語で物を考えながら中国と日本のあいだを往来し続けるというような形が、その変則性ばかりでなく、日中間の相互理解に結びつく実効性をも発揮するようになることをぼくは期待しているのですが。そうした交流をさえ新型コロナが阻んでいるのが口惜しくてならないですね。

中川　「旅する日本語」がかつて見出した、またこれから見出すであろう異質なるものへの注視は、そこに巻き起こる様々なトラブルや葛藤を含めて、他者を理解する、あるいは理解しようと努力する第一歩のように思えます。いま、東アジアでは、日々緊張を深めていくような状況があり、有事を想定した軍事演習が何の衒いも躊躇もなく実行されています。少なくともそうした現況への知的な抵抗として、機能すればと思います。圧倒的な「他者」だと思っていた人々が、自らと繋がっているのだという「気づき」は、そうした知的な対応でしか導かれないのだと思います。その意味で、「旅する日本語」が持つ可能性を、楽天的と言われようとも、信じたいと思っています。

二〇二一年九月二四日、京都にて

【日本と朝鮮】

帝国日本の監視・識別文化
――「不逞鮮人」恐怖症――

アンドレ・ヘイグ
追田好章訳

本章は、朝鮮人による「パッシング」という現象――「日本人」になりすまして、それとして読み取られること――と、帝国の心理や視覚をしばしば支配し攪乱した、過剰に病的な恐怖症としての「パラノイア」との関連性を検討する試みである。帝国の世界を見る目を曇らせる人種的パラノイアの不安は、恐怖を喚起する亡霊的な対象を適確に把握できないときに最も強くかきたてられる。現在の新帝国主義下の対テロ戦争が活性化する情動秩序を素描するなかで、サラ・アーメッドは、人種的差異を刻印した身体が恐怖心を増幅させるのは、「それらが対象として適切な場所に固定されないまま前を通過《passby》するおそれがある」からだと述べている。パッシングへの恐怖心は、社会的境界線上において相互浸透しないように監視・警戒されなければならない現象を引き起こす。とりわけアーメッドは、「諜報機関や監視、勾留権の拡大を正当化するものこそ、テロリストがそれと知られずに私たちの前を通過しているかもしれないという構造的可能性だ」と強調している。(1) 実際のところ、相手を「見誤る」可能性があるがゆえに、「私たちの前を通過する」ことで恐怖の的である境界線を脅かす身体が認知されないまま存在しうるのであり、それにより「すべてのものが潜在的に恐ろしいものとなる」。そして、警備や監視の体制を強化して、いっそう恐るべき、しかも万能にはなりえない世界の見方を産み出してしまう。本章で私は、帝国日本もまた朝鮮の同化と朝鮮問題に付随するパッシングの幻影に囚われていたと主張する。この文脈において、パラノイアへの転換から生じる破壊的効果と情動とを浮き彫りにするために、帝国の不安要因である見えずに前を通過して不安を引き起こす影が監視をすりぬけ、逆に監視体制を偵察する側にたったときに一体何が噴出するのかについて、まずは詳らかにしておきたい。

太平洋戦争・真珠湾攻撃の前夜にあたる一九四一年某日、高石俊夫と名乗る『中外商業新報』所属のある記者が、はからずも記憶すべき出来事となる内閣記者会見に臨んでいた。当時の司法大臣である柳川平助は、参集した通信員たちに治安対策の方針の要点を伝えていたときに、帝国が建前として作成した「台本」から唐突に逸脱したのである。帝国内の公共の秩序や安全性を脅かす無数の危険因子を列挙する過程で柳川は、日常的に怪しむべき存在として、体制側に危害を及ぼす「不良外人」や「欧米かぶれの自由主義者」、「共産主義に同調する輩」を挙げている。ところが柳川は、最も有害な秩序攪乱者は結局のところ国外にも国内にも存在しないということをはからずも認めたのである。

「……問題は不逞鮮人だ！

朝鮮人はむかしから外国人にたびたび征服されているせいでずるくなり、なかなか服従しない。朝鮮人は表面上は服従しているかのように装うが、内面では抵抗している。」（中略）「わしは、ヒトラー総統のユダヤ人にたいする政策と同じように、不逞鮮人をことごとく、どこかの島に隔離してみな去勢してしまった方がよいと思っている。そうすれば、不逞鮮人はいなくなるし、これからも出て来ないだろう。……」(2)

この瞬間に時の司法大臣を不安に陥れていたのは日本が直面していた「朝鮮（人）問題」、つまり日本による帝国の身体に朝鮮を取りこむにあたっての、反乱・統合・同一化という矛盾する要素が結合したジレンマだった。印象的なことに柳川は、カテゴリーとして「不逞鮮人」という言葉を用いてその脅威を名づけた。一九一〇年の日韓併合以来、明治の朝鮮問題に起因する政情不安は解決されたはずだと思われていたが、朝鮮人たちは日本に統合されたとはいっても厳しい監視下に置かれた。帝国は、朝鮮人たちが適切な日本臣民になったかどうかを確認するために、彼らの行動、思想、感情を監視する体制を広範囲に構築したのである。朝鮮人を監視するために動員された植民地的認識論・存在論は、ケン・カワシマが「道徳的二元化」（moralizing binary）と呼ぶものに依拠していた。道徳的二元化とは、日本人になることに反抗しそれを拒む人々を排除しつつ「善良な」朝鮮人を選別的に統合しやすくするために、監視対象となった朝鮮人たちを「不逞な」朝鮮人と「善良な」朝鮮人とに厳密に区別することである(3)。しかしながら、ここには明らかに一つのジレンマが認められる。それは、感情、イデオロギー、忠実さにおける最も重要な差異が他者の内面という近づきえない領域に属するということ、理想的に同化した主体と従順なそぶりを見せるテロリストとの間の差異を簡単に知ることも、ましてや視認することもできないということに他ならない。

柳川のゼノフォビアに満ちた発言は、日本と朝鮮の結合状態に対する後期帝国主義の楽観視のもとに正統化された語りからは根本的に逸脱していた。内地日本人と被植民者とを懐柔するためのスローガンは、日本と朝鮮の人々が一つの身体に融合されること（「内鮮一体」）や、すべての人々が公平かつ人種にとらわれない天皇の眼差しのもとに平等であること（「一視同仁」）を強調した。帝国主義的統合が植民地において監視を必要とした一方で、柳川のゼノフォビアに満ちた声明は、朝鮮同化の可能性を否定し、二国を結びつける「日韓併合」の精神に対して反乱が潜在的に起きうることを意味していたのである。

このことは、柳川の煽情的な「不逞鮮人去勢論」が、なぜ同時代の日本の新聞紙上で取り上げられなかったのかという点を考えるときに役立つ。柳川が以上の声明を出したことを示す記録は、在日朝鮮人の第一世代にあたる作家、高峻石によって適切にも『越境』と名づけられた回想録（一九七七）のみである。あたかも「善良な」朝鮮人と「不逞な」朝鮮人とを識別する監視体制が無力であることを強調するかのように、高は、自身がその日、司法大臣の前に座り、外面では日本人記者「高石俊夫」として振る舞ってはいたものの、内面では「柳川！　お前の前に不逞鮮人がいるではないか。去勢できるものならやってみろ！」(4)と苛立っていたことを述懐している。左翼運動への関与のために逮捕され「不逞鮮人」の烙印を押された高峻石は、釈放後は職を得るために出自を隠すことにした。高石姓を用いて大阪に自身の本籍があることにして、高は「内地人」（日本列島出身の大和民族に属する者）になりすますことを選択したのである。(5) 日本人を演じる高は、厳しい識別の眼をかいくぐることで帝国の監視体制を転倒させ、一転して帝国のパラノイア状況を見つめ返す者として、日韓併合という目標と激しく矛盾しあう朝鮮人恐怖に満ちた柳川の発言を聞いていたのである。

ここでは、柳川がこのような根拠を欠いた陳述を実際に行ったかどうかというよりも、戦前日本の植民地主義につきまとったビジョンと知識の二重の不安定性が、いかにパラノイアの不安に満ちた場面の中心を占めていたかのほうが重要である。柳川は、不逞鮮人が日本帝国主義への反抗心を内に秘めていることを当然、知識としては「承知している」が、「内地人」になりすますべく朝鮮人としての出自を完全に隠している者が存在しうるという点は認められていない。ここにわれわれが見出すのは、帝国の編成に特徴的なパラノイアである。それは、トマス・リチャーズが示唆するように、臨床上の現象として理解されるべきものではなく、むしろ「知識と恐怖が完全に統合されること」に根差した「知覚の分類範疇と恐怖が浸潤した風潮」として理解されるべきものである。(6) この特定の文脈においてパラノイアは、帝国の境界を無化する「文化的統合」のプロジェクトと、朝鮮問題や抵抗への恐怖に収束する識別不可能性という現実とが衝突する交点上に身を置く者たちに、最も強力に根を張ったのである。(7)

本論において私は、パッシングをとおして帝国の不安を掻き立てる者たちを、日本の植民地言説や文化を広く見渡しながら追跡することで、「朝鮮問題」によって引き起こされた帝国主義的パラノイアの特徴的構造が明瞭になることを示したい。朝鮮人を監視する内地日本人たちが、いかに朝鮮人によるパッシングの構造的可能性を捉えていたのかのみならず、他者の選別的包摂や差別的な監視体制についての帝国側の台本をとおして、内地日本人たちがパッシングの可能性を植民地的パラノイアと結びつけるかたちでいかに実体化させていったのかをも検討する。人種的差異の文脈で生じるパッシングという現象は、他の文脈においても、計り知れない恐怖、疑念、そして暴力さえも喚起してきた。仮にパッシングの主体自身が自らのアイデンティティを暴露される恐怖に常に脅かされながら生存するならば、彼らによる「潜入」を受ける集団もまた、その亡霊のもとで「可視性、不可視性、分類化、社会的境界設定にまつわる不安[8]」に直面する。しかしながら、帝国日本の朝鮮人たちが遂行するパッシングは、帝国が彼らの存在を認識するにあたって明瞭な障壁を出現させ、この問題をめぐって空白を生み出した。このことは、植民地主義の文脈で起こるパッシングと帝国主義的パラノイアの問題とが、少なくとも日本と朝鮮の同化と協働に関してこれまで豊富に蓄積されてきた研究のなかで批判的検討の対象となることがなかった要因である。しかし、ナヨン・エイミー・クォンが金史良の中編小説「光の中に」（一九三九）を読解する過程で示唆したように、「植民者と被植民者の混濁と、双方を分離することの不可能性」はおそらく、緊密に結びつき人種的に弁別不可能な日本と朝鮮の間の植民地的邂逅に特徴的な「共有化された不安」として自明であったことだろう[9]。さらに、同化の支配体制のもとで、朝鮮人たちは、表面上はパッシングと同一でなくともそれに非常に類似する植民地的擬態を要求されたのである。

　したがって、帝国日本の公的・大衆的・文学的テクストには、北米における人種を取り巻く文脈で表出する「白人になりすますこと《passing for white》」に関する言説ほどに、明瞭かつ継続して観察される、あるいは普及力のあるパッシングの言説を見出すことは難しい。しかし、日本の植民地的接触を象る言辞には、通りを通る人物が誰で何に見えるかと一致しないという不気味な感覚の痕跡が散見される。植民地当局者、本国の地主層、混乱に陥り暴徒化した市民たちはいずれも、不逞鮮人が内地日本人になりすまそうとしているかもしれない、忠実かつ遵法精神を持った帝国臣民として振る舞い人目を欺くことで内なる差異をごまかそうとしているかもしれないという疑念を表出した。朝鮮人が撹乱的に内地日本人になりすましているという問題が日本で広範囲に渡って社会的関心を集めたのは、一九二三年の関東大震災後、流言とパニックが悪名高い暴力へとゆきついた不安定な日々をおいて他にない。このとき、日本の一般市民たちは、ロバート・ティアニーが書いているように、「日本人と朝鮮人とを区別することができない恐怖」に突如として直面することとなり、「朝鮮人が平然と日本人になりすましているかもしれないという恐ろしい」また「不気味な」可能性が浮き彫りになったのである(10)。

一九二三年に始まったわけでも終わったわけでもないこのようなパッシングをめぐるパラノイアは重要であり、かつ帝国統合のジレンマをはっきりと物語ってもいる。同時に、不信感を抱いていた被支配者を取り込むことへの帝国側の不安を反映したものであり、文化的差異に基づく「人種なき人種差別主義」としての朝鮮人に対するゼノフォビアの根強さを証してもいる(11)。しかしながら、アーメッドの先導にしたがって私が述べたいのは、朝鮮人によるパッシングは、実際に植民地化された身体を巻き込む社会的現実というよりはむしろ、次の点を意味するということである。つまりそれは「融和」と「不逞」の言説に付随する、植民者の認識を混乱させる「構造的可能性」、すなわち、他者を「識別する」ことができないかもしれない、監視対象者の外面と内面の本質的状態との間の危険なほどに惑乱させる不一致を見抜くことができないかもしれないという可能性を意味するのである。しかし、帝国を危険に晒すパッシングの可能性は、植民地言説において明確に認識されないまま、それこそしばしば見過ごされてきた。そのため、本論において私は、「識別」方法の考案にとりつかれた公的・大衆的監視を主題化した文化的台本を検討し、そこに刻印されたパッシングに伴うパラノイアの痕跡を追究することにしたい。

以下の節では、包摂的であることを公言していた大日本帝国において、朝鮮人が「日本人」、「内地人」または「善良な臣民」になりすますのを見る、あるいは直視することを回避するための基本的条件を明確化したあと、日韓併合の初期に監視文化と他者のアイデンティティを識別する台本とがいかに出現し、流通したのかについて検討する。差別的な目で朝鮮人を監視する際に用いられた修辞、用語、分類範疇、そして語りは、植民地として新たに併合された周縁での反乱鎮圧の文脈において、パッシングに特徴的な構造的可能性に対処するために生み出されたものである。つづいて私は、抵抗の発生や朝鮮人の身体の移動を受けて、パラノイアとパニックとが台本として、いかに植民地から帝国の中心へ、国家の文書館から大衆的言説へと移動していったのかを追跡する。最後に、パッシングに伴うパラノイアが暴力的に表面化した瞬間である一九二三年の関東大震災後の「朝鮮人騒ぎ」を描いた物語を分析する。パラノイアの監視が内地人に転用され、それにより歪められた眼が突如としてパッシングを実行する朝鮮人の「反乱分子」をあらゆる場所に見いだしてしまう状況を背景として、作家や批評家のなかには、いきなり朝鮮人に誤認されることで、一時的にパッシングの状態を強制された内地人という攪乱的修辞を展開させる者もいた。彼らはこの修辞をとおして、朝鮮人恐怖と帝国統合とを批判的に問い直す可能性を見出したのである。

一．不均等に統合された帝国とパッシングを見過ごす危険性

日本人になりすます朝鮮人という帝国日本にとって亡霊的な存在は、不均等に統合された多民族帝国に特徴的な状況下で、いかに感知され、あるいは見過ごされたのだろうか。帝国日本の朝鮮問題の文脈で「パッシング」について書くときには、この言葉を逆なでするように用いることが求められる。これまで概念化されてきたような民族的・人種的差異を隠すパッシングの力学が、どの程度、同一性と同化を強調する体制の統治下にある人種的に同質な植民地状況に応用されうるのかという点には議論の余地がある。パッシングという現象を間文化的に考察した第一人者の一人であるエベレット・ストーンキストが書いているように、パッシングとは「従属的位置にある人種が冷遇されている、いかなる人種的状況下でも見られる」[12]。決定的なことに、ストーンキストの分析では、パッシングを同化と並ぶ現象として位置づけ、「多数派のなかにあってその構成員の利益を共有したり、多数派による差別や敵対心から逃れたいと願う」人々が、支配的文化に包摂されるよう交渉するための並行的戦略として、両者の類似点を示唆している[13]。ストーンキストにとってパッシングとは、人種差別や社会的対立が激しいために「同化が不可能なところで」採用される、不完全かつ多数派を欺く戦略を意味する[14]。

これとは対照的に、帝国日本に朝鮮人を取り込もうとするまさにその行為は、同化が可能であるばかりでなく、これまで継承されてきた人種的・文化的類縁性ゆえに同化が必ずや順調に進むだろうという、しばしば繰り返される信念に依拠していた。大日本帝国が朝鮮と共有している属性を修辞的に強調したり、差異化や差別を否認したことを考えれば、ストーンキストの図式のもとでは朝鮮人のパッシン

グという概念は想像すらできないことだろう。実際に、旗田巍の重要な研究が示しているように、同化、すなわち「朝鮮人が朝鮮人であるという意識をすて、日本人になる」という可能性を帝国側が理想化したことは、植民地時代に一貫して見られた「日本の朝鮮統治の基本方針」だと考えられる(15)。

半島出身の帝国臣民は「日本人になる」だけでなく、半島が帝国に包摂されているという理由で、ある限定された意味と文脈において彼らは「既に日本人である」という修辞的文句によって、帝国内で日本人としてパスする（通る）ということの可能性はさらに捉えようのないものになった。「日本人になる」と「既に日本人である」という言辞の入れ替えについて、しばしば再版された植民地朝鮮のガイドブック『朝鮮ってどんなとこ』（一九二九）をもとに考えてみよう。本書は、朝鮮について知識を持つ者と、公的に認定された帝国の台本の大部分を理解できていない無知な者との生きいきとした対話をとおして、朝鮮の基本情報を提供するものである。

「［朝鮮の――引用者補足］人口は？
「一九百萬。
「それで日本人は？
「日本人が今いつたゞけゐるんだよ。
「ウソをいへ、それは朝鮮人ぢやないか。
「どうも困るナ、朝鮮人だつて日本人ぢやないか、日韓併合を忘れたか。
「イヤわるかつたゝ。内地人は何人ゐるかと問ふのだ(16)。

ここで無知な対話者が忘れているのは、一九一〇年八月の日韓併合について周知する文書が頻繁に生産されていたなかで、すべての朝鮮人が「日本人」、より正確に言えば「新日本人」と命名しなおされていたということである。併合の語りは、日本と朝鮮の近接性と類似性を強調したが、帝国日本による併合という身ぶりが即座に、法、文化、言語、あるいは感情の領域において「新日本人」を列島出身の「旧日本人」と同等にすると信じた者などほとんどいなかった。しかしながら、「日本人」という分類範疇を常識的範囲を超えて朝鮮人にまで膨張させるこの修辞的策略によって、内地日本人たちは、自明のことのように思われる「日本人」というラベルを用いて通過《パッシング》することができなくなった。日本人という分類範疇のかわりに、朝鮮人たちはさらなる差異化のために帝国側がその新しい台本で提示した新たな鍵概念である「内地人」にならざるをえなかった。しかしながら、無知な対話者の不用意な発言が明らかにしているように、帝国の術語は従来の分類範疇を崩壊させ混乱を来たし、「日本人」という分類範疇を捻じ曲げるような爪痕を残したのである。

ここで私が主張したいことは、日本人と朝鮮人とを的確に識別できないという状況や分類体系、イデオロギーとが複雑に組み合わさっているために、帝国内の朝鮮人のパッシングを見きわめ、名づけようとする試みが頓挫したということである。大日本帝国におけるパッシングという現象がしばしば明確に感知されず、それを特定するために定まった表現も発明されていなかったとしても、とりわけ帝国本島において、一部の朝鮮人たちが、沖縄人、台湾人、部落民とともに、ときには「日本人」（内地人）とみなされるために自らの出自や民族性の徴を隠そうとしたことは確かである。管見の限りでは、帝国日本内で朝鮮人によるパッシングがどれほど広範に行われていたかを示す歴史的・社会学的データはあまり存在しない[17]。しかし、帝国に認知されることなく越境した高峻石が考察するように、朝鮮人が日本人名を用いる理由は以下のようにいくつかあり、それらはいずれも彼らが内地人になりすます必要があったという点で共通している。つまり、「日本人になりたがっている」「日本帝国主義に傾斜した」協力者がいた。帝国内地への移住者で「日本人から馬鹿にされないで済む」ために出自を偽った者もいた。最後に、「抵抗運動のカムフラジ《ママ》ュー」を企図した革命運動家たちもいた[18]。当然、権力者を最も悩ませたのは最後の可能性、抵抗運動に密かに関与している者たちであった。しかし、朝鮮人たちの識別を取り巻く社会的現実は、高の類型論が提示するほどはっきりと分かたれてはいなかった。一体いかにして監視体制は、外面から模範的被植民者と「カムフラジュー」を駆使した反乱者とを識別できただろうか。

　このことが示唆するように、パッシングの構造的可能性は、所与の識別不可能性、攪乱的抵抗、そして同化政策に期待される好ましい成果という三者の間の不確実かつめったに名指されることのない場所に身を置いていた。この点は現在も活発に議論されているが、パッシングは必ずしも境界侵犯的、破壊的行為であるわけではなく、「より大きな社会的階層を適切な位置で支える」ほどに「基本的には保守的でありうる」[19]。しかしながら、本来朝鮮人がパッシングを行う正当な理由が何も認められない帝国日本という空間においては、隠匿が感知されたり疑われる場合にはなにもかも十把ひとからげに「抵抗運動のカムフラジュー」という反社会的企てとして解読された。パッシングに対する不安は、監視と境界の取り締まりという文脈において最も頻繁に言語化された。監視体制は、日韓併合に伴い植民地朝鮮に最初に出現し、とくに一九一九年以後、朝鮮人の移住者は満洲の周縁から内地まで帝国日本の全土に散らばり、監視網もこれに応じて広げなければならなかった。[20] 朝鮮人を監視すべく設置された帝国の治安部署は、恐怖に駆られたかのように、反日的な不平分子にかぎって自己のアイデンティティを偽る可能性が高いのだと主張した。後期植民地時代に至るまで、特別高等警察は数十年にわたる朝鮮人潜入者の追跡とその失敗の経験を踏まえて、自身が流布した指針のなかで、当局者に対して次のように注意喚起した。

更に注意すべきは不逞鮮人は決して獰猛な容貌や、不逞な面相ではないと云ふ事です。日本語を上手に操り、場合に依れば日本人乃至支那人を偽装して居る様な事もあるでせうし、或は温厚相な鮮人を装ふる事もあり得るでせう。[21]

朝鮮人のパッシングを取り締まるべく警察が用いた類型論では、帝国日本において、パッシングあるいはなりすましを、国民統合的に日本人に「なる」ことと対置できる用語法として整理する必要性が強調された。監視国家は、朝鮮系の人々があやしげな目的のために「内地人」になりすますというパッシングの常套法を認知していた。しかし、思想警察は同時に、民族的出自を隠すよりもむしろ帝国に対する悪意を隠すことによって、新しい忠誠心や感性を備えているという帝国の拡大された意味における「日本人」になりすます者がいるという構造的可能性が現れつつあることに目をつけていた。

帝国が推奨、強化した文化的同化と朝鮮人のパッシングには互いに不気味かつ不快な類似性があり、それは二つの構造的に結びついた形、すなわち、植民地的擬態の正統化された側面と不適切とされる側面の結びつきとして理解するのが最善だろう。ホミ・バーバが定式化したように、もし同化主義的修辞や政策が「ほとんど同一だが完全には同一でない差異の主体としての、矯正ずみで認識可能な〈他者〉に対する欲望」を反映しているのだとすれば、パッシングをめぐる二つの近接した形象が予示するのは、模倣が脅威として、すなわち「ナルシシズムとパラノイアという双子の形象」を出現させる、植民地の権威や正統性を攪乱する脅威として回帰してくるということである。[22] 肌の色による識別ができない東アジアの植民地帝国において、パッシングの亡霊は、もはや大文字の他者として被植民者を認識することができない可能性、さらには「趣味、意見、道徳、及び知性」[23] という内面において被植民者が確かに改善されていない可能性を指し示す。それゆえに、「不適切なものの記号」としての擬態の未決定性やパッシングの可能性を受けて、帝国側は帝国統合の期待に内在する脅威を抑制するために「監視を強化」するのである。[24]

帝国の取り締まりの方針には、「不逞鮮人」を識別する際に監視体制側が朝鮮人の外面的特徴に依拠することに対してあからさまな不信感を抱いていたことが窺える。アン・ストーラーが東南アジアにおけるヨーロッパの植民地権力の担い手たちについて書いているように、「外面から導き出される知覚は信頼性に欠けることが運命づけられている」。そして、植民者たちは、「仮構された」ヨーロッパ人となりすましのネイティブとを産出する「皮膚の色に基づく分類」に頼らずに、「人々の情動と道徳的状態の政治的結果」を計算可能なものにする「人間の「隠された特質」と内面の特徴に関するまた別の知識」を追求したのである。[25] 同様に、皮膚の色に基づく分類が不可能であった帝国日本と植民地朝鮮の文化的統合を進めるべく動員された監視の台本は、感情とイデオロギーという目に見えない、きわめて移ろいやすい流動体を特定するのに必要な知識を求めた。パッシングに伴うパラノイアのこの否認された構造の起源をさらに追跡するためには、併合の瞬間における帝国の周縁に目を向ける必要がある。そこでは、帝国が次第に混乱を来たしていく状況を背景として、監視対象者が本当は何者であるかを絶え間なく追尾すべく、差別的な朝鮮人監視のための移動式台本が、公的にも大衆的にも植民地と帝国間を移動しつつ発達し、適用されたのである。

二　植民地期朝鮮における監視とパラノイアの台本

一九一〇年、長きにわたり期待されてきた日韓両国の併合が実現する前夜、七十年後の未来を予測した、今や忘れ去られたある小説が発表された。この小説の舞台は、大日本帝国に完全に組みこまれた朝鮮半島であり、内地からの旅人が現地で見るであろう場面を想像して描いている。ここで論じようとしている小説は、伊藤銀月『日韓合邦未来之夢』である。明治の日本を生き七十年後の未来にタイムリープした老人、本野丈夫の視点に立ち、一九八〇年の併合下の朝鮮・京城（現在のソウル）を彼が旅する様子を描いている。ある日の散策中、本野は若い案内人からある言葉を投げかけられて当惑する。案内人は本野に次のように迫ったのである。

> 此通り筋などは、日本人六分に朝鮮人二分五厘、合の子一分五厘と云ふ割の通行人です、所が、御祖父様の御目に、どれが日本人、どれが朝鮮人、どれが合の子と御見別が附きますか、いや、固より

同人種ですから、頭の毛を切つて、同じ服装をして同じ言語になつたら、見別けの附かないのは當然のやうですけれども、若し、互に別々の國民性を有ち、互に別々の愛國心を有つて居たら、決して其間に混然たる一致が見えるものぢやありません、之に反して、今我々の目に入る人間が皆同一の國民性を有ち、同一の愛國心を有つて居たなら、縦令、昔の朝鮮人と日本人とのやうに頭の毛や服装がちがつても、其間に混然たる一致の見られることは受合です、さうでせう。(26)

このように、併合から七十年後の未来の光景を前に、案内人は「見別《みわ》け」という言葉を用いているが、視覚（見た目）がいかにあてにならないかを言いたいだけなのである。この場面は、民族・国家という使い古された明確な指標を用いて他者を識別しようとする試みが失敗する運命にあることを示している。七十年に及ぶ帝国統合の末に、朝鮮人との差異のなかでもとりわけ最も明瞭な指標となる髪型や服装、言語でさえも、日本（人）化の流れのなかで現実的意味を失効している。しかし、この小説には、識別不可能性に対する植民者の不安の影、ましてやパッシングに伴うパラノイアが露呈することはほとんどない。むしろ、伊藤の未来予想の全体に反映しているのは、日韓併合と植民地的同化の可能性に対する帝国側の楽観主義である。帝国内地からやって来た旅行客が、さまざまな人々が混じり合いながら歩いている京城の街路で、日本人や朝鮮人、「混血」の人々を視覚的に見分けることは不可能である。一方で、併合が単に外面上の類似性だけではなく内面における「混然たる一致」を生み出すかぎりにおいて、旅行客は他者を識別する必要がないということにも気づくことになる。

一九一〇年の併合よりはるか以前には、伊藤銀月の小説が表現しているように、日本列島出身者と朝鮮半島の人々は「同人種」に属するがゆえに、日本人と朝鮮人とを区別する外見上の差異が両者の交錯を可能にさせるほどに流動的であることは常識とされていた。このように常識として共有されていた知識は、帝国統合により朝鮮人の潜入が実際の社会的懸案となるよりもはるか以前から存在していた。歴史的な語りでも、フィクションの語りでも、パッシングにおける文化的な見よう見真似の部分、これをめぐる修辞をとおして、それは既に明示されていたのである。日本人側の朝鮮服着用は、そもそも朝鮮への旅行のためではなく、朝鮮通信使が江戸に来訪したときに行われていた、徳川時代にまで遡る日本の文化的実践であった。通信使の来訪を受けて祭祀が催されている間、日本列島の都市に住まう人々は、ロナルド・トビーが書いているように、「日本社会の規則に拘束されない異質な他者」でありながらも「将軍を拝謁したり、将軍に認識される特権を持った」朝鮮人に扮して、市中を練り歩いたのである[27]。

しかしながら、異民族の衣服を着用するという行為が持つ遊戯的性質は、明治時代までに、朝鮮問題に関連する地政学的不安定性から影響を被るようになった。併合に先立つこと数十年前に出版された朝鮮半島を舞台とする小説のなかには、単に服装を変えて言語的・文化的能力を必要な分だけ身につけることで朝鮮人になりすまし、朝鮮人たちの内部に分け入って諜報活動を行うことで、個人的・政治的使命を遂行しようとする、民族的には日本人である登場人物たちの姿を描出したものがある。半井桃水『胡砂吹く風』（一八九一–九二）に登場する英雄は血の上では半分朝鮮の血を受けついでいるが、法的・文化的・精神的には日本人である。彼は、朝鮮人の敵役への復讐をまっとうするために、当初は朝鮮人になりすましていたが、つづいて朝鮮の宮廷に忍びこみ日本と朝鮮の汎アジア主義的連帯を実現するためにも扮装する。同様に、与謝野鉄幹の短編小説「小刺客」(一九〇二)もまた、朝鮮民族服を着て京城の街を行く日本の若者の姿を描く。この若者の使命は、日本に敵対的な朝鮮政府の大臣宅に潜入し、隠した破裂弾で彼を殺害することであった。

用心深い朝鮮人の監視の目をかわすために日本の初期帝国主義の担い手たちが用いた擬態と服装転換という虚構上の行動は、被植民者のパッシングとは区別されるべきである。ラドヤード・キップリングの小説『キム』の主人公がインドの「ネイティブ」になりすますのに必要な能力について述べているように、われわれは植民者による擬態を「植民地主義を攪乱するのではなく監視するための技術」だと見なすことができ、それは「植民者と被植民者の差異を曖昧にはするものの、結局のところ植民地支配が改善に向かっていることを示唆するために行われる」のである。[28] 朝鮮人の衣服を纏う日本人を描いた一九一〇年以前の物語は、後の植民地体制がスパイや密偵を監視に動員することになる未来を先取りすると同時に、それとは反対に、朝鮮人の擬態について、有効にも以下のことを明らかにしている。すなわち、日本社会に潜入するために衣服を転換する朝鮮人たちは一九一〇年以前の大衆小説には登場していなかったということである。しかし、これらの語りは「朝鮮人性」と「日本人性」の双方を微視的に捉えたうえで、両者が相互浸透しうる構造的可能性を詳らかにしている。

その後、小説の登場人物たちが朝鮮人になりすますために依拠したのとまさに同じ誰もが認める類似性が、朝鮮人たちは正式に大日本帝国臣民に「なる」ことができるのだと表明する帝国主義的併合に関する一九一〇年以後の基幹的語りに組み込まれた。ところが、朝鮮人と日本人を識別することは、たとえ帝国主義的文化統合が進み、もはや両者を識別する必要がないと表明されたときでさえも重要でありつづけた。併合当初、帝国側はある不安を鋭く感知していた。朝鮮人が「内地人に紛らわしい姓名」を用いることを禁じた一九一一年の植民地における規定を検討する過程で、水野直樹は、形成途上にある監視体制が抱いていた根深い不安を看取している。その不安とは、肌の色や顔の特徴に基づいて人々を区別するのが根本的に困難であるならば、彼らの言語、服装、究極的には名前さえもが突如として同一となった場合に、「日本人と朝鮮人を区別する手がかりがなくなってしまう」という不安であった。[29]

ここで伊藤銀月『日韓合邦未来之夢』に戻ろう。この小説では、上に引用したように、内地からやってきた旅行客が一切の「手がかり」を失っている様子が描出されている。したがって、旅行客すなわち観察者は、自分と同様の国民性と愛国心を共有しているかもしれない未来の朝鮮人たちとの間に「混然たる一致」を確認するために、彼らの外面よりもさらにその内奥へと視線を嵌入せざるをえない。そのため『日韓合邦未来之夢』の旅行客は結局のところ、立ち聞きという簡易な潜入監視の方法を考案するのである。低俗な小説に登場するこの古めかしい方法は、サトル・サイトウが「視覚的欲望を満たすための聴覚的手段を通じた「言葉による置き換え」」と呼ぶものを可能にする。[30] あたかも旅行者二人は「探偵小説にもありさうな図」に沿うかのように、「日韓人合同の裏面の真相」を披瀝するかもしれない朝鮮人たちの親密な会話を盗み聞きしながら、日本化された京城を徘徊する。[31] 彼ら素人探偵は、ハイブリッド化した植民地の若者が「日本と朝鮮とが一つとなつては、今の新しい日本となつた」「日本が朝鮮で、朝鮮は日本ですもの、男だつて女だつて、今の青年に日本を嫌ふ者がありませうか」と熱を持って表明するのを聞いてたちまち感動する。[32] 旅行客は「朝鮮を包含しての日本の前途は極めて有望だ」と確信して帝国の中心へと帰っていく。[33]

朝鮮に足をふみ入れたこともなさそうな内地の作家が遠くから思い描いた将来の融合にむけた確固たるビジョンと比較すると、朝鮮で実際に治安維持の任務に当たっていた帝国の役人《エージェント》たちは事態を楽観視していなかった。彼らは、新たに統合された多くの朝鮮人たちが日韓併合に不満を抱いているという認識に囚われていたのである。日本の侵略が、とりわけ一九〇七年以後の数年間にわたるゲリラ戦や暗殺、朝鮮ナショナリズムに基づく激しい抵抗に直面したことで、帝国のエリートたちに日韓両国の新たな結合に影を落とす恐怖や不安が刷り込まれていたためである。しかし、植民地における認識論的・存在論的不安は、日本人と朝鮮人とを識別するための民族的標識が機能しないことではなく、むしろ植民地朝鮮人のいくつかのタイプを識別するための分類系統が不安定かつ不正確であることに起因するものであった。植民地での監視と取り締まりのために不安定ながらも形成された分類範疇が、朝鮮の「良民」全体のなかに潜んでいる「排日」の暴徒と共謀者とを名づけるべく公式化された。反抗的かつ二枚舌を使う朝鮮人「暴徒」を追尾した経験から得られた教訓が、帝国日本の反乱鎮圧に関する公式見解である『朝鮮暴徒討伐誌』（一九一三）に記録されている。世界中の占領や反乱鎮圧に共通するジレンマを分節化しつつ、駐留軍の記録員は次のように回想している。

然ルニ彼等暴徒ハ其服装固ヨリ良民ト異ナラサルモノ多キノミナラス時利ナケレハ直ニ武器ヲ捨テ良民ニ扮シ我鋭鋒ヲ避クルノ手段ヲ採リ而シテ特ニ事件發生初期ニ於テハ土人亦彼等暴徒ニ同情シ之ヲ庇護スル傾向アリシヲ以テ討伐隊ハ以上ノ告示ニ基キ責ヲ現犯ノ村邑ニ歸シテ誅裁ヲ加ヘ若クハ全村ヲ燒夷スル等ノ處置ヲ實行シ…（34）

植民地主義とたたかう反乱者が身を隠すのに最適な場所とは、見分けなどつかない植民地の大衆の集団内部であり、それは、一般大衆から彼らを識別しようとする帝国主義体制の能力の限界を試す戦略でもあった。無差別の焦土作戦という形をとった日本軍による抵抗への報復はかえって生存者たちの「怨恨」を引き起こし、反乱軍に加わる新たな「暴徒」を生み出す結果となった。[35] この事態に対応するために、軍司令官は反乱の鎮圧にあたる軍隊に対して、朝鮮人の村落を完全に破壊することを禁じたうえで、「玉」（貴重な「良民」）に「石」（「暴徒」）が混ざっていないかどうかを確認するために「嚴ニ良匪ヲ鑑別」するようにと命じたのである。[36]

帝国内地における文化的論評――ここで焦点化するのは明治後期の諷刺画である――もまた、帝国側の台本として、植民地における反乱鎮圧に内在するジレンマをより効果的に解消するための識別方法を提案するかたちで議論に加わった。ゲリラ戦の最中に発表された一九〇七年の『東京パック』の風刺画（図1）は、『朝鮮暴徒討伐誌』とほぼ同じ内容である。軍事力だけでは植民地における不安定な状況は解決できないとしたうえで、『東京パック』の風刺画家は滑稽なことに、漫画で社会不安を解決しようとした。当時の韓国統監であった伊藤博文（一八四一―一九〇九）が巨大化した姿で描かれ、手にした巨大なふるいで朝鮮人たちを選別している。これは、体制側が「韓國官民を濾して残りたる太い奴を揉潰する」ために、無辜の小市民がふるいを通り抜けられるようにしているものと思われる。[37] しかしながら、地上では帝国側が貴重な良民と不逞な抵抗者とを選別するために、言い換えれば反乱とテロリズムを抑止するために、帝国の治安・反テロの諸特徴を結集した監視と諜報のネットワークを広範囲に張り巡らせており、そのネットワークは、詳細な記録やスパイと情報提供者の動員に依拠している[38]。同時代日本の識別システムを実見したある米国人が、併合以後の朝鮮半島で行われていた監視に内在するパラノイア的傾向を簡潔に捉えて、次のように述べている。朝鮮半島は「制服を着用した警官の群れ［…］秘密警察が遍在している。朝鮮人たちのどの集会にもスパイが潜伏している[39]」。

植民地での監視についての台本は、他者の識別を達成することよりも、民族的疑念を拡散することに対して効果を発揮した。結果として、一九一〇年以後、過度な警戒心に囚われた体制が「新日本人」の一般大衆のなかに潜んでいる抵抗者を特定することだけに事態は留まらなくなっていった。植民地における監視は、視認できない潜在的抵抗や膨大な陰謀の数々――それらは本質的に監視体制を脅かす幻影的恐怖を生

図 1.「韓國統治新策」『東京パック』、1907 年 11 月 10 日

成する——に関する語りや台本を生みだした。併合からちょうど一年後、『東京朝日』の京城特派員は、総督府の植民地行政が悪性の「鮮人恐怖病」に冒されていると述べている。この特派員の分析によれば、帝国の衰弱を示す主な兆候は「新政に對する朝鮮人の反抗を殆ど幻影的に怖れ過ぎたる」点に現れており、その幻影は、朝鮮半島支配のすべての面に広がっていた[40]。朝鮮人、それも実際のところは反抗の意思など抱いていない朝鮮人に対する「幻影的謬見」に支配された日本の植民地体制は、逆効果であることに、民心を不安定化し、植民地側の恨みを買う軍隊と警察中心の装置となったのである。

帝国の朝鮮人恐怖は、一九一一年から一九一二年にかけて起こった、いわゆる「朝鮮陰謀事件」で表出、定着した。流言や強制的自白から、当時の朝鮮総督、寺内正毅を暗殺する大規模な陰謀の疑いが表面化したことで、陰謀の嫌疑をかけられた朝鮮半島中の数千にものぼる人々が逮捕された事件である。米国の宣教師、アーサー・ジャドソン・ブラウンは、自らが作り出した幻影に飛びつこうとする植民地体制を次のように描写している。「それ［植民地体制］が、ペンナイフさえ押収されて恐怖にふるえた少年たちのなかに危険な暗殺者を見てしまうには［中略］何らかの下心、あるいはこのようなパニックにつき動かされた想像力が必要である」[41]。総督府の役人たちには確かに朝鮮人による陰謀という亡霊を作りだす「下心」があったが、未然に抵抗を抑止することと治安を乱すことが懸念される幻影を過剰に監視することは同時に、「パニック」という不安定な台本、とりわけ植民地における「情報パニック」を併発させた。クリストファー・ベイリーは、英国植民地期インドで起こった「情報パニック」の力学を叙述している。ベイリーによれば、「情報パニック」は植民地期インドにおいて、緊張状態に置かれた植民者と、被植民者に対する「タギー、犯罪者集団、宗教的狂信者、毒殺者といったステレオタイプ」

とによって推進された「過剰な陰謀論」のなかで発生した。(42) 植民地期朝鮮の日本の役人や定住者は、英国の植民者よりも被植民者についてより詳細な知識を蓄積していたと思われるが、英国の植民者と同様に「現地に関する知識の不足や「現地人たちの策略」の見落とし」(43)を恐れていた。帝国内地の言説や文化を考えるとき、われわれはそこに帝国の威信を見出すよりはむしろ、「日本人」になれる「善良な朝鮮人」と抵抗者を広く「見分け」損ねてきたことで生じる根深い不安がしばしば風刺されているのを目にする。菊池寛の戯曲「暴徒の子」（一九一六）は、蜂起と虐殺後のある植民地を舞台としている。この作品は、「土人」の女性の言葉をとおして他者を視覚的に識別することの限界についての懸念を描出している。女性は、「あの國」（大日本帝国の内地）から派遣された役人たちが、冤罪で逮捕された彼女の息子と真の「暴徒」たちとを「見分け」られないだろうとして、「水牛の脊の小鳥がどれも同じに見えるやうに、あの國の人達はあの子と、外の人達との區別なんか見分けて呉れまいよ。土人と云へば皆同じものだと思つて居るんだよ」と語る。(44)「善良」と「不逞」とを見分けることができない、あるいは見分けようともしないことからパラノイアは生じ、反乱の抑止から統合へと向かうプロセスを壊乱したのである。

三．帝国中心で上演されるパラノイアの台本

しかし、植民地における警備組織のパッシング恐怖とパニックは、帝国の周縁に限定されたままではなかった。むしろ、占領下の朝鮮半島で醸成された認識論的不安と存在論的不安定性は、朝鮮人移民の

身体、監視システム、物語、それらにつづいて生成する知の分類範疇とともに、帝国内部に回帰してきたのである。帝国の中心と周縁の双方においてだれが何者なのかを追跡する際には、視覚による識別よりも公的文書、名簿、地図、分類体系などの膨大な文書が用いられた。それぞれが直面している朝鮮問題に対処するために、帝国の中心と植民地の当局は、「排日鮮人」や「要視察朝鮮人」のような監視上の分類を共有するとともに、同様の不安を抱くようになった。一九一〇年の併合の瞬間から、帝国内地の警察権力は管轄内に居住するすべての朝鮮人たちの情報を文書化し、日本に対して敵対的感情を抱いていると思しき人々には特別な監視を行う任務を担っていた。[45]一方、内地で朝鮮人を監視することには困難が伴った。アイデンティティ誤認の構造的可能性があるために、多数派である日本「内地人」のなかに容易に見失われていく小規模だが急速に増えつつあった朝鮮人移民という少数派の監視が遅滞していたからである。

しかし、朝鮮と日本内地における監視分類の中心にはいずれも、不服従の姿勢や反植民地的抵抗という情動に満ちた「不逞」という分類範疇が存在し、それは日韓併合とともに官憲の用語として作り出され、一九一九年の帝国の危機に際して十全に動員されたのである。当局が長きにわたり恐れてきた植民地先住民の蜂起が、一か月前の日本の朝鮮人留学生による予行演習につづいて、一九一九年三月一日、朝鮮独立運動という予期しえぬ民族を結集するようなデモンストレーションとして、ついに現実化したのである。この大規模な抵抗の要因を解明すべく日本の植民地言説は数多くの解釈枠組みを採用してきたが、抵抗をめぐる公的語りの中心には、少数の「不逞鮮人」がその他の一般大衆のなかに潜入し流言飛語を拡散したことで、彼らに不服従の感情を感染させたのだという見解があった。したがって、朝鮮独立のための抗議に対する帝国側の軍事的取り締まりは、「不逞ノ徒ヲ根絶シ良民ヲ不安ノ境ヨリ救拯セムトセバマタ止ムヲ得ザルナリ」とされた[46]。しかし、三月一日以後、植民地での抵抗運動という懸案は、もはや朝鮮半島に限定されたままではなくなっていた。バーバラ・ブルックスは適切にも「恐怖と憎悪とを内包した公的言説は「不逞鮮人」が引き起こした「朝鮮問題」の政府記録のなかに具現化されており、朝鮮人への差別が最も根強い植民地朝鮮から帝国中の人々の大衆的言語にまで拡大した」と述べている[47]。しかしながら、帝国内地でますます大衆化しつつあった朝鮮人への監視や識別の試みは凄惨をきわめていった。見えない潜入への恐怖は結果として、よりいっそう敵意に満ち、歯止めが利かないものとなっていったのである。

このような状況下で、一九二三年の関東大震災後、パッシングとそれに起因するパラノイアとが、その数は容易には検証できないものの数千の朝鮮人移民たちの虐殺によって、身震いを催させると同時にグロテスクなかたちで可視化されたのである。震災に引きつづいて流言として拡散した新たな語りのなかでは、不逞な朝鮮人反逆者たちが変装し外見上は見分けがつかなくなり、「各所に放火し」、「團結シテ到ル所ニ掠奪ヲ行ヒ、婦女ヲ辱シメ、残存建物ヲ焼毀セントスル」ことへの恐怖が分節化された[48]。内地人たちを錯乱させ、日韓併合を引き裂くような恐ろしいヒステリーが社会を覆っていた。このような状況下で、監視や他者を識別する試みが植民地から帝国日本の中心に適用され、市民で構成された自警団によって「朝鮮人狩り」が遂行されたのである。

朝鮮人暴動にまつわる根拠を欠いた流言の出現、拡散、影響については、政府の企みによるものという見解からそれと並行する先祖返り的ゼノフォビアにその原因を求める見解に至るまで、さまざまな解釈が提示されてきた。[49] しかし、根拠のない噂が既に大衆間に浸透し広く流通していたために、政府をはじめとする支配階級のパラノイアとパニックの台本は大衆の間でも演じられることとなった。そのため、これらの朝鮮人による潜入と転覆の語りは説得力があるものと受け取られ、有無を言わせないものとなっていった。印刷メディアや大衆文学が提供した扇動的な物語――不逞な暗殺、爆撃、秘密結社、幻影的陰謀についての物語――は疑いうる朝鮮人たちに対する草の根での監視に人々を動員したと同時に、それは一部の治安維持当局が求めた「民衆の警察化」のあらわれであった。[50] 宮地忠彦は、一九一九年から一九二三年にかけて広く報告された朝鮮人の陰謀や「不逞行為」にまつわる事件は「「不逞」と「善良」の境界線をあいまいにし、従来「善良」とみなされてきた内地在留朝鮮人も警戒しなければならなくなった」と述べている。[51] 震災後、一般大衆は政府の発表や凄惨な新聞報道、探偵小説から手当たり次第に情報を得ることで、「陰謀野心」を抱き「予テヨリ或ル機会ニ乗ジテ暴動ヲ起コス」ことを虎視眈々と狙っていると思しき不逞鮮人に対する恐怖心や嫌悪感を増幅させていったと、治安当局はしぶしぶながら認めている。[52]

結果として、関東大震災後の流言に駆り立てられてパニックを起こした共同体は、彼らが夙に準備を進めてきた反乱鎮圧組織としての自警団の役割を即座に担うようになった。監視とテロ対策に当たる市民的エージェントは、朝鮮半島における警備と同じ台本にしたがって、同種のパラノイア的心性を表出した。警視庁『大正大震火災誌』は、内容の信憑性に難はあるものの、警戒心を深めていく大衆に流言が与えた影響と無根拠であると判明した流言の分析を盛りこんだ、貴重かつ代表的な資料集である。[53] 本書を執筆した警視庁所属の記録担当者によれば、流言がすべての始まりではあったものの、警戒心を募らせた人々が暴動に関与していると思しき朝鮮人を見分けられなかったことでパニック状態が維持されたという。「内地人ト鮮人トノ區別困難ナリシ」ことを受けて、パニックに陥った現場の人びとは、

> 集團ヲ成セル避難民ヲ見テハ、不逞者ノ團體ナリト即斷シ、鮮人労働者ガ其ノ雇主ニ引率セラレテ作業場ニ赴ケルヲ望ミテハ、鮮人團體ノ來襲ナリト誤認セルガ如キ事尠カ《ママ》ズ、且又軍隊及ビ警察ガ萬一ノ變ヲ慮リテ警戒ノ爲ニ出動セルヲバ、來襲鮮人ニ應戦スルモノト思惟シ、戦々競々トシテ其堵ニ安ンズル能ハズ（四五六）

この後に、民衆たちが「恐怖ノ眼」で「不逞者」を識別しようとしたことで、新たな流言とパッシングへの視角を誘発する「幻覚」と「謬見」とが形成されたと続く。驚くべきことに、自警団に参加した群衆は「軍隊警察ニ反抗」し、朝鮮人になりすましているという噂のあった制服を着た軍人や警察官さえも尋問したり、襲撃したりすることもあった（四四一、四五一）。一九二三年九月の暴力的ヒステリーは当時、一般に「朝鮮人騒ぎ」と呼ばれていた。その理由は、この論争含みの言い回しが有効にもその出来事と他の帝国主義的文脈における「パニック」との親和性へと注意を促したと同時に、そこでこの言い回しが暴力の表出だけではなく「反乱を支える情動の一つ」[54]として伝染的に流通していく噂にも結びつけられていたからである。しかし、このひっくりかえった台本では、内地日本人たちは帝国統合への不安を反映した流言を受けいれることで、「見分け」ることの不可能性に反駁する反乱者としての役を割り振られた[55]。

内地人か朝鮮人かをめぐる誤認という構造的可能性は、関東大震災後の流言とパニックのなかで活性化されるようになった境界なき統合の前提条件であった。不安を宿した眼は、突如としてあらゆるところに危険なパッシングの兆候を見出してしまい、信憑性に欠けたビジョンを過剰に生産してしまう。サラ・アーメッドが「誰もがテロリストになりうる構造的可能性」と名づけたものは、この文脈においては、すべての見慣れぬ者たちが朝鮮人の反逆者になりうるという構造的可能性を意味する。[56]その身体が判読可能性や可視性を拒むときに存在の強度が増していく他者への恐怖は、このような身体が「対象として適切な場所に固定されないまま前を通過するおそれがある」がゆえに高められるのだと、アーメッドは書いている。

つまり、私たちは、あるべき形態を取りそこねた存在を視認することに失敗するかもしれないのである。「見分ける」ことが不可能かもしれないという事態は常に起こりうる。それゆえに、想像上の他者、予想不能なやり方で成型する他者からコミュニティを防衛すること、ひいては防衛という営みが決して終わることがないという「未終結性」によって、現在が維持されるようになる。[57]

コミュニティの防衛はそのための暴力を正当化するが、他者を識別する新たな台本をも必要とする。「新日本人」(朝鮮人)と「真日本人」(内地人)を見分けることの不可能性に直面した自警団は、「識別」という差別的監視への関与をますます深めていった。朝鮮人狩りという不条理きわまりないパラノイア的行動は、被疑者を精査しアイデンティティの徴を監査するために街路に設置された検問所において頂点に達した。自警団は、容疑者の服装や身体的特徴、日本語の能力や発音を調べたり、正統とされる文化的知識を表明できるかどうかを試すことで身柄を特定しようとしたのである。[58] 帝国軍部は、公には「善良な朝鮮人」からは区別される「不逞鮮人」だけを捕えるようにと命じていたが、自警団の記録が示唆するところによれば、彼らは日本人になりすましていると思しき朝鮮人を無差別に捕えていた。[59]
この経緯については、交換留学生として来日していた柳俊赫のように、この状況下を生きのびた朝鮮人の証言がよく捕捉するところである。柳は「群衆は鮮人狩りを為し、朝鮮人と云ふ名義さへあれば善悪を不問、曲直を問はず何等区別を為さず、見る毎に撲殺する次第であった」と回想している。[60] 要するに、疑り深い自警団は、植民地の治安当局を辟易させた朝鮮人内部の種類の識別さえ遂行しようとはしなかったのである。なかには生存をかけて自らの身元を隠そうとする移民たちもいたが、ほとんどの証言が、日本語をそれほど運用できず理解できなかった労働者たちにとってパッシングは実際のところ選択肢とはならなかったことを明らかにしている。しかし、朝鮮人のパッシングという社会的現実は、パラノイアの語りによって新たに活気づけられた構造的可能性ほどには重要ではなかった。自発的に共同監視を行った人々は、朝鮮人狩りをすべく彼らを識別するための新たな道具と策略とを構築した。そして、その識別手段は、内地日本人にもしばしば向けられたのである。

四．内地人もまたパッシングを強いられる

流言飛語を生んだパラノイア的な空気や猜疑心に駆られた大衆、そして不条理としか言いようのない

身元確認と識別の現場は、その後、幾年にもわたって、「朝鮮人騒ぎ」の決定的特徴として文化的記憶に定着した。なかには朝鮮人狩りのパラノイアに満ちた茶番劇と文化への破壊的影響とが、朝鮮との「融和《ユニオン》＝併合」において日本人であるということがいかに醜悪であり不安定であるかを露呈させたと解する者もいた。たとえば、体制批判の戯画を手がけ反骨精神に溢れた知識人、宮武外骨は、自警団が内地人と朝鮮人とを識別しようとする過程で表出した狂気性を次のように嘲った。

誰何して答へない者を鮮人と認め、ヘンな姓名であると鮮人と認め、姓名は普通でも地方訛りがあると鮮人と認め、訛りが無くても骨相が變つて居ると鮮人と認め、骨相は普通でも髪が長いから鮮人だろうと責め、［中略］一時は全く氣狂沙汰であった(61)

宮武は、この文章に、暴力沙汰を含む騒擾のなかで帝国の文化統合を提唱したスローガン（内鮮融和）が破綻していることを暗示する「日鮮不融和の結果」という題名をつけている。このような題名をつけることで宮武は、過去に遡り、挫折しつづけてきた朝鮮との融和＝併合それ自体と現在の狂気性とを直接結びつけている。他方で、パラノイアによるパニックについて図像を併用してなされた宮武の批評は、植民地における監視がいかに破壊的影響をもたらしたのかを帝国内地の人々の心性に向けて訴えかけている。ある人物が標準的な内地の日本人というプラトン的な意味での理想《イデア》から少しでも逸脱した場合には、彼あるいは彼女は内地人になりすました朝鮮人かもしれないという疑念を抱かれ、奇妙かつ極端なやり方で自身のアイデンティティを確証しなければならなかった。宮武は、地域によっては当局が発行する民族的出自を示す確たる証書があるかぎりは震災後の避難民たちが検問所の通行を許可されていたと述べており、この状況を「これ日本人なり」と記した証書を身にまとっている男性の戯画で可視化した。一度、パッシングが可能性として公認された途端に、まずは他者を識別する監視プロセスを経なければいかなるアイデンティティも保証されなかったのである。この点について、金杭によれば、関東大震災後のパニックが「日本人であること」の自明性を宙づりにしたとき、次のような事態が生じたという。

いかなる方法を用いるにせよ、日本人はなんらかのかたちで識別されてはじめて日本人たることができた、ということである。それが上で見たように顔相によるものであれ、また「十五円五十銭」という発音のなめらかさによるものであれ、何人もそのまま日本人として通りを通ることはできなかったのだ。(62)

金が指摘するように、アイデンティティを特定する監査に通らなかった朝鮮人がその身体に受けた差別的暴力は、不安定化した内地人のアイデンティティを再度、安定化するための境界画定の方法として採用された。しかし、識別に伴うパラノイア的行動は、朝鮮人狩りを始めた目的自体が皮肉にもその擁護であった「内地人」の身体、精神、「日本人であること」という分類範疇それ自体にダメージを与えたことで、植民地主義下の監視を促した帝国側の台本を歪めたのである。

実際に、朝鮮人騒ぎについての文化的陳述の多くは、朝鮮人が日本人になりすますことへの恐怖ではなく、「そのまま日本人として通りを通ること」ができないという事実に突然さらされた人々が誤認を恐れた、その事実誤認の恐怖によって特徴づけられていた。徳富蘇峰は、朝鮮人騒ぎの後、「恐ろしきは鮮人ではなく、我等が鮮人と誤視せらるる事だ」と述べている。[63] 朝鮮人の反乱を伝える流言とは異なり、朝鮮人と誤認される恐怖は根拠がなかったわけではない。同時代の新聞は、混乱のさなかに誤って殺害された内地人や沖縄人、中国人の悲劇的事件を報道した。「日本人」としてのアイデンティティが安定していたはずの多くの内地人たちは、自警団から自分をただ単に日本人になりすましているに過ぎない人物として告発されることを本質的に恐れていた。誤認されるアイデンティティ、とりわけなりすましの反抗的被植民者と取り違えられる内地人を主役に据えたテーマは、「朝鮮人騒ぎ《パニック》」の語りでは一つの特徴的修辞として文学表現にたびたび出現した。言い換えれば、誤認される内地人は、疑念、監視、アイデンティティ識別の語りにしばしば登場したのである。その語りにおいては、現実の朝鮮人の存在が不可視化されるとともに、「朝鮮人」というまさにその言葉もまた検閲回避のために削除された。[64]

その後、幾年にもわたって、関東大震災後のパニックを主題とする文学的語りが生産されることになる。その語りには、内地人が自身の安定していたはずのアイデンティティを植民地主義の文脈から生じる疑念によって宙づりにされるという、読者を揺さぶり恐怖を喚起する修辞が、批評性に富む考察や日本人のイデオロギー変容のために動員された。このような可能性が、プロレタリア文学の小説家であり劇作家の藤森成吉による短編小説「草間中尉」の中心に息づいている。「草間中尉」は、関東大震災五周年に当たる一九二八年に左翼雑誌『戦旗』誌上に発表された。[65] タイトルの由来となっている草間中尉は、地方から上京してきたばかりの日本軍人である。日本帝国主義の担い手であり人種的には内地人としての身分であることで非の打ちどころのない存在であるうえに、軍事的権威に対して「正直」でありかつ「正義感」に溢れる軍人の鑑として特徴づけられている。被災した人々に支援物資を配給すべく崩壊した東京の街を軍服姿で巡回しているとき、中尉は在郷軍人たちが興奮した様子で「朝鮮問題」について話し合うのを漏れ聞くことになる。彼らが朝鮮人恐怖を喚起し伝染性のある流言を無批判にも再生産していると、「正直な中尉は、此の無知な夢中な談話に、又正義感を呼び起こせられた」。中尉は「殖民地人の陰謀や残虐」を虚偽として否定し、虐殺を遂行しているのはむしろ内地日本人であると在郷軍人の集団に思い起こさせるために、次のように述べる。

「どうも日本の民衆は困る。……」
中尉は、緣臺と其の周囲の誤解と幻想を撃退するべく説明しはじめた。［中略］人×《殺》しをしたのは日本人で、××《鮮人》こそどこででもヤラレてゐる。［中略］日本人が大國民なら、何故もつと落ちついて、冷静な判断を持たないか？……（二九三―二九四）

「正直な」中尉は、流言を否定し「殖民地人」を擁護するだけにとどまらず、日本人が果たして「大國民」なのかと公然と問題提起したのである。朝鮮人騒ぎをめぐるこの台本で中尉が演じている役割は、プロレタリア運動の書き物それ自体の役割と相似形を成している。誤った大衆に正しいことを述べることで彼らに帝国の幻影を断念させ、国家規模のゼノフォビアを乗り超えるようにと説得し、被圧迫者の間で国際的連帯関係を構築するという役割である。しかしながら、中尉の説教は聞き届けられなかったばかりでなく、ついには次々と増えていく群衆の感情を昂らせ、彼らを惹きつけていく。

「そいつ、てつきり××人が日本將校の服裝をしてゐるんだ!」

「さうだ。さうしておれ達をだまさうとしてやがる。でなくて、あんなに彼奴等の肩を持つわけアねえ!」

「顔から××人づらだ。」

「戒嚴令が布かれてゐる時、ほんとの將校なら略服なんか着てゐるもんか。そいつが何よりの證據だ!」

棍棒や武器を持つてワイワイ罵り騒ぐ、それら殺氣立つた群衆を見て、中尉はギヨツとした。こんな奴其の手にかゝつては、何をされるかわからない。瞬間、中尉は自分の先刻の無益な訓戒を後悔した。(二九四)

群衆は瞬時に中尉が朝鮮人ではないかと疑念を抱きはじめた。このような群衆の認識の変化は、彼らが中尉の怪しい民族的標識を誤読した結果ではなく、思想信条の観点から見て怪しい中尉の言語行為を解釈した結果である。群衆の恐怖に満ちた眼には、中尉が単純にパッシングを目論む暴徒である「はず」であり、中尉の言葉が彼の内面に秘められた朝鮮人に寄り添おうとする気持ちを披瀝したものと映ったのである。同時に、中尉が直面している苦境は、変装した朝鮮人であるという疑いが内地人にまで及び、その疑いが民族という感情的に結ばれた共同体の境界線を取り締まる役割を果たしうることを示唆している。パニックの語りの多くに見られるように、植民地からやってきた朝鮮人を擁護して声を挙げることは、極度の興奮状態にある朝鮮人狩りを行う者たちによる誤認と暴行を招来する危険性を増やすことに等しかった(66)。

藤森が手がけたプロレタリア文学の物語のなかで、自らの日本人性を擁護してパッシングを遂行しなければならないことに気づいたのが実に天皇のために働く忠実な軍人であったということは、皮肉でありつつも適切な設定である。物語はまず、疑念が生じたらそれが即座に群衆全体に広がっていく過程を描出していき、その後の語りは、中尉が自警団の朝鮮人狩りから逃れようとする場面の描写に充てられる。中尉を追跡する群衆はあれよあれよという間もなく七十人から八十人へと増えていく。いわゆる「人民の保護官」たる警察は中尉を守るのに無力であり、自分たちが次の標的になることを恐れている。軍の営倉に逃げこまざるをえなくなった中尉は、群衆に取り囲まれ自衛の手段がほとんど何も残されていないことを悟る。群衆は「もうバラバラツブテを投げつけたり、衛兵所になつてゐる民家を、鯨波の聲をあげて、地震のやうにワッシヨイ〳〵ゆすぶり出したりした」(二九五)。これは、朝鮮人恐怖に陥った群衆が、朝鮮人狩りの日本人に怖気をなした軍部や警察に対して芝居を打った、当時の東京で展開された反帝国の反乱行為という、笑うしかない場面である。草間の命は彼の身分の「證明」が反駁不可能なほどに強力であり、とりわけ「將校と云ふ位地」(二九五)ゆえに守られることになった。

語り手は作品の末尾で「此の思ひも寄らない危機の経験は、いろんな事を中尉に教へた」(二九五)と述べている。この一文については第一に、帝国が醸成した国家規模のパラノイアの罠にまさにはまってしまった「日本の民衆の無智と愚昧」への嫌悪によって、草間中尉が目を醒ましたと解釈できる。東の間であれパッシングを経験したことと、その瞬間に植民地的監視を受ける立場から帝国主義国家を眼差したことで、中尉個人にとっては彼のアイデンティティが、日本という集団にとっては「日本人」という分類範疇が不安定化したのである。これは、ホミ・バーバが予期していた瞬間である。つまり、柳川のパラノイアに満ちた会見に高峻石が潜入していたことと重要な差異を伴いつつも並行している瞬間、バーバの言葉を借りれば「監視の一瞥が逆に規制される側の視線として回帰」し、この過程において「観察者が観察される者になり、「部分的」表象がアイデンティティを本質から切り離し、アイデンティティという概念全体が再分節化される」瞬間である。[67] しかし、ここでパラノイアを表出した監視者の眼差しが内地人に回帰してくるという誤認の修辞は、革命的洞察を切り拓くことになる。草間中尉が「まちがつて被追求者の中へきぎれ《ママ》込んだ」、すなわち中尉が実際に「不逞鮮人」になった途端に、批評性に富んだ新たな方向性が開けてくるのである（二九五）。金杭は、内地人が「日本人になる」ことができるのは、自身のアイデンティティが識別される経験を経ることによってのみであり、そうすることで、国体・民族・国家の想定された調和が回復されると主張したが、これは草間中尉には該当しない。[68] 実際のところ、語り手の最後の言葉が示すのは、この出来事の後そう遠くないうちに、中尉が軍隊を去り、社会主義者として生まれ変わるということであり、彼が国家と帝国を拒絶する未来である。[69]

注目すべきは、「草間中尉」が以下の時空間のなかでプロレタリア文学運動の旗艦的雑誌『戦旗』に発表されたということである。つまり本作品は、階級に基づく連帯や、同時代の左翼運動において成長しつつある一角を構成していた朝鮮人労働者と内地の大衆とを分離する「民族問題」を乗り越えようとする努力が再び息を吹き返していたときに発表された。[70] 藤森の物語は、一九二三年の関東大震災後の残虐行為、言い換えればエリートの植民地的パラノイアが都市労働者階級にいかに甚大な影響をもたらしたのかをありありと示した出来事へと遡り、民族間に穿たれた溝を架橋しようとする、昭和初期の数あるプロレタリア文学の一つであった。しかし、パニックを描いたプロレタリア文学のなかでも「草間中尉」だけが、ゼノフォビアに陥った日本人による告発をとおして「朝鮮人化された」、すなわちアイデンティティを誤認された内地人という修辞に、帝国主義的・国家的主体性を放棄する可能性を位置づけた作品であった。

五．結論――パニック後に過去の植民地的パッシングを読むということ

当初の流言から後の社会主義的思考に至るまで、「パニック」をめぐる語りは、植民地における監視と差別的な身元確認の台本とが帝国内地に移植されたときに噴出した不安定性を明らかにするものである。パラノイアに満ちた監視体制が大日本帝国の内地人に転用されたことで、コミュニティが分断されたと同時に、何千人もの朝鮮人が虐殺された。本章で私は、パッシングの構造的可能性が大衆のレベルで可視化されたのはこの束の間の瞬間に過ぎないけれども、パッシングに起因するパラノイアがその時に始まったり（あるいは終わったり）するものではないということを論証しようと努めてきた。感情と視認の領域で生じるパラノイアの構造は、親密な帝国の統合に固有の特徴であり、帝国の中心と周縁の間を移動する監視の分類範疇、イデオロギー、語り、身体の効果であった。パニックは、パッシングの可能性を認識するというだけで帝国のアジェンダがいかに危ういものになりうるのか、当然のこととし

て受け入れられてきた国家的アイデンティティの性質がいかに変容しうるものなのかを明らかにする。たとえ「一視同仁」、「内鮮融和」や「内鮮一体」という標語でパッシングの問題を意図的に無視したとしても、あるいはそれと並行する社会主義インターナショナリズムの思考枠組みを採用したとしても、虐殺の余波によりパッシングを直視しないための台本が必要とされたのである。なぜなら、パッシングの疑念を抱くだけでも、他者の潜入で自国が崩壊するかもしれないという自己愛的パラノイアが発生しうるからである。

一九二三年以後、パッシングから目を背けるということは、パラノイア、すなわち大衆のヒステリーと虐殺とによって表面化した帝国の隠された緊張を解消することにはつながらなかった。むしろ無数になされた説明が示唆するように、内地の日本人と朝鮮人の間にはさらに深刻な相互恐怖や疑念が生じたのである。一九二五年、高峻石、後の「高石俊夫」が済州島から日本列島に渡ったとき、彼は即座に二年前の虐殺を耳にし、内地の日本人が「こわい人種」であるという考えを強く抱くようになった[71]。そのときの恐怖心が、後の彼の抵抗運動への傾倒、一時的に日本人になりすますという選択、そして、柳川平助の去勢論への反応を形成した。帝国の崩壊まで出版されなかった朝鮮人の潜入についての珍しくも貴重な高峻石の回想録は、パッシングに関する語りのほとんどがそれを経験した者たちの視点からなされているということを思い起こさせてくれる。それは、たとえパッシングを条件づける監視や識別の台本が他者の潜入に対する支配的集団のパラノイアによって生産されているとしても変わることはない。

帝国統合の時代においては、パッシングの構造的可能性を認めなかったために、従来のパッシングが行なわれる切迫した領域を追究する文学作品が、内地人によっても被植民者によっても、ほとんど書かれることがなかったのだと考えられる。金史良の一九三九年の小説「光の中に」は、植民地主義下のパッシングを描いた日本語文学として最もよく知られる作品だが、煎じ詰めれば本作品でさえ「パッシング」に焦点化していない可能性がある。かわりにその物語の中心にあるのは、内地人と誤認されることを容認している在日朝鮮人エリートと、自身の朝鮮人の血を激しく否定する混血の少年との関係性である。しかし、「光の中に」の語りとその受容は、パッシングという単なる可能性に過ぎない要素が小説においてさえいかに注意深く統制されなければならなかったかを示唆している。一人称の語り手である南は、パッシングへの意思を否認し、「日本」や「内地人」に対するいかなる敵対的感情も否定し、ただ間接的に朝鮮人の識別に関する基本的問題についてほのめかすだけである。意図的になりすまそうとしているというよりはむしろ、南は単に「南先生」という日本名のもとで自身が受動的にパッシングを遂行していると感じている（「いつの間にか南《ミナミ》先生で通つてゐた」）[72]。結果として、芥川賞の選考に際して「光の中に」を読んだ帝都に居を構える作家たちは、本作を、パッシングを描いた小説としては受容しなかった。そのかわりに、朝鮮人の内面に食い入った作品「光の中に」は、「朝鮮人問題」を捉えて「国家的重大性を持つ」と称賛されたのである。[73] しかし、朝鮮人問題とは、仮にそれが朝鮮人の帝国への破壊的包含の問題やパッシングが見過ごされる真空状態でないとするならば、一体何だったのだろうか。それは、パッシングの可能性を正面から見据えずにすませる方が、それに代わるパラノイア、迫害、暴力に目を向けるよりも望ましいということなのかもしれない。

注

（1）Sarah Ahmed, *The Cultural Politics of Emotion* (Edinburgh: Edinburgh University Press, 2004), 79.

（2）高峻石『越境――朝鮮人・私の記録』（社会評論社、一九九七年）、二四六頁。

（3）Ken Kawashima, *The Proletarian Gamble: Korean Workers in Interwar Japan* (Durham: Duke University Press, 2009), 155.

（4）高、『越境』、二四七頁。

（5）高、『越境』、二二八–二二九頁。

（6）Thomas Richards, *The Imperial Archive: Knowledge and the Fantasy of Empire* (London: Verso, 1993), 114.

（7）ここで「帝国の文化的統合」という言葉は、西川長夫が提示した「国家的統合」の諸原則を駒込武が換骨奪胎したものに依拠している。駒込武『植民地帝国日本の文化統合』（岩波書店、一九九六年）、三頁を参照。

（8）Linda Schlossberg, “Rites of Passing,” in *Passing: Identity and Interpretation in Sexuality, Race, and Religion*, ed. María Sánchez and Linda Schlossberg (New York: New York University Press, 2001), 1. また、以下の文献も参照。Werner Sollors, *Neither Black Nor White Yet Both - Thematic Exploration of Interracial Literature* (Cambridge: Harvard University Press, 1997), 251-283.

（9）Nayoung Aimee Kwon, *Intimate Empire: Collaboration and Colonial Modernity in Korea and Japan* (Duke University Press, 2015), 69.

（10）Robert Tierney, *Tropics of Savagery: The Culture of Japanese Empire in Comparative Frame* (Berkeley: University of California Press, 2010), 105.

（11）Todd Henry, “Assimilation’s Racializing Sensibilities: Colonized Koreans as Yobos and the ‘Yobo-ization’ of Expatriate Japanese,” *positions* 21, no. 1 (2013): 11-49.

（12）Everett Stonequist, *Marginal Man: A Study in Personality and Culture Conflict* (New York: Charles Scribner’s Sons, 1937),

198.

（13）*Marginal Man*, 199.

（14）Ibid., 184.

（15）旗田巍『日本人の朝鮮観』（勁草書房、一九六九年）、六頁。

（16）高橋源太郎『對話漫談——朝鮮ってどんなとこ』（朝鮮印刷、一九二九年）、二‐三頁。

（17）例外の一つとしては、Kawashima の引用にあるように日本名を不当に用いたことで立ち退きにあった朝鮮人の借地人に関する資料がある。*Proletarian Gamble* の一一〇頁を参照。

（18）高峻石『朝鮮人・私の記録』（同成社、一九七一年）、一七二頁。

（19）Schlossberg, 3.

（20）宮地忠彦『震災と治安秩序構想——大正デモクラシー期の「善導」主義をめぐって』（クレイン、二〇一二年）を参照。

（21）榎本三郎「居るぞ！不逞鮮人」（一九四〇年）『特高警察関係資料集成』第十二巻、荻野富士夫編（不二出版、二〇〇四年）、二七二頁。

（22）Homi K. Bhabha, *The Location of Culture* (London: Routledge, 1994), 86, 91.［ホミ・K・バーバ『文化の場所——ポストコロニアリズムの位相』本橋哲也ほか訳（法政大学出版局、二〇〇五年）、一四八、一五八頁。］

（23）Bhabha, 87-91.［バーバ、前掲書、一五一頁。］

（24）Bhabha, 86.［バーバ、前掲書、一四九頁。］

（25）Ann Laura Stoler, “Reason Aside: Reflections on Enlightenment and Empire,” in *The Oxford Handbook of Postcolonial Studies*, ed. Graham Huggan (Oxford: Oxford University Press 2015), 56-57.

（26）伊藤銀月『日韓合邦未来之夢』（三教書院、一九一〇年）、一一三‐一一四頁。

（27）Ronald P. Toby, “Carnival of the Aliens. Korean Embassies in Edo-period Art and Popular Culture,” *Monumenta Nipponica* 41, no. 4 (Winter 1986): 452.

（28）Anne McClintock, *Imperial Leather: Race, Gender, and Sexuality in the Colonial Conquest* (New York: Routledge, 1995), 69-70.

（29）水野直樹『創氏改名：日本の朝鮮支配の中で』（岩波書店、二〇〇八年）、二九頁。

（30）Satoru Saito, *Detective Fiction and the Rise of the Japanese Novel, 1880-1930* (Cambridge: Harvard University Asia Center, 2012), 39.

（31）伊藤、前掲書、一一八、一二七頁。

（32）伊藤、前掲書、一二二、一四六頁。

（33）伊藤、前掲書、一四六頁。

（34）朝鮮駐箚軍司令部編『朝鮮暴徒討伐誌』（総督官房総務局、一九一三年）、一三頁。

（35）『朝鮮暴徒討伐誌』、一三−一四頁。

（36）『朝鮮暴徒討伐誌』、一四頁。

（37）「韓國統治新策」『東京パック』第三巻三一号（一九〇七年十一月）、『東京パック』第三巻（下）（龍渓書舎、一九八五年）、一九四頁。

（38）この点については次の文献の当該箇所を参照。Matsuda Toshiko, *Governance and Policing of Colonial Korea: 1904-1919*, Nichibunken Monograph Series no. 12 (Kyoto: International Research Center for Japanese Studies, 2011), 131-160.

（39）Arthur J. Brown, *The Korean Conspiracy Case* (New York: [s.n.], 1912), 5.

（40）「専任總督論——鮮人恐怖病」『東京朝日』一九一一年十月三日。

（41）*The Korean Conspiracy Case*, 5.

（42）Christopher Bayly, *Empire and Information: Intelligence Gathering and Social Communication in India, 1780-1870* (Cambridge, Cambridge University Press, 1996), 143-149, 171-178.

（43）Bayly, 6.

（44）『菊池寛全集』第三巻（平凡社、一九二九年）、三八頁。

(45) たとえば、内務省警保局が一九一〇年から一九一一年にかけて発表した「朝鮮人名簿調製ノ件」などを参照。朴慶植編『在日朝鮮人関係史料集成』第一巻(三一書房、一九七五年)、二七頁。
(46)『朝鮮総督府官報』号外、一頁、一九一九年七月一日。水野直樹編『朝鮮総督諭告・訓示集成』一(緑蔭書房、二〇〇一年)、四三一頁。
(47) Barbara J. Brooks, "Peopling the Japanese Empire: The Koreans in Manchuria and the Rhetoric of Inclusion," in *Japan's Competing Modernities: Issues in Culture and Democracy, 1900-1930*, ed. Sharon Minichiello (Honolulu: University of Hawaii Press, 1998), 31.
(48) ここに挙げた流言はそれぞれ、『東京日日新聞』一九二三年九月三日と警視庁編『大正大震火災誌』、一九二五年、四四六頁から引用した。
(49) 松尾章一「関東大震災史研究の成果と課題」『関東大震災政府陸海軍関係史料I巻　政府・戒厳令関係史料』(日本経済評論社、一九九七年)、七-四三頁。
(50) 大日方純夫『警察の社会史』(岩波書店、一九九三年)、一一七頁。
(51) 宮地、前掲書、八九頁。
(52) 警視庁編『大正大震火災誌』、四五三頁。
(53) Ibid., 441-456. これ以降のページ番号は本文中に示す。
(54) Bhabha, 200. [バーバ『文化の場所』、三三五頁。]
(55) この点については、尾原宏之が『大正大震災——忘却された断層』のなかで、震災後の自警主義を暴動として解釈している。尾原宏之『大正大震災——忘却された断層』(白水社、二〇一二年)、一一六-一二三頁。
(56) *Cultural Politics of Emotion*, 75.
(57) Ibid., 79.
(58) 姜徳相『関東大震災』中央公論社、一九七五年、一一一-一一二頁。
(59) 姜、前掲書、一二三-一二八頁。

(60) 姜徳相・琴秉洞編『現代史資料六　関東大震災と朝鮮人』みすず書房、一九六三年、二八五頁。

(61) 宮武外骨「日鮮不融和の結果」『震災畫報』第三冊、一九二三年十一月五日、四七頁。

(62) 金杭『帝国日本の閾――生と死のはざまに見る』（岩波書店、二〇一〇年）、一七一―一七二頁。

(63) 徳富蘇峰「寸前暗黒」（一九二四）『朝鮮人虐殺に関する知識人の反応』琴秉洞編、第一巻（緑蔭書房、一九九六年）、一九一頁。

(64) この点については、以下の文献の当該箇所を参照。Alex Bates, *The Culture of the Quake: The Great Kanto Earthquake and Taishō Japan* (Ann Arbor: University of Michigan Press, 2015), 150-151.

(65) 藤森成吉「草間中尉」『戦旗』、一九二八年十月。本作品は、琴秉洞編『朝鮮人虐殺に関する知識人の反応』第二巻、二九二―二九四頁に再録されている。英訳としては小林多喜二『蟹工船』とともに、*The Cannery Boat, and other Japanese Short Stories* (New York: International Publishers, 1933), 247-252 に掲載されている。

(66) Bates, 173.

(67) Bhabha, 89.［バーバ前掲書、一五三頁。］

(68) 金杭、前掲書、一七三―一七四頁。

(69) この点は日本語の原文では曖昧にされているが、一九三三年の英訳版では明確化されている。*The Cannery Boat, and other Japanese Short Stories*, 252 を参照。

(70) サミュエル・ペリーは、一九三〇年代前半までは朝鮮人労働者が都市の共産主義労働組合において三番目あるいはそれ以上の構成比率を占めていたが、運動の過程で朝鮮人と日本人との統合に困難が生じたと述べている。Samuel Perry. *Recasting Red Culture in Proletarian Japan: Childhood, Korea, and the Historical Avant-Garde* (Honolulu: University of Hawaii Press, 2014), 125-145.

(71) 高、『越境』、七五頁。

(72) 金史良「光の中に」『近代朝鮮文学日本語作品集』創作篇一、大村益夫・布袋敏博編（緑蔭書房、二〇〇一年）、五五頁。Kwon の *Intimate Empire* に所収された "Pluralizing as a Transpacific Method" も参照。

（73）久米正雄は『文藝春秋』（一九四〇年三月）に掲載された芥川賞の選評のなかで「光の中に」における「内鮮人問題」の「國家的重要性」を指摘している。

植民地体験と翻訳の政治学

――『朝鮮詩集』に収録された鄭芝溶の作品を中心に――

金　東僖

一．鄭芝溶詩の日本語翻訳

本稿は、鄭芝溶（チョン・ジヨン：一九〇二―一九五〇）の詩と、金素雲（キム・ソウン：一九〇七―一九八一）と金時鐘（キム・シジョン：一九二九―）によって日本語に翻訳された訳詩を対象として、植民地支配という事件を経て形成された翻訳をめぐる言説を再考することを目的とする。

鄭芝溶は一九二〇年代に同志社大学に留学した朝鮮の知識人であり、「最初のモダニスト」と称される近代の代表的な詩人である。彼の作品では、従来の朝鮮の詩文学とは異なるモダンな感覚、すなわち近代都市空間や身体感覚が描かれている。このようななじみのない感覚に大きな影響を与えたのは、日本留学の経験であったとみられる。

鄭芝溶の詩は、金素雲、金鍾漢（キム・ジョンハン：一九一四—一九四四）、金時鐘の三人によって主に日本語に翻訳された。金素雲が訳した朝鮮詩訳詩集『乳色の雲』(1)は、一九四〇年に河出書房から出版された。この翻訳詩集に基づき、一九四三年には興風館から二冊の『朝鮮詩集』(2)が、また一九五三年には創元社から一冊に編集された『朝鮮詩集』(3)が、一九五四年には岩波文庫から『朝鮮詩集』(4)がそれぞれ出版されたが、岩波文庫版は現在まで販売されている。

金素雲が『朝鮮詩集』というタイトルを最初に使った一九四三年に金鍾漢の翻訳詩集『雪白集』(5)が博文書館から刊行された。金鍾漢は一九三九年から一九四二年の間に鄭芝溶の詩七編を翻訳したが(6)、そのうち三編は、修正を経て『雪白集』に収録された。『雪白集』には近代朝鮮の八人の詩人の詩二九編が収録されているが、鄭芝溶の作品は「白鹿潭」「冬籠り」「九城洞」「朝餐」「毘盧峰」「玉流洞」「長壽山」「瀑布」「躑躅」「ながれぼし」「赤い手」の一一編で、最も多い。

鄭芝溶の作品は、『乳色の雲』には「カフェ・フランス」「ふるさと」「紅疫」「不死鳥」「臨終」の五編が、興風館の『朝鮮詩集』には『乳色の雲』の五編に「樹」「ガリラヤの海」「石ころ」「時計を殺す」「朝餉」「玻璃窓」「白鹿潭」の七編が追加された全一二編が、創元社の『朝鮮詩集』には興風館と同じ作品が、岩波文庫の詩集には「玻璃窓」「白鹿潭」の二編を除いた一〇編が収録されている。また、金時鐘の『再訳朝鮮詩集』には、岩波文庫の『朝鮮詩集』と同じ一〇編が載っているため、金時鐘は岩波文庫の詩集を参考にしたことが分かる。

一九五四年の金素雲の翻訳作品と同じ作品を金時鐘が新たに翻訳した『再訳朝鮮詩集』は、二〇〇七年に岩波書店から発刊された。これにより、一つの出版社から同一の作品を載せた『朝鮮詩集』が二冊刊行されたことになる。本稿では、上述の問題意識に基づき、金素雲が朝鮮の詩を翻訳した理由と成果、そして金時鐘が金素雲の翻訳詩を再訳した意図を分析しながら、これに内在する文化権力と翻訳の政治性を考察する。そのために、鄭芝溶の作品と二人の翻訳を比較しながら翻訳スタイルの違いを明らかにするとともに、その違いに注目し、植民地認識をめぐる翻訳の問題を探究する。

金素雲と金鍾漢は、翻訳の対象にした作品が異なる。「朝鮮詩ブーム」を巻き起こしたと評価される金素雲は、鄭芝溶の初期の日本留学時期の作品と中期の宗教詩編を中心にした一方、金鍾漢は「山水詩」と言われる後期の作品を対象とした。金時鐘は金素雲が翻訳した作品と同じ作品を再訳したため、注目を要する。金素雲の翻訳で『朝鮮詩集』が刊行された約六〇年後に、金時鐘は金素雲が翻訳した作品と同じ作品を新たに翻訳し、『再訳朝鮮詩集』を刊行した。日本人の読者から作品と翻訳が高く評価された『朝鮮詩集』を、金時鐘は何故再訳したのだろうか。それには、翻訳に対する二人の立場の違い、いわゆる直訳（literal translation）と意訳（liberal translation）の問題が関わっている。それに関して金時鐘は次のように述べている。

> 訳を始めてみて『朝鮮詩集』は、金素雲の訳詩というよりも当時の日本の抒情詩にリズムを合わせた、金素雲自身の、詩の歌であることの確信をもった。そのためもあって私は、忠実に原詩に迫ろうとして極力意訳を避けた。(7)

金素雲が日本人読者が読みやすい詩句にするために意訳を試みたのに対して、金時鐘は朝鮮語詩の原文に焦点を当てて直訳した。金時鐘は、金素雲が翻訳した作品を新たに翻訳するほどに金素雲の翻訳に対して強烈な問題意識を持っていたが、そのことには、日本人や日本語に傾倒した翻訳であるという金素雲の翻訳に対する韓国内の批判と、在日朝鮮人である金時鐘の境界人としてのアイデンティティの問題が緊密に結びついている。

このような翻訳に対する観点の違いに注目した研究は、今まで行われてきた。『朝鮮詩集』を対象とした代表的な研究は、金允植（キム・ユンシク）、沈元燮（シム・ウォンソプ）、尹相仁（ユン・サンイン）、梁東国（ヤン・ドングック）によって行われた。

金允植[8]は、藤間生大との論争を通じて、『朝鮮詩集』における翻訳の問題を考察した。彼は、金素雲の訳詩集がまとう神話的な雰囲気が大東亜共栄圏の思想と結びつくことと、それとは異なる側面、つまり日本人に朝鮮の「抒情詩」を紹介したこと、その両面が内在していると分析した。

沈元燮[9]は、金素雲と金鍾漢の翻訳を比較検討した。彼の研究は具体的な作品分析に基づき、金素雲と金鍾漢が選別した鄭芝溶の詩編の特徴と翻訳者の翻訳スタイルについて考察したが、金時鐘の翻訳は検討の対象としていない。

尹相仁[10]は、金素雲の『朝鮮詩集』に対する戦後日本の評価を検討した。彼は金允植の観点に同意し、『朝鮮詩集』に対する日本人の賛辞の根底には日本語や日本文化に対する優越意識が内在するオリエンタリズム的な思考があるとみて、翻訳は帝国へゲモニーに対する言語的な実践であること、そして翻訳をめぐる言説と帝国の歴史的な記憶の関係性について考察した。この過程で、金時鐘の「思えば『名訳』への惜しみない賛辞は、北原白秋、佐藤春夫、島崎藤村といった、朝鮮語とは何の関わりもない日本の近代詩の大家、重鎮によって評価されたものだったが、その実際はむしろ、朝鮮人の金素雲が駆使した練達な日本語そのものへの驚きであったはずだ」という文章に基づいて、金素雲の翻訳は原文と訳語の対応を考慮せずに「上手な日本語」のみに焦点を当てて行われたために金時鐘が再訳したと分析した。

梁東国[11]は、尹相仁の研究を参考にして、『朝鮮詩集』を中心とする日本の「朝鮮詩ブーム」を検討した。彼は、「朝鮮詩ブーム」は朱耀翰と鄭芝溶をはじめとする留学生たちの日本語創作から始まり、『朝鮮詩集』の発刊に至って本格化したと述べている。また、尹相仁が指摘した日本側の評価が中心となったことに対する問題提起は妥当ではあるものの、翻訳に対する認識によってその評価は流動的であり、日本で発刊された本である以上日本側の評価が中心となったのは当然だと判断した。また彼は、金素雲の翻訳についていては、帝国の文化体制の形成という帝国主義の支配の論理の下に、植民地知識人として植民地支配の論理に順応し、さらに屈服することも少なくなかったと結論づけた。

『朝鮮詩集』の翻訳者の立場の違いをめぐる認識が定着していく段階で、鄭芝溶の日本語詩が発掘された。したがって、本研究は鄭芝溶の日本語詩と、金素雲と金時鐘の翻訳詩を比較しながら、二人が活用した翻訳の底本を確認するとともに、植民地を背景にして行われた翻訳とそれに関わる言説を検討する。

二．『朝鮮詩集』をめぐる文化権力と翻訳の問題

金素雲の翻訳に対する評価は、現在に至るまで活発に議論されてきた。その流れを簡単に整理すると、出版当時の日本文壇の賛辞、解放直後に韓国マスコミを中心に浴びせられた非難、日本の弾圧下でも韓国文学を日本に紹介したという再評価、「オリエンタリズム」と「帝国」という概念の中で行われた批判、というふうに概括できる。

詩集が出版された当時、金素雲は日本文壇に大きな影響力を持っていた北原白秋の支援を受け、島崎藤村や佐藤春夫など名高い人物と交流していた。彼らの賛辞が序文を飾り、さらに書評が発表され、「神話作り」が行われた。金素雲の『乳色の雲』の発刊に寄せて、李光洙は次のように述べている。

金素雲氏は嘗て朝鮮の民謡を蒐め、幾冊かの譯本を公にされました。それは實に素晴らしい飜譯ぶりで、江湖の稱讃を博したことであります。金氏はその筆で新たにまた朝鮮の新詩百編ほどを移譯されました。原文のリズムや匂ひにまで心を配られたと聞いてゐます。實に金氏は詩人たると同時に、原語譯語両つ乍らマザートングと云ふべき堪能さを有して居り、若し詩が譯し得られるものとしましたらこの人以上の譯者はあり得ないと信じます。

今や、大和民族と朝鮮民族とは一つとなつて日本帝國を護る運命に結びつけられて居ります。その為にはお互に魂と魂が觸れ合ふことが必要であります。この役割をなすもの文學を措いて他に何がありませう、文學こそは両民族の心と魂とを結びつけ融け合せる最も力ある要因と信じます。この譯詩

集の意義も茲にあるものと思はれます。(12)

推薦の辞に当たる李光洙の文章は、金素雲の翻訳の優秀さを強調しているが、そこには日本語に同化した文章が優れているという認識が内在している。李光洙は、朝鮮民族は帝国日本に同化せねばならず、文学は「両民族の心と魂とを結びつけ融け合せる最も力ある要因」であるがゆえに文学を通じて日本の思想に傾倒しなければならないと強調する。このような李光洙の文章の内容は、金素雲の翻訳を「親日」と批判する研究者が示す根拠ともかなり似ている。また、李光洙の文章だけではなく、『乳色の雲』の序文を書いた島崎藤村と佐藤春夫の文章も、「内地／外地」の区別による「支配／被支配」の文化権力の関係が想定されているため、金素雲の翻訳は「国語」である日本語を通じて帝国の文壇に便乗するための作業として評価された。

日本文壇を中心に形成された金素雲の翻訳に対する高い評価は、解放後新たな局面を迎えた。一九五二年九月二二日、イタリアのベネチアで開催された「国際芸術家大会」に参加した五名の代表の団長を務めた金素雲は、経費調達のために日本滞在中に朝日新聞の記者のインタビューを受けたが、(13)その内容が「甚だしい親日行為で韓国に恥をかかせた」という評価を受け、韓国では金素雲に対する非難の声が高まり、全国文化団体総連合会を中心に糾弾大会まで開かれた。(14)このような動きに対して、金素雲は「金素雲氏の非国民的な妄言の問題化」「張赫宙・金素雲などの反民族作家を徹底的に糾弾——公報処長との談話」などの新聞記事を見て、張赫宙とともに名前が挙がること、「非国民」と「反民族」という言葉が自分の名前とともに言われることに悲しみと憤りを感じると述べた。(15)金素雲は、自分への非難と、彼の訳詩集は体裁ばかりを取り繕っているという評価に対して何度も抗弁したことがあるが、その一部を紹介すると次のようになる。

その当時に出した著書・訳書は例外なく序文に「時局色」が滲んでいる。

序文の最後に私の名前を書く時は「シンガポール入城の日」か、あるいは「燈火管制下の望汝山房にて」などのように飾り言葉がいつも一言入る。それは本文を修正せずに本を出せる最小限度の「交換条件」である。

「シンガポール入城の日」とは何の関係もない日に書いてもこのような一言を書いてこそ不急不要の関門をかろうじて通過できる。「望汝山房」は故国を望むという意味で木に刻んで玄関にかけておいたその時代の齋號である。いつも夜には燈火管制やそのような言葉をわざわざ揚げる必要はないのに、この一言で出版協会から目をつぶって用紙が配給される。

序文の内容にも決して時局を忘却していないという痕跡を置いておかなければならない。そうしたくなければ本の出版を諦めるしかない。

何れを選ぶか。

子供雑誌の際に「りんご一切れ（ハングル）」を与えるためには「どんぐり（日本語）」をつけなければならなかったその交換条件はここでも道を塞ぐ。

——それをやめて本を諦めるのか。

——「どんぐり」をつけてでも「りんご」を与えるのか。

この場合に私はいつも後者を選んだ。くだらない私の名前——そんなものはぬかるみに放り投げても惜しいことはない。それによって「りんご」一切れが与えられるなら…。[16]（原文は韓国語、引用者訳）

金素雲は、本の出版のためなら意図的に序文に「時局色」を入れる行為は必須であると力説し、出版のためにハングルと日本語の「交換条件」が必要ならそれを受け入れたと語る。また、彼は「日本語それ自体は問題ではない。要はその日本語の中に民族感覚が埋没されるか否かにかかっている。外国に住みながら外国語を使うといって責める理由はない。なるべく上達する言葉を——なるべく正確な語感で——このように願いたい。だが、繰り返すと、ある外国語の感覚が独自の民族感覚と渾然一致——あるいは同化作用を起こすとすればこれは隷属であり、屈従である。」[17]と言い、言語に先立って民族意識が重要であると披瀝した。さらに、「日本に住んで日本語で本を出す私に世の人々は日本に親しい者として白眼視してきたことを誰より私自身がよく知っている。ところで、その日本語で書かれた内容は何か、どんな文章なのかについては彼らは知ろうとしない」と述べ、日本に住み日本語を使う自分への非難に対抗して、言語よりその内容が重要であると強調した。このような金素雲の言葉によると、朝鮮の民謡、童謡、詩をまとめる作業が重要であり、出版のために日本語を活用することは副次的だということを意味すると解釈できる。しかし、彼にとって日本と日本語が「外国」と「外国語」の意味に対応するのは解放後であり、彼が『朝鮮童謡選』『朝鮮民謡選』『乳色の雲』『朝鮮詩集』を出版した当時は、日本は「外国」ではなく「帝国」でありつつ「内地」であり、日本語は「外国語」ではなく「国語」であった、ということを想起する必要がある。植民地期に日本語は外国語に編入されておらず、「国語」

として朝鮮の民族共同体の結集を瓦解させる要因として活用された。また、彼は序文に「時局色」を入れる作業は「本文を守るための意図的な行為」であると述べているが、本文でもかなり積極的な意訳がみられるので、彼は状況と与件によって「修正した翻訳」を試みたというほかないだろう。

金素雲の翻訳に対する韓国での再評価は、一九七七年の韓国翻訳文学賞の受賞がきっかけになったものとみられる。韓国翻訳文学賞は、国際ペンクラブ韓国本部が主管して一九五八年に新設されたもので、金素雲は一九七七年に冬樹社から出版された『現代韓国文学選集』収録の詩の日本語翻訳によって受賞し、翻訳者としての功績を認められるようになった。これとともに、一九五二年に公刊された『木槿通信』が民族的な抗日エッセイとして評価され、一九八〇年代以降からは「玄海灘の黒い波に乗って日本文学が私たちの母語をふんだくろうと襲い掛かってくる時に、逆に私たちの文学を日本に逆輸出して彼らの胸を冷やさせた開拓者[18]」として称賛されるなど、彼の翻訳に対して肯定的な評価が下された。また、民族と言語が不可分の関係にあるという認識に対する問題提起から、翻訳をめぐる新しい観点が提出され、民族の概念から離れ、翻訳自体が注目されるようになった。このような認識の変化によって、金素雲の翻訳は「私たちの文学遺産を外国に伝播しようとする試みは、それがどの国の言葉で行われたとしても価値のある努力」であると「肯定的な寄与」として評価されるようになった[19]。

二〇〇〇年代前後に本格的に取り上げられた「オリエンタリズム」と「帝国」をめぐる言説は、植民地時代に行われた日本語中心の翻訳が帝国に便乗するための行為と解釈される要因として作用した。このような批判の観点は「親日論争」と類似する側面があるが、「親日論争」は日本語という言語に集中していたのに対し、「オリエンタリズム」と「帝国」の言説によって注目されたのは「翻訳」である。

これは、日本語という言語の使用を問題化することではなく、翻訳行為に焦点を当てて植民地時代に行われた翻訳が帝国文壇に便乗しようとする一つの手段であったと見なされることで、金素雲の翻訳もこのような文脈で評価された。

金素雲の翻訳をめぐるこれまでの議論の究極的な疑問は、「何故金素雲は植民地時代に翻訳を行い、その行為は何を意味するのか」ということである。日本文壇からの激賞は、韓国ではむしろ批判の要因として作用した側面があり、批判に対する批判、新しい観点の言説の登場など、金素雲の翻訳に対する評価は、それを評価する人の観点によって「成功した翻訳」という肯定の軸と「帝国文壇に便乗しようとする行為」という否定の軸を行き来しながら持続的に変化してきた。

三 『朝鮮詩集』と『再訳朝鮮詩集』の翻訳

鄭芝溶は、創作の初期である日本留学時期には、朝鮮語と日本語という二つの言語で創作活動を行った。二〇一五年の発掘によって、新しく知られることになった作品は、鄭芝溶が同志社大学に在学していた時に同人誌『自由詩人』と『同志社大学予科学生会誌』に発表した日本語作品であったが、そのうち「カフェ・フランス」と「いしころ」は金素雲と金時鐘が翻訳した作品と重なる。

「カフェ・フランス」は『鄭芝溶詩集』(詩文学社、一九三五年)に載った作品で、京都朝鮮人留学生学友会の同人誌『学潮』創刊号(一九二六年六月)に発表されたこの朝鮮語詩は彼のデビュー作として注目を集めた。その後、『近代風景』一巻二号(一九二六年一二月)と『空腹祭』一号(一九二九年九月)

に収録された日本語作品が発掘され、朝鮮語と日本語で創作していたことが確認された。ただ、『学潮』の朝鮮語詩はAとBの構成になっているが、『近代風景』と『空腹祭』の日本語詩はBだけが発表されたという違いがある。このような構成の差異は、朝鮮語詩と日本語詩の創作時期の前後の問題や完成度の問題に広がって議論された。さらに、『学潮』一号より先に発刊された『同志社大学予科学生会誌』四号(一九二五年一一月)にも「カフェ・フランス」日本語詩が載っており、この作品の構成は『学潮』の詩と最も類似している。

「いしころ」は、『東方評論』四号(一九三七年七月)に朝鮮語で発表され、『鄭芝溶詩集』にも載っている作品である。二〇一五年の発掘によって日本語作品があることが確認された。日本語詩は『同志社大学予科学生会誌』四号(一九二五年一一月)に掲載され、朝鮮語詩を含め、同じタイトルの作品の中では発表時期が一番早い。

『同志社大学予科学生会誌』に収録された「カフェ・フランス」と「いしころ」は二〇一五年の発掘によって初めて確認されたので、金素雲と金時鐘がその作品を参考にした可能性は低い。「カフェ・フランス」の場合は、『近代風景』と『空腹祭』によって公開された時期が二人の翻訳より先であるが、二人の翻訳作品には両誌に収録された日本語詩にはないA部分があるので、両誌の日本語詩を参考にした可能性も排除できる。金時鐘は『鄭芝溶詩集一詩』(民音社、一九八八年)を参考にしたと書いているが、金素雲の翻訳の底本はまだ明らかになっていない。金素雲は興風館版『朝鮮詩集』の序文に当たる「覚書」に所蔵資料を書いているが、その中に「カフェ・フランス」と「いしころ」が載っている『学潮』と『東方評論』『鄭芝溶詩集』は見当たらない。では、金素雲の翻訳底本は何か。「いしころ」は

『東方評論』と『鄭芝溶詩集』の作品の違いが目立たないが、「カフェ・フランス」は発表紙面によって表現と形式の違いがあるので、翻訳の底本を推測することができる。金素雲が「カフェ・フランス」の翻訳のために参考できるのは『学潮』と『鄭芝溶詩集』である。二つの収録作と金素雲の翻訳を比較してみると、彼は『鄭芝溶詩集』を底本に活用したことが分かる。

〈四連一行〉
金素雲訳：こいつの頭は歪《いび》つな林檎
『学潮』一号：이 놈의 머리는 갓익은 능금。
『鄭芝溶詩集』：이 놈의 머리는 빗두른 능금

四連一行の「歪《いび》つな」に当たる朝鮮語詩の表現は「熟れたて（갓익은）」より「ゆがんだ（빗두른）」が類似しているため、金素雲は『鄭芝溶詩集』を参考にしたことが確認できる。

〈五連と六連〉
金素雲訳：
鸚鵡《ペロット》の旦那　グッ・イヴニング！
グッ・イヴニング！　御氣嫌いかが、

『学潮』一号：
「오— 파로트—(鸚鵡)서방！ 굿 이부닝！」
「**이 부 닝！**」

『鄭芝溶詩集』：
「오오 패롵(鸚鵡)서방！꾿 이브닝！」
「**꾿 이브닝！**」（이 친구 어떠하시오？）

【日本と朝鮮】

鬱金香《チューリップ》お嬢さんは今宵もまた
更紗カーテンの下で假睡《うたゝね》ですね。　—이 친구。 엇더 하시오?—

추립브(鬱金香)아가씨 는
이밤 에도
更紗 커ー튼 미테서 조시는 구려。

鬱金香 아가씨는 이밤에도
更紗 커ー틴 밑에서 조시는구료!

五連と六連をみると、詩の形式において連の構成は異なるが、改行は金素雲の翻訳と『鄭芝溶詩集』は同一で、『学潮』とは異なる。このような改行の違いは、八連二行の「大理石のテーブルに觸れる頰が悲しい」からも確認できる。その部分は、金素雲の翻訳と『鄭芝溶詩集』では一行になっているが、『学潮』では二行になっている。また、五連二行の「グッ・イヴニング！」に当たる表現は、『学潮』では「イブニング！（이부닝！）」であるが、『鄭芝溶詩集』では「グッド・イブニング！（꾿 이브닝！）」となっているので、金素雲は『学潮』ではなく『鄭芝溶詩集』を底本にしたことが確認できる。

『鄭芝溶詩集』に掲載された朝鮮語詩「カフェ・フランス」「いしころ」と鄭芝溶の日本語詩を比較してみると、一部違いはあるが、全体の形式と内容はほとんど一致する。金素雲は一九三五年の『鄭芝溶詩集』を、金時鐘は一九八八年の『鄭芝溶詩集』を翻訳底本として活用したが、この二人の翻訳作と鄭芝溶の日本語詩を比較してみると、次のようになる。

（一）「カフェ・フランス」

移し植ゑた棕梠の木の下に
斜《なゝ》めに立つ長明燈
カフェー・フランスに行かう。

こいつはルパシカ
もひとりはボヘミアンネクタイ
痩せこけたひよろすけがお先棒だ。

夜の雨は蛇の目のやうに細く
ペーブメントにうつろふ灯影、
カフェー・フランスに行かう。

こいつの頭は歪《いび》つな林檎
もひとりの心臓は蝕まれた薔薇《さうび》
燕のやうに濡れた奴が跳んでゆく。

移し植えた棕梠《しゅろ》の木の下に
斜めにかしいでいる長明灯
カフェー・フランスへ行こう。

こやつはルパシカ
もひとりめはボヘミアンネクタイ
干し上がった痩せっちょが先導役だ。

夜の雨は蛇の目のように細いのに
ペーブメントで揺らめいている灯影
カフェー・フランスへ行こう。

こやつの頭はねじれたリンゴ
もひとりめの心臓は蝕まれたバラ
燕のように濡れた奴が跳んでゆく。

鸚鵡《ペロット》の旦那　グッ・イヴニング！
グッ・イヴニング！　御氣嫌いかが、
鬱金香《チューリップ》お孃さんは今宵もまた
更紗カーテンの下で假睡《うたゝね》ですね。
わたしは子爵の息子でも何でもない
とりわけ手が白くて悲しい。
わたしには家も郷《くに》もない
大理石のテーブルに觸れる頰が悲しい。
おゝ　異國種《いこくしゆ》の仔犬よ
わたしのつまさきを舐《な》めておくれ
わたしのつまさきを舐めておくれ。

——金素雲訳「カフェー・フランス」全文

「やあ鸚鵡《ペロット》さん！　グッ・イブニング！」
「グッ・イブニング！（ご機嫌のほどはいかがかな？）」
鬱金香《チューリップ》お嬢さんは今宵もまた
更紗《さらさ》カーテンの下でうたたねですね！
ぼくは子爵の息子でも何でもない。
人並はずれて白いこの手が悲しいのだ！
ぼくには国も家もありゃしない
大理石のテーブルに触れるこの頰がせつないんだ！
おお、異国種の仔犬よ
ぼくの足でも舐めてくれ
この足さきでも舐めてくれ。

——金時鐘訳「カフェー・フランス」全文

金素雲と金時鐘の翻訳の違いを探してみると、まず詩語に違いがある。金素雲は「斜めに立つ長明燈」と、金時鐘は「斜めにかしいでいる長明灯」と翻訳したが、鄭芝溶は「斜に立てられた街燈」と書いた。金素雲の「長明燈」と金時鐘の「長明灯」は、朝鮮語詩の「장명등」を直訳したものである。それを修飾する表現として、鄭芝溶は「斜に立てられた」としたが、金素雲は「斜めに立つ」と訳し、金時鐘の「斜めにかしいでいる」より鄭芝溶の表現と類似していることが分かる。このように表現の違いがある部分を整理すると、次のようになる。

鄭芝溶の朝鮮語詩	뻣적 마른 놈이 압장을 섰다。
鄭芝溶の日本語詩	ひよろ〳〵瘠せたやつがまつ先きに立つ。
金素雲の翻訳詩	痩せこけたひよろすけがお先棒だ。
金時鐘の翻訳詩	干し上がった痩せっちょが先導役だ。

鄭芝溶の朝鮮語詩	페이브멘트에 흐늙이는 불빛
鄭芝溶の日本語詩	敷石《ペイブメント》に泅び泣く燈《あかり》の散光《ひかり》
金素雲の翻訳詩	ペーブメントにうつろふ灯影、
金時鐘の翻訳詩	ペーブメントで揺らめいている灯影

鄭芝溶の朝鮮語詩　이 놈의 머리는 빗두른 능금
鄭芝溶の日本語詩　こいつの頭はいびつの林檎。
金素雲の翻訳詩　こいつの頭は歪《いび》つな林檎
金時鐘の翻訳詩　こやつの頭はねじれたリンゴ

鄭芝溶の朝鮮語詩　남달리 손이 히여서 슬프구나!
鄭芝溶の日本語詩　手が餘り白すぎて哀しい。
金素雲の翻訳詩　とりわけ手が白くて悲しい。
金時鐘の翻訳詩　人並はずれて白いこの手が悲しいのだ!

鄭芝溶の詩と金素雲・金時鐘の翻訳を比較してみると、金素雲の翻訳が金時鐘より鄭芝溶の詩に類似していることが分かる。また、金時鐘の翻訳はより説明的であり、散文的な文体に感じられるが、それは金素雲と比べて付加的な表現が付いているからである。例えば、「もひとり」と「もひとりめ」、「細く」と「細いのに」、「御氣嫌いかが」と「ご機嫌のほどはいかがかな」、「頰が」と「この頰が」のようである。

金素雲に比べて金時鐘の翻訳に追加されている表現は、全て鄭芝溶の詩にはみられない。そして、語り手を鄭芝溶と金素雲は「わたし」にしたが、金時鐘は「ぼく」と翻訳した。いずれも「私」を指す一人称の表現であるが、「ぼく」は男性名詞なので、語り手に対する金時鐘の判断が介入している。このように、金素雲と金時鐘の翻訳の違いに注目して検討してみると、全般的に金素雲の翻訳が鄭芝溶の日本語詩に類似していることが分かる。しかし、このような結論に合致しない部分もある。

鄭芝溶の朝鮮語詩　나는 나라도 집도 없단다
鄭芝溶の日本語詩　私は國も家もない
金素雲の翻訳詩　わたしには家も郷《くに》もない
金時鐘の翻訳詩　ぼくには国も家もありゃしない

金素雲は「나는 나라도 집도 없다（私は國も家もない）」を「わたしには家も郷《くに》もない」と翻訳した。金素雲は「國」と「家」の順番を置き換え、「國」の代わりに「郷《くに》」を入れて鄭芝溶詩の意味を変えてしまった。このような翻訳によって、金素雲は日本語に傾倒し、植民地知識人であるにもかかわらず帝国の支配論理に順応する態度を取っているといった非難を受けた。金素雲の翻訳は明らかに意図的な介入で、金素雲は「國」という漢字を隠すために、「國」の意味を消去するために、「家も郷《くに》も」という表現を創り出したのである。

総督府の検閲が厳しくなり、「内鮮一体」のために創氏改名が施行された一九四〇年に「私は国がない」の意味をそのままに翻訳するのは難しかったのだろう。しかし、統制された出版環境において、金素雲の「郷《くに》」の訳は、検閲から逃れるためには適当な選択であり得るが、それは結果的に朝鮮を「外地」と認めることになった。日本は「内鮮一体」のために日本を「内地」に、植民地を「外地」と呼び、植民地を地方化することで帝国日本に編入しようとした。したがって、政治的な認識が内在した意図的な誤訳をしてまで、金素雲は翻訳という手段を通じて日本文壇に便乗しようとしたと言えるだろう。

二）いしころ

今道友信は「『石ころ』と題された鄭芝溶のこの詩など、現代抒情詩の絶唱として、世界のどの詩人に伍しても輝きを失はない作品」と高く評価し、「『石ころ　ころ　ころ……　こは　わが魂のかけらなり』はそれだけで鄭芝溶の超克を告げるともに、金素雲の詩人としての非凡さをも告げ示す證《あかし》[20]」であると述べた。

鄭芝溶は、日本語詩「いしころ」では漢字は活用せずに平仮名だけで書いており、詩語の間に空白を入れている。このような特徴は金素雲と金時鐘の翻訳とは区別できる。「いしころ」には植民地を象徴する表現がないためか、翻訳詩で政治的色彩は見つからない。また、二人の翻訳にも特徴的な違いは発見されず、部分的な違いだけがある。

いしころ　ころころ
そは　わが　たましひ　の
かけら　なり。

石ころ　ころ　ころ………
こは　わが魂のかけらなり。
病めるピエロのかなしみと

ざり石　ころ　ころ……
それはわが魂のかけらでもあろう。
病んだピエロの悲しみと

やめる　ピエロ　の　かなしみ　と
はつたび　に　つかれし
つばくらめ　の
さみしき　おしやべり　もて。
つめつて　なほ　あからむ
ち　に　にじまれて、
あめ　の　いこくまち　を
われ　さえづり　さまよふ。

いしころ　ころ〳〵
そは　わが　たましひ　の
かけら　なり。

——鄭芝溶作「いしころ」

初旅にやつれたる
青つばめのおぼつかなき囀りと、
抓《つね》りて紅みさす血に凝りて
吹降りの異國の町を
嘆きつゝさまよふ。

石ころ　ころ　ころ………
こは　わが魂のかけらなり。

——金素雲訳「石ころ」

初旅にやつれた
若つばめの愚痴っぽい囀《さえず》りと
つねって赤らんでくる
血にこごって
雨しぶく異国の街を
嘆きつさまよう。

ざり石　ころ　ころ……
それはわが魂のかけらでもあろう。

——金時鐘訳「ざり石」

一連二行、金素雲の「こは　わが魂のかけらなり」と金時鐘の「それはわが魂のかけらでもあろう」を鄭芝溶の詩と比較すると、指示代名詞と漢字表記以外は金素雲の翻訳と完璧に一致する。

二連の場合、鄭芝溶は日本語詩では「つばくらめ　の／さみしき　おしやべり　もて」と、朝鮮語詩

では「青제비의 푸념　겨운 지줄댐과」と書いた。この部分を金素雲は「青つばめのおぼつかなき囀りと」に、金時鐘は「若つばめの愚痴っぽい囀りと」にしている。金素雲は自分なりの感覚で「おぼつかない」に意訳したが、金時鐘は「愚痴っぽい」と訳し、鄭芝溶の朝鮮語詩の原文の意味をそのまま直訳していることが分かる。

四．鄭芝溶詩を読み直す

詩集出版当時の日本文壇の賛辞と、反逆行為とも言われる韓国文壇の酷評の両極端の中で行われた金素雲の翻訳に対する評価は、在日朝鮮人である金時鐘が同じ作品を再訳する要因になった。原文の意味より自然な日本語使用に焦点を当てた金素雲の翻訳は、帝国の支配論理に応じる朝鮮人のアイデンティティ問題にまで広げられて議論された。

金時鐘は、日本の読者を優先した金素雲の翻訳とは異なり、朝鮮語の感覚が感じられる翻訳をした。金時鐘は移植された日本語に対抗して奪われた朝鮮語を取り戻そうとしており、『朝鮮詩集』翻訳はそのための一つの試みであった。このように、「日本風」と「朝鮮風」の対立と、その中で拮抗する翻訳に対する認識論争の中で、鄭芝溶作品の特徴は自然に薄れていった。このような流れの中で行われた鄭芝溶の日本語詩の発掘は、鄭芝溶文学を再検討する機会となった。

新たに発掘された鄭芝溶の日本語詩の中で、『朝鮮詩集』に載っている作品と同じ作品を中心に、鄭芝溶の詩と金素雲・金時鐘の翻訳詩を比較してみた結果、二人の翻訳の特徴は次のように整理することができる。金素雲は、日本人読者を念頭に置いて自然な日本語の文学的な表現に注意して翻訳した。その過程で、植民地知識人の悲しみを歌った部分は政治的に敏感であると判断し、意図的に誤訳した。金時鐘は、日本人の日本語感覚とは区別される独自の視線に基づき、朝鮮語詩の原文の意味をなるべくそのまま伝えるために直訳したが、これは詩的な感覚を減じさせる要因にもなった。このような翻訳の立場の違いは、意訳と直訳の問題と関係があり、それは植民地支配という政治的な事件と密接に結びついている。

金素雲と金時鐘の翻訳、それをめぐる様々な評価は、政治的な観点に基づいて議論されてきた日本語に対する認識が重要な役割を果たしただけで、鄭芝溶詩の特徴とは関係のない問題であった。金素雲は当時の日本人の好みに合わせた翻訳を試みたが、金時鐘は金素雲とは違い、朝鮮語の感覚を伝えられる翻訳を目指した。このように、『朝鮮詩集』刊行のために行なわれた翻訳は、朝鮮の作家の作品をありのまま伝えるためのものではなく、翻訳者なりの意図が反映されたものである。

二人の翻訳における観点の違いは、生きてきた時代の格差と、その時代によって変化してきた翻訳をめぐる認識、また翻訳に対する二人の感受性の違いに基づいている。金素雲と金時鐘は、朝鮮語と日本語の両方を使うことができる二言語使用者であるが、金素雲が植民地状況の中で自然な日本語使用に没頭したのに対して、金時鐘は在日朝鮮人の立場から朝鮮語の感覚を表す翻訳を試みた。このような立場の違いをめぐって、起点言語（source language）と目標言語（target language）の間で中心軸をどちらに置くのがより優れた翻訳であるかという論争はあったが、翻訳に先立ち、原作者である詩人がどのような感覚と認識をもって創作したかについては論じられなかった。

二人の翻訳詩と鄭芝溶の詩を比較してみると、金素雲の翻訳は部分的に恣意的な意味の変更をしているが、金時鐘より全般的に鄭芝溶の日本語詩に類似していることが分かる。このようなことから、鄭芝溶の日本語詩の創作目的は、朝鮮語詩の意味を伝えることではなく、近代詩を日本語で書くことにあったと言えるだろう。鄭芝溶は近代詩の創作のために、詩人になるために、日本語を借りて使うしかなかったと語った。(21) したがって、鄭芝溶の日本語詩は近代詩の創作過程の産物であり、自然な日本語使用にこだわった金素雲の翻訳と同じ方向性を向いていた。

『朝鮮詩集』に載せられた鄭芝溶の作品、その中でも日本語詩がある作品のみを対象として行われた分析が、『朝鮮詩集』と『再訳朝鮮詩集』の全体的な翻訳の特徴を代弁するということはできないだろう。鄭芝溶の日本語詩が、金時鐘に比べて金素雲の翻訳詩と似ているといっても、詩集の全ての作品がそうだと断定することはできない。このことは、『朝鮮詩集』の序文の前に載せられた異河潤(イ・ハユン：一九〇六–一九七四)の詩を見ても分かる。異河潤の詩「野菊」の朝鮮語詩原文と翻訳詩を比較してみると、金素雲の創造的な意訳のために原文とは多少の差がある。金允植は、このような違いは、異河潤が古典的な律格を重視するのに対して金素雲は詩のイメージを強調するために生じたと分析した。このように、それぞれの詩人の創作の方向性と言語活用の特徴によって、金素雲の翻訳に対する評価は変わり得る。鄭芝溶の場合は、日本語で創作し、彼が試みた近代詩の創作が伝統的な詩歌とは異なる形式と内容を求めていたため、金素雲が鄭芝溶の詩を翻訳する際、異河潤の詩に比べて翻訳者の主観的な介入が少なくなる。このように、植民地時代に創作された作品の翻訳に関する研究は、翻訳作に対する評価も重要であるが、翻訳に先立つ創作者の認識と創作の方向性も考慮する必要がある。

注

(1)『乳色の雲』には四三名の詩人の作品九八編が収録されている。鄭芝溶の詩はそのうちの五編である。

(2)興風館の『朝鮮詩集』は三冊出版される予定であったが、前期と中期は発刊されたものの、後期は未発刊で、結果的に二冊となった。金素雲は、「訳詩集二冊は前著『乳色の雲』(河出書房版)を補修して、最初に三冊に分ける予定のもの——『時局色』がない理由で総督府の東京出張所の原稿検閲で却下されたものを、その時局色は三冊目の後期にあると口実をつけ、ようやく前・中の二冊が出ることになった。」(金素雲、『空の果てに住んでも』、同和出版公社、一九七七年、三二〇頁)と述べている。興風館の『朝鮮詩集』には、前期に二〇名の作品八七編、中期に二四名の作品一八五編が収録されている。そのうち鄭芝溶の詩は一二編である。

(3)創元社の『朝鮮詩集』には、四四名の作品一八〇編が収録されている。そのうち鄭芝溶の詩は一二編である。

(4)岩波文庫の『朝鮮詩集』には、目次には入っていない異河潤の詩一編を含む四一名の作品一二〇編が収録されている。そのうち鄭芝溶の詩は一〇編である。

(5)『雪白集』は五章で構成されているが、収録作品の数の多い順に並べると次のようになる。鄭芝溶の詩一一編、白石の詩七編、金鍾漢の詩六編、洪思容の詩一編、金東煥の詩一編、朱耀翰の詩一編、金尚容の詩一編、柳致環の詩一編で、全二九編である。

(6)金鍾漢が翻訳した鄭芝溶の詩は、「白鹿潭」(『モダン日本』一〇巻一二号、モダン日本社、一九三九年一一月、一二五-一二七頁)、「流れ星」(『婦人書報』四四二号、一九四〇年一二月、婦人書報社、四三頁)、「豫報」(『婦人書報』四四二号、一九四〇年一二月、婦人書報社、四四頁)、「紅疫《はしか》」(『婦人書報』四四二号、一九四〇年一二月、婦人書報社、六四-六五頁)、「地図」(『婦人書報』四四二号、一九四〇年一二月、婦人書報社、六五頁)、「馬について」(『文化朝鮮』四巻四号、一九四二年七月、一二-一三頁)、「毘盧峯」(『文化朝鮮』四巻五号、一九四二年一二月、一二-一三頁)である。

(7)金時鐘「『朝鮮詩集』を再訳するに当たって」『再訳朝鮮詩集』(岩波書店、二〇〇七年)、ix頁。

（8）金允植「金素雲と朝鮮詩集の思想」『地上のパンと天上のパン』（ソル出版社、一九九五年）、一六九‐一九四頁参照。
（9）沈元燮「金鐘漢と金素雲の鄭芝溶の詩の翻訳について――『雪白集』（一九四三）と『朝鮮詩集』（一九四三）を中心に」『韓国文学論叢』四一号（韓国文学会、二〇〇五年一二月）、三八五‐四〇八頁参照。
（10）尹相仁「翻訳と帝国と記憶――金素雲の『朝鮮詩集』に対する戦後日本の評価について」『日本批評』二号（ソウル大学校日本研究所、二〇一〇年二月）、五四‐八七頁参照。
（11）梁東国「帝国日本の中の〈朝鮮詩ブーム〉――留学生詩人と金素雲の『朝鮮詩集』を中心に」『アジア文化研究』二三号（嘉泉大学校アジア文化研究所、二〇一一年九月）、一〇七‐一三四頁参照。
（12）李光洙「譯詩集に寄せて」『乳色の雲』（河出書房、一九四〇年）、一一頁。
（13）「最近の韓国事情」『朝日新聞』、一九五二年九月二四日。
（14）「文総で徹底的に糾明」『傾向新聞』、一九五二年一〇月二九日。
（15）金素雲「あの時の出来事――運命を変えたインタビュー記事」『東亜日報』、一九七六年六年一〇日：金素雲『素足の人生行路』（中央日報社、一九八一年）、二二三‐二二八頁参照。
（16）金素雲『空の果てに住んでも』（同和出版公社、一九七七年）、三二〇‐三二一頁参照。
（17）金素雲『木槿通信（外）』（三星文化財団、一九七三年）、九六‐九七頁参照。
（18）李根培「金素雲の木槿通信」『中央日報』、二〇〇三年三月四日。
（19）柳宗鎬「『朝鮮詩集』読み直す」『言葉の出会い、出会いの言葉』崔ジョンホ編（羅南出版、一九九三年）九六‐九七頁参照。
（20）今道友信「三十八年愛讀して已まず――金素雲氏の訳業に寄せて」『金素雲對譯詩集〈上〉』（亞成出版社、一九七八年）、三二二頁。今道は本の跋文で鄭芝溶の詩を絶賛しているが、金素雲は越北詩人の鄭芝溶、白石、金起林などの詩は欠落させた。
（21）鄭芝溶「手紙一つ」『近代風景』二巻三号（ARS社、一九二七年三月）、九〇頁。

植民者二世と朝鮮
――森崎和江の詩におけるダイアローグ、そして共振について――

杉浦　清文

一．はじめに

一九二七年、森崎和江は朝鮮慶尚北道大邱三笠町に生まれた。その後、森崎は、一九四四年に内地の福岡県立女子専門学校（現在の福岡女子大学）に進学するまでのほぼ一七年間を朝鮮で暮らすことになる。その間、森崎は朝鮮のエッセンスをたっぷりと吸収して育った――「私の原型は朝鮮によってつくられた、朝鮮のこころ、朝鮮の風物風習、朝鮮の自然によって。私がものごころついたとき、道に小石がころがっているように朝鮮人のくらしが一面にあった。それは小石がその存在を人に問われようと問われまいと、そこにあるようなぐあいにあった。そしてまた小石が人々の感覚に何らかの影響をおよぼしているようなぐあいに、私にかかわった」。(1) しかしながら、朝鮮と自分自身との切り離せない関係をこうして語った瞬間、森崎の心身は分裂し始める。そして彼女は自分の語った事実をこう撤回するのだ――「いや、そうではないのである」と。なぜなら、森崎は朝鮮で日本人、いわゆる内地人であったからだ。しかも、彼女はただの内地人ではなかった。彼女は「内地知らずの内地人」だったのであり、「内地人が植民地で生んだ女の子」だったのだ。[2] いわば、森崎は植民者二世としての「原罪」を強く自覚してきた詩人なのである――「こうして朝鮮の風土や風物によって養われつつ、そのことにすこしのためらいも持たず、私は育った。が、敗戦の前後を日本に来ていたので、やがて、支配民族の子どもとして植民地で感性を養ったことに苦悩することとなる。それはぬぐい去ることのできない原罪のように私のなかに沈着していった」。[3]

とはいえ、自分自身の立場に苦悶しながらも、森崎は朝鮮半島のあの自然や人々によって育まれた、その独自な感性を捨て去ることなどできなかった。その感性は、森崎の詩作に大きな影響を与えていくことになる。一九七四年に出版された詩集『かりうどの朝』の「あとがき」で、森崎はこう述べていた――「私は、詩とは、本来、他者とのダイアローグであると考えていた。自分以外の、自然や人々との」。[4] ここで述べられている森崎独自の「ダイアローグ」について理解を深めようとする際、彼女の詩「シンボルとしての対話を拒絶する」[5] のまさにそのタイトルが極めて示唆的であることに気づくだろう。森崎の強調する「ダイアローグ」とは、たとえば、自己が他者に対して形式的で表面的に行うような「シンボルとしての対話」とは違い、他者に対してより開かれた実践である。しかもそれはまた、自己の中に他者を感じ、他者の中に自己を感じとるような、換言すれば、自己と他者が深く共鳴し合うような営為であるともいえるだろう。たとえば、一九九八年になって、森崎は詩集『地球の祈り』を出版するが、その「あとがき」では、かつての「ダイアローグ」に関する説明の「不十分」さを認識し、「共振」という言葉を付け加えている。

むかしのその詩集のあとがきに、「私は、詩とは、本来、他者とのダイアローグであると考えていた。自分以外の、自然と人々との」と書いています。この思いは今もかわりません。しかしダイアローグということばは不十分です。私は、子どもの頃から鉛筆やクレパスをおもちゃにして一人遊びをしていました。そして、いつしか、心やからだに響いてくる自然や人や生きものとの、共振ともいえる世界を感じていたようです。それはかつての朝鮮で生まれ育った私が、話しことばのちがう人びと——朝鮮や中国やロシアやヨーロッパの人たちもいました——の、大人たちをも、ちいさくちいさく思わせるほどの美しさと広さで、朝や夕方の空が色調を変えることに心打たれ、ぽろぽろ涙をこぼしていたことなどと関連していると思います。小学校入学前後から、しばしば、そうした体験をくりかえしました。(6)

ここで森崎は、「ダイアローグ」の意味をさらに押し広げ、詩がまた「心やからだに響いてくる自然や人や生きものとの、共振ともいえる世界」であるという考えを示している。だが、この後すぐに続けられた、森崎の次の言葉を見逃すべきではないだろう——「その、自然界といのちとのシンフォニーへの愛をはぐくんでくれたのが、『日帝時代』の大地であったこと、また、その大地に響きわたっていた歌とリズムであったことが、つらくて、幾度となく崩れました」。(7) つまり、森崎にとって、いわば日帝時代における朝鮮半島の自然や朝鮮の人々との「ダイアローグ」、ひいては「共振」を深化させることは、皮肉にも植民者としての立場を彼女に深く認識させ、自分自身を厳しく問い質すことになるのだ。にもかかわらず、それでも、森崎は詩を書き続けるのである――「私はくりかえし湧いてくる自己破壊への欲望をこわがりながら、なお詩を心に持ちつづけるだろう」。[8]

本稿では、植民者二世としての罪の意識に苛まれながらも、(旧)植民地の記憶、とりわけ朝鮮の自然や人々との絶え間なき「ダイアローグ」、あるいは「共振」を通して生み出された森崎の詩――主に「哀号」、「海」、二篇の「空」と題された詩、そして「千年の草っ原」――に着目したい。それにしても、森崎が朝鮮半島の自然を回想するとき、空に関する言及が多いのはどうしてだろうか。先の引用の中にも「大人たちをも、ちいさくちいさく思わせるほどの美しさと広さで、朝や夕方の空が色調を変えることに心打たれ、ぽろぽろ涙をこぼしていた」と書かれていたことに気づく。またさらに、ある時期から森崎は、詩の中でも「いのち」という言葉を用いるようになるが、それはなぜだろうか。

二．哀号

一九二四年に朝鮮の京城で生まれた作家である村松武司[9]は、一九七二年に母方の祖父である浦尾文蔵の人生を土台にして書いた『朝鮮植民者――ある明治人の生涯――』を出版した。その中に「鞭と哀号〈植民者の眼V〉」と見出しの付いた文章がある。そこで村松は、父方の祖父(村松武八)のことを回想している――明治四〇年に朝鮮半島に渡り、そこで店を切り盛りしていた祖父は、村松をとてもかわいがってくれたという。けれども、村松にとって、祖父の面影はしだいに、ある「異常な」光景と一体化していくのであった。

［朝鮮の婦人たち］（五、六〇人はいたであろうか）は、各々肩にしてほどいた毛糸を袋につめて、頭上から重たそうにおろし、祖父の武八の点検をうけている。武八は、毛糸を大きなてのひらでつかみ、湿りがあるかどうかたしかめる。ついでに秤にかけさせる。しかしこの光景の異常さは、実は、婦人たちの泣声、祖父の怒号にあるのだ。女たちの早口な訴えがそれに消されてしまう。ときおり、怒号。「哀号」という泣声。婦人たちが連れてきたり、背負ったりしている子供らは火がつくように泣きさけぶ。そのたびにわたしは窓の桟をつかんで伸びあがる。喧騒のなかの悲鳴。――ひょっとすると、わたしは幼時からこの慢性的な環境に慣れてしまっていたのかもしれない。あるいはこの日だけが、特別に印象の深かった日であったか。それは判然としない。わたしは恐怖におののいていた。愛すべき祖父を、同時に憎むべき巨人として眺めた最初の複雑な日であった。(10)

村松は、実際に祖父が「鞭を持った姿を覚えているわけではない」というが、祖父のその存在に「鞭の権力」を感じたという。(11)そして村松は述べる――「武八を通して、初代植民者の像を、わたしはいま、鞭と『哀号』によって結ぶ」と。(12)つまり、村松は「哀号」の「ほんとうの慟哭」を「幼いときから知って」いたのだ。(13)

また、考えさせられるのは、一九三二年に福岡県で生まれたが、幼き日々を朝鮮で過ごした作家、五木寛之も「哀号」という声に囚われていたという事実であろう。一九六九年一月二二日の毎日新聞夕刊に掲載された「長い旅の始まり――外地引揚派の発想――」（下）の中で、五木は幼少期の「父のイメージ」を次のように書いていた。

私の父は九州の農家の子弟として生まれ、上昇志向を胸に抱いて給費師範学校生徒として帝国官史の最末端につながった。そして私の記憶に残っている父のイメージは、毎夜、夜が白むまでランプの灯の下で検定試験のための受験勉強に血走った目を光らせていた中年男である。そしてもう一つ、深夜の奉安殿の夜目にも白い桜の満開の下で、樹の幹につないだ朝鮮人学生を竹刀で掛声とともに打ちすえていた父の姿である。寮の門限を破った学生が「哀号！」と身もだえるたびに白い桜の花弁が降るように散るのだった。(14)

「哀号！」――五木の父が竹刀で叩きつけたときに発せられた、朝鮮人学生の悲痛の声。その光景が映し出しているのは、その当時の内鮮一体というスローガンの欺瞞だといえる。ここで五木は、大日本帝国の植民地主義のイデオロギーに色濃く染められた植民者・日本人の非人道的な行為を不気味に描写している。

だが、ここで忘れてはならないのは、村松や五木のように森崎もまた、日本人に虐げられた朝鮮人たちの「哀号」という痛ましい声にとりつかれた作家の一人であるという点だ。(15) 森崎はたとえば、二〇〇四年に出版した詩集『ささ笛ひとつ』における「海」という詩の中で、こう書いている。この詩には「哀号」という声が轟き渡る。

夜ふけ
地面をたたいて
声をころして
哀号　哀号
少女はむせびなく
新羅王の陵のまえ
にほんが負けますように
草にひたいをすりつけて
母国の祈りを(16)

その当時、こうして「むせびな」いた朝鮮人は、この「少女」だけではなかっただろう。五木や村松が目撃した植民者・日本人たちのあの行為は、その当時、日常的なものであった。ならば、「哀号　哀号」は、日帝時代、植民者・日本人たちの支配下でもだえ苦しんだ、あの頃の多くの被植民者・朝鮮人たちの恐ろしくも日常的な声だったと考えられる。

もちろん、森崎に「基本的美感」を与えてくれたオモニもまた、あの頃の様々な局面においてそうした日常を生きていた。森崎の幼少期の記憶は、オモニ、いわゆる朝鮮人の乳母の面影と共にある。つまり、だからこそ、森崎にとって、オモニへの思いはそう簡単に語れるようなものではないのだ。森崎は植民者である自分を育ててくれたオモニへの感謝の気持ちを決して忘れることはない。けれども、その気持ちが深ければ深いほど、森崎はより複雑な心境に陥っていくのである。

敗戦後二十数年、私は私の鋳型である朝鮮を思うたびに、くだらなくも泣きつづけた。この断章も泣き泣き書いている阿呆らしさである。どうしようもない。涙から脱出するため、私は長い間、日録をつけてきた。私の生誕以来の年月日と重ねあわせて朝鮮の事件、出版物、ことわざ、民謡、生活法などを書いていくのである。私の生誕と成育とに重なっているオモニらのこころに追いすがろうと夢まぼろしを追うのである。個体の歴史が自然に対する感動をともないだすころ、つまり三、四歳のころにもっとも深く記憶しているものは何だろうなどと、私は、あたかも歴史の小道を踏みかえすかのように暗雲のなかへ入っていく。くりかえしくりかえし、そうしてきた。しかもなお私には個体の歴史をさておいて頭にえがくことができるアジア史・世界史のほうが鮮明なのである。また、朝鮮の民衆や農民学生がたどった植民地闘争の書物上の歴史のほうが明確なのである。それでいいのか、私は。そんなことで逃げを打とうとするのか、十七年間もあそこを食って。オモニ！といううめきが腸から裂け出る。ごめんなさい、などではないのである。オモニの生活内容を知らず、そのことばも知らず、しかもそのかおりを知り、肌ざわりを知り、髪の毛を唇でなめ、負ぶってもらい、やきいもを買ってもらい、ねむらせてもらった。昔話をしてもらった。私の基本的美感を、私は、私のオモニやたくさんの無名の民衆からもらった。だまってくれたのでない。彼らは意識して植民地の日系二世を育てたのである。ようやく今ごろわかる。オモニたちの名前すら、私はもう記憶していない。[17]

「植民地の日系二世」である森崎が、オモニの数ある記憶と深く結びついた幼少期を回想することは、二度と帰ることのできない故郷での懐かしき時間にただ浸ることを意味してはいない。それは醜悪な自画像を炙り出す瞬間となるのだ。一九八四年に出版された『慶州は母の呼び声――わが原郷――』の「あとがき」の言葉を借りるならば、「鬼の子ともいうべき日本人の子らを、人の子ゆえに否定せず守ってくれた」オモニのことを思えば思うほど、森崎は自分の置かれている立場をより一層意識していくのである。[18]しかし、そうだからこそ、たとえば朝鮮半島で生まれ育った日本人の中にオモニを軽蔑する者がいたことを知ったとき、森崎のその衝撃は大きかっただろう。三十数年ぶりに出会った幼少期の友人は、「オモニ」を蔑称として用いたのだった。

［……］在鮮日本人であった者のなかには、オモニということばを一種の蔑称として使っていた者もいたことを最近になって知った。幼時の友人に三十数年ぶりに数日まえ逢った。彼は次のようにいった。「朝鮮人が自分たちだけで国を作って何かやってるなんてどうしても考えられないよ。オモニやヨボに政治とか文化とかがやれるのかなあ。どう考えても馬鹿の集まりとしか思えんなあ」彼は軍人の息子だった。[19]

このとき、森崎は、日帝時代を生きたオモニの窮地について考えずにはおれなかっただろう。

詩集『ささ笛ひとつ』の中には「哀号」と題された短い詩がある。これはまさにあの頃のオモニについて書かれた詩ではないだろうか。

オモニ
ないている
大地の
はは
ははの
せなか
草の
せなか
草が
ないている(20)

「オモニ／ないている」から「草が／ないている」へ。しかしまた、「草が／ないている」から「オモニ／ないている」へと逆から読むこともできそうだ。いずれにしても、この詩の中で、「オモニ」、「大地」、「はは」、「せなか」、「草」という、それぞれの言葉が密接に関連し合っているかのように感じられる点は印象深い。だが、そうした重なり合いは、「ないている」という詩的言語の暗鬱な響きの中で異様な雰囲気を醸し出している。

このとき改めて思い出されるのは、「オモニ」に対する森崎の次の言葉であろう――「オモニの生活内容を知らず、そのことばも知らず、しかもそのかおりを知り、肌ざわりを知り、髪の毛を唇でなめ、負ぶってもらい、やきいもを買ってもらい、ねむらせてもらった」。さらに別のところでも、森崎はこう述べていた――「私には母の背におぶわれた記憶は残っていないけれども、オモニの背中のぬくもりと髪の毛が頬や唇にあたっていた記憶は残っている」と。[21] ここで読者の詩的想像力がさらに膨らんでいく――幼き森崎は、育ての「はは」である「オモニ」に負ぶってもらい、その「せなか」から、朝鮮半島の広大な「大地」、さらにはその「大地」に広がる「草」原を見ただろう。森崎にとっては、そうした自然もまた彼女の独自な感性を育ててくれた「はは」なのであった。けれども、「オモニ」は「ないている」のだ。そして、「草」も「ないている」のである。

朝鮮半島で過ごした森崎の幼少期、いわゆる日帝時代において、朝鮮人たちは、植民者・日本人の抱く偏見、あるいは非情な仕打ちに苦しめられた。森崎の詩を通して、あの時代を生き抜いた朝鮮人たちの痛ましい姿が目に浮かんでくる――「大地」、すなわち「地面をたたいて／声をころして／哀号　哀号」と「むせびな」き、「草にひたいをすりつけ」る者たち。だが、たたきつけたその「大地」、いうならば「草」が根付いていたその「大地」は、植民者・日本人により統治されていたのだ。森崎の詩「海」で描かれたあの「少女」の一場面はまた、詩「哀号」の独創的な詩的世界観とゆっくり共鳴していく。

幼少期を朝鮮で過ごした村松や五木がそうであるように、森崎にとっても、「哀号」は常に植民者としての自分自身の立場を身に染みて思い知らされる現実的な声である。概して、森崎の詩には、いかなる形であれ、そうした「哀号」という声が潜在的に鳴り響いているかのように感じられる。

三．空

朝鮮半島で幼少期を過ごした者たちにとって、あの頃、自分たちを取り巻いた自然は、大人になっても忘れることのできない原風景となっていった。詩「哀号」で示されているように、森崎が、朝鮮の草や大地を原風景として記憶してきたことは間違いない。しかし、森崎は、空に対して、さらに特別な思いを抱いてきたようだ。あの感動的な空を思うこと。朝鮮で見た空の記憶もまた、森崎を育ててくれたオモニの背中のぬくもりを思い起こさせるものであっただろう。朝鮮半島の大地で力強く伸びる草の群生、そしてそれらを天上からやさしく覆いながら無限に広がる空は、オモニに背負われた幼き森崎をも深々と包み込んだに違いない。けれども、それだけに森崎にとって、朝鮮の空の思い出は入り組んだものとなっていっただろう。

ちなみに、朝鮮の空に魅了されたのは、森崎だけではなかったようだ。五木も村松も、さらには朝鮮を「懐しいといってはならぬ」と自分自身を厳しく戒めた、あの小林勝ですらもそうではなかったか

（小林は、森崎と同じ年に朝鮮で生まれた作家であった）。たとえば、五木の場合、一九六八年に出版された『風に吹かれて』の中で、幼少期に見た「秋空」を次のように描写していた。

あの乾《かわ》いた大気の中、見上げると吸込まれて行きそうなほど見事に澄んだ秋空の青さとか、赤茶けた低い丘状の山肌《やまはだ》とか、冬の凍結した河面を渡る牛車の音だとか、そういったものが、ふっと時間の淵《ふち》を飛び越えて噴水のようにふきあげてくることがある。(22)

しかしながら、ここで五木は「支配者側の一員として過した日々に懐旧の念を抱いているわけでは毛頭ない」。(23) そのとき、五木は、自分の育った朝鮮が「一つの罪の土地であったという観念」に襲われるのである。(24) だがさらに、五木にとって、こうした「秋空」はまたあの父親の姿を思い起こさせたであろう。幼少期、五木は父に「雲峯《ウンポウ》」という俳名をつけられ、俳句を作らされたという。五木は父に褒められたという句――「秋空に　響く爆音　隼機《はやぶさ》」――を鬱々たる思いで追想している。

隼機とは、当時の少年のあこがれの的だった戦闘機の名前である。〈アキゾラニ　ヒビクバクオン　ハヤブサキ〉とは一体なんであろうか。「写実に徹して、主観を出さない所がいい」しかつめらしい顔で言った父親の言葉を私は今だに《ママ》苦々しい思いで噛《か》みしめることがある。そんな父親を私は好きでなかった。そもそも学校で倫理などを教える父親を持つことは、子供にとって耐えがたい不幸であると思う。(25)

「秋空」、軍国主義、厳格な父。もし五木がこうした連想を働かせたとしたら、最後には、彼の耳の中で、朝鮮人学生のあの「哀号！」という痛々しい声が響き渡ったのではないだろうか。

同じく、村松もまた朝鮮で見た空を忘れることができなかった。村松が小林勝を「きわだって色濃い『朝鮮の影』を映していた作家」として高く評価していたことはよく知られている。[26]気になるのは、そんな村松が小林の次の言葉に着目していた点である——「君たちはどこへ行ったか。今日小菅の細長い窓から見る初秋の空はどんよりと暗い。塀、プラタナス、拡声器、運動場の陰うつな影絵の中に、君たちの顔が現れる。君たち、たけだけしくも美しい眼をもった朝鮮の同志たち」。[27]これは、朝鮮戦争反対・破壊活動防止法案反対のデモで逮捕された小林が東京拘置所で書いた「覚え書き」の中に残されていた言葉である。[28]村松は次のように述べている。

わたしは死んだ小林勝の「覚え書き」が、彼が残した貴重な記録の数々のなかでも、とくに印象深い。植民地に生まれた作家として、朝鮮に対して「懐しいといってはならぬ」とみずから禁じた作家が、「君たちはどこへ行ったか」のなかで、自然を現わす二つの単語を使った。そのたった二つの単語が、みずから禁じたはずの懐しさを、率直に映しだす鏡となったことは、偶然か。「初秋の空」と「プラタナス」。これはたんに獄窓から見た風景ではない。彼が選びだした、他の言葉に代置できぬ「朝鮮の影」である。少年時代の小林勝が土埃の舞う果てしのない道で見た朝鮮のプラタナス。彼がひきこまれるような思いで仰いだ朝鮮の紺青の秋の空。この二つの言葉に、小林は育った朝鮮の自然を映し

だしていた、とわたしは考える。(29)

村松は、小林がさりげなく差し挟んだ「プラタナス」、そして「初秋の空」という「二つの単語」に対して敏感に反応している。このことは、村松もまた朝鮮の自然、とりわけ「プラタナス」と「初秋の空」に魅了されていたことの証拠となっているのではないだろうか。しかしながら、「哀号」という声に囚われた村松が、失われた故郷の「プラタナス」、それから「初秋の空」にただ哀愁を抱いていたとは考えにくい。

それでは森崎の場合はどうだろうか。森崎は幼少期に見た空を思わせる数篇の詩を書いている。たとえば、詩集『地球の祈り』の中に「空」と題された詩がある。

あのころ
といっても戦争に敗れたあとのこと
学生たちの朝は
米つぶがありやなしやの粥《かゆ》でした
だまって流しへ棄《す》てる人
だまって胃袋へ流す人
米も麦も配給
ほんのひとすくい

【日本と朝鮮】

わたしは食欲を失っていました
ひとあし　ひとあし
考えながら生きなきゃならないのですから
見知らぬにほんで
にほん知らずの女の子が
笑い話ね

ああ
はるかな地図の空
からだのなかびっしりと罪の思い
植民二世は空を失いました

鳥さん
あなたに空はありますか(30)

この詩では、「内地知らずの内地人」として育った森崎自身の、朝鮮で見た「空」への複雑な心境が表現されている。「ああ／はるかな地図の空」――この詩的言語は、一見、もはや戻ることのできない朝鮮の「空」に郷愁を漂わせている「わたし」の様子が映し出されているかのように感じられる。しかし、

「わたし」は、朝鮮のまさにその広大無辺な「空」の下で育った自分自身の立場に気づいている——「からだのなかびっしりと罪の思い／植民二世は空を失いました」。

幼い森崎を包み込んだ朝鮮の「空」は、まさに彼女の原風景となる。だが、森崎の紡ぎ出す詩的言語は、ただ無邪気にあの「空」を礼賛しているわけではない。つまり、彼女の詩的言語は、今はなき故郷の「空」への果敢ない憧憬を描いて終ることはなく、むしろそうする権利すら持つことが許されない「植民二世」の姿を炙り出していくのである。

それにしても、この詩の最後の一行「鳥さん／あなたに空はありますか」は、何を意味しているのであろうか。この詩的言語は読者を寂しくやるせない気持ちにさせるが、ここに重要なテーマが隠されているような気がする。「鳥さん」に投げかけられた、「わたし」の切ない問いかけ——それは、「空」と題されたもう一つの詩へと読者を導いていくだろう。その詩は、詩集『ささ笛ひとつ』の中に収められている。

あれは消え去った町の
ちいさな観音堂のそばでした
弘法大師の石像のまえ
老人は自転車をとめ
朝日にかしわ手を打っていた
しずかに頭をたれていたよ

【日本と朝鮮】

いまわたしは福岡の
夜あけのビル街
とある病院の五階の個室で
明けゆく空をみています
あの老人へ目礼を送り
寄る年波のほこりをはらって
ビルの谷間の空を仰ぐ

風が流れます
始発列車が走ります
朝です
朝がきたよ
太陽のとどかぬ谷間
窓いっぱいの空のブルー
雲もない
鳥もとばない
空のブルー(31)

「あれは消え去った町の／ちいさな観音堂のそばでした」――この「消え去った町」とは植民地朝鮮にあった、どこかのある町のことだろうか。けれども、今、「わたし」は「夜あけのビル街」の中の「とある病院の五階の個室」にいる。そこで「ビルの谷間の空を仰ぐ」「わたし」。すなわち、重要なのは、まさしくこの「わたし」が、終戦後から復興し高度成長を成し遂げた日本にいるという点である。それにしても、この詩の最後の第三連には意味深げな詩的言語が並んでいる。そこからは、朝の清澄感が感じられる一方、寂しく陰鬱な雰囲気も醸し出されていることがわかるだろう。もちろん、それには病室にいるという「わたし」の事情がかかわっていることは間違いないが、果たしてそれだけだろうか。

清々しい朝――「風が流れます／始発列車が走ります／朝です／朝がきたよ」。ところが、朝が来ても、太陽の光は届かない――「太陽のとどかぬ谷間／窓いっぱいの空のブルー／雲もない／鳥もとばない／空のブルー」。つまり、「朝日」を浴びることのできない「わたし」がここにいるのである。それはまた、「消え去った町」であの「老人」が見たような「朝日」と出会うことが難しい境遇に置かれている「わたし」の様子がそこで映し出されているのだ。そして、このとき、この詩の「空のブルー」という表現の両義性に気づく。たとえば、英語のブルー（blue）は青いという意味もあるが、いうまでもなく憂鬱という意味もある。森崎の「空のブルー」という詩的言語は、一見、雲一つない麗らかに晴れた青い「空」を彷彿とさせるかもしれないが、実際、その「空」は森崎が幼少時代に朝鮮の大自然に囲まれる中で、「心打たれ、ぽろぽろ涙をこぼして」見た、あの「空」ではないのだ。森崎を天上から包み込んだ広大な「空」は、「ビルの谷間」から仰ぐ狭い「空」とは大きく異なる。けれども、また、この詩がまるで追い打ちをかけるかのように読者を寂寞たる思いにさせるのは、「鳥」がいないことではないだろうか——「鳥もとばない」。戦後日本において、目を見張る急速な経済成長の過程で空の壮大な景色は失われ続けている。終戦後から現在まで、一心不乱に工業化・文明化を推し進める中で、日本社会は自然景観を破壊し、さらには生きものたちの住処も容赦なく奪い去ったのである。この詩において、戦後のそうした日本社会の中で、「わたし」が思い浮かべるのは、「消え去った町」で「朝日」の眩い光に彩られたあの「空」だっただろう。しかし、あの「空」を想起した瞬間、「わたし」は植民者としての自分自身の立ち位置をより一層深く自覚したに違いない。なぜなら、あの涙ぐましい「空」もまた「『日帝時代』の大地」から見たものに過ぎなかったのだから。このことは「わたし」、ひいては森崎をさらに憂鬱にさせたであろう。「空」という二つの詩で展開される、朝鮮のまさしく空との「ダイアローグ」、もしくは「共振」の根底にも、たとえば、大地をたたいて「むせびなく」あの「少女の」声——「哀号　哀号」——が渦巻いているように思える。

四．いのち

詩集『ささ笛ひとつ』には、「千年の草っ原」という詩が載せられている。このタイトルからもわかるように、この詩もまた自然がテーマとなっており、そしてここでも朝鮮半島の空が描かれている点は注目に値する。しかしながら、「空」と題された先の二つの詩とは何かが違う。

まず気づくのは、「千年の草っ原」という詩は、孫への語りかけという形式をとっている点であろう。

二年半がまんしたおもちゃを手に入れて喜ぶ孫の姿――

手をつないで孫とおもちゃを買う
「ずーっとがまんしてたよね
おりこうさん
ママもパパもよかったねっていってくれるよ」

悠のかおがほっかりとゆるむ
おおきな声でこたえる
「あのね二年半がまんしてたんだよ」
ママがあそこでくすくす(32)

しかし、この詩のその穏やかな雰囲気は、たちどころに暗澹たるものへと一変していく。森崎の詩はこう続く。

スーパーマーケットはいつもの人むれ
ショッピングカートがぞろぞろと流れる
ゲーム機の騒音は幼児のおもり

【日本と朝鮮】

テレビのまえにはおとしよりのだんまり(33)

スーパーマーケットやショッピングカート。ゲーム機、そしてテレビ。そのどれもが戦後日本の高度成長および現代日本の象徴とされるものだ。だが、「いつもの人むれ」、「ぞろぞろと流れる」、「騒音」、「だんまり」という言葉からわかるように、この詩は、消費文化のイデオロギー上に成り立つ戦後日本に対して批判の矛先を向けている。

けれども、さらにその後、この詩が、そのような戦後日本とは明らかに違う世界を複雑な形でふと描き出している点は意味深長だ。

孫の二年半はわたしの二日
……
涙がふきあげ罪があふれる
あれは昔むかしのわたしの幼ない二年半

ひろい空たかい空あおいあおい空
光と風とポプラと夢と
蝶になった二年半
朝鮮人の男の子たちがトンボになっていたよ

ここは現代
高速物流社会文明国
消費がレジャーの檻のなかです
日夜欲望が支配する

ごめんね悠
いっしょにあそぼ
コンクリートの壁の谷間
ダイオキシンの春一番が吹きわたる(34)

この詩の中でも、森崎はまた、戦後日本における環境問題をテーマとして持ち出している。経済が発展していく中で、大気は「ダイオキシン」により汚染されていき、また急速にビルが立ち並び、その結果として自然の風景は日々失われていく。「コンクリートの壁の谷間」から見える「空」も、やはり視野の狭くなった「空」でしかない。そのとき「わたし」は「ひろい空たかい空あおいあおい空」、つまりあの朝鮮を思い出すのだ――「ひろい空たかい空あおいあおい空／光と風とポプラと夢と／蝶になった二年半」。しかし、「わたし」は「涙がふきあげ罪があふれる」ことになる。

ところでまた、この詩において「ごめんね悠」という言葉も見逃すことはできないだろう。孫に対する「わたし」の謝罪。たとえば、二〇〇〇年に上梓された『いのちへの手紙』の中で、森崎はこう述べていた。

わたしは原稿料が入ると、旅へ出た。心を放つ空間を求めて。その空間にひびいているものに出会いたくて。でも、気がつきませんでした。大人のわたしは、それっぽっちの旅であれ、旅をする手段を持っていたのです。一応の平和と、発展しつづける諸産業に助けられて。なんとか自活し、友人や子世代の手助けに支えられて心身の回復を図るかのように旅をし、歴史をさかのぼる旅さえしてきた。しかし私は、孫世代の心の旅のことなど忘れ果てていたのです。生まれたいのちを養う貴重な空間。文明を越えたその原郷を、こわした世代だと知りました。(35)

森崎のこの言葉から、孫世代に対する彼女の居た堪れない気持ちが読みとれる。豊かさや経済成長を至上命令とした政策を推し進め、自然環境破壊を助長してきた日本で、彼／女たちはこれからも長く生きなければならないのである。けれども、さらにここで看過できないのは、このとき、戦後日本に対する森崎の辛辣な批判の矛先が、皮肉にも自分自身に向かっている点である。「ごめんね悠」という詩的言語に仄めかされているのは、環境破壊を先導してきた世代の一人である「わたし」、そして森崎自身のさらなる罪の意識の存在であろう。

しかしながら、詩「千年の草っ原」は、そうした度重なる自責の念に苛まれた「わたし」、もしくは森崎の悲観的な心情をただ浮き彫りにしようとしているわけではない。たとえば、一九九〇年代以降から森崎が「いのち」という言葉を頻繁に用いるようになってきたという事実は興味深い――一九九四年『いのちを産む』、『いのちの素顔』、一九九八年『いのち、響きあう』、二〇〇〇年『いのちへの手紙』、二〇〇一年『北上幻想――いのちの母国をさがす旅――』、『見知らぬわたし――老いて出会う、いのち――』、『いのちの母国探し』、そして二〇〇四年に『いのちへの旅――韓国・沖縄・宗像――』が発表されている。とりわけ、『いのちの素顔』の中で森崎は、「生きるということは、［……］動き止まない時代の中で異なった原体験と世界観を抱きながら、しかし同じ条件下の時空のもとで、自分を生かし相手をも生かそうとする営みだ」と述べていた[36]。この言葉は、「いのち」という森崎の考え方を認識する上で重要だといえるだろう。しかしこのとき、『いのちへの手紙』の中で述べられた、森崎の次の言葉も無視できないのではないだろうか。

ありのままの素肌のいのち、そのいのちを、私など老年期の者は幼少年期に、ふかぶかと受けとめてくれるひろい空と心ゆくまでたわむれた。その個人差はある。私などはその時空が、旧植民地の天地であったから、生まれたことの罪深さに苦しんできた。苦しみながら、しかし、救われてきていたのだ。[37]

ここで森崎は朝鮮半島の「ひろい空」について言及している。もっとも、幼年期に見たそうした「空」は、大人になった森崎にとって、「生まれたことの罪深さ」を常に自覚させる光景であり続けている。だが、あの「空」はまた、幼き森崎に、いわゆる「いのち」の響きを教えてくれたのである。そして戦後日本を生きる森崎は、あの「空」を思い出し、そのときの「いのち」の感覚を事あるごとに蘇らせてきたのだ。つまり、戦後日本で森崎はあの「空」を思うことで、まさに「苦しみながら、しかし、救われて」きたのである。

詩「千の草っ原」の最後の三連では、あの朝鮮の「ひろい空たかい空あおいあおい空」に天上からやさしく包まれていた「ひろっぱ」、それから「草っ原」へと詩的想像力が広がっていく。ここで森崎の声が木霊する——「青い空が、私が遊んでいる庭や裏のひろっぱの上に、いつもあったから。その空の朝昼夕の変化をたのしむとともに、その美しさを永生のものと感じていたのだ」。(38) 朝鮮のそんな「空」と時空を共有する「ひろっぱ」や「草っ原」にはやはり、「いのち」の活力が漲っている。

悠

二年半のがまんなんてへのへのへ
お金なんてくそくらえ
壁になんか泣かない

あったかな手であそぼ
いっしょにあそぼ
いのちは
千年のひろっぱ

ね
悠
千年の草っ原(39)

自然の壮大さと驚異的な生命力、響き合う「いのち」。「いのち」の神秘を思わせる「千年のひろっぱ」、「千年の草っ原」――ここでは「草」はないていない。そして、「オモニ」もそうだろう。

詩「千年の草っ原」の中に、森崎の新たな詩的ヴィジョンの萌芽が見えてくる。この詩では、孫「悠」がこれから見る／見てほしい光景、つまり、幼き頃、森崎が朝鮮で感じた「いのち」が今日も明日も響き続けている光景が描かれているのではないだろうか。この詩を通して、森崎は「悠」、ひいては孫世代の全ての者たちに「いのち」の思想を伝えようと語りかけている。森崎がようやく見つけ出した文学的視点(40)。だが、むろん、この時点で、森崎の心身に深く染み渡った罪の意識が完全に解消されたと考えることは早計に失するだろう。そもそも、森崎の詩から、あの「哀号」という声を掻き消すことなどできるのだろうか。

五．おわりに

以上、考察してきたように、森崎は、朝鮮半島の自然や人々との「ダイアローグ」、もしくは「共振」

を通じて、独創的な詩的世界を生み出してきた詩人である。だが、そうした「ダイアローグ」や「共振」を繰り返す中で、あの「むせびなく」声──「哀号」──を心身に深く受け止めながら、森崎は植民者二世としての立場を深く自覚してきた。とはいっても、森崎の詩作活動は、そこでひたすら足踏みして終わっているわけではない。

森崎にとって、もとより朝鮮は苦しい内省を起こさせる場であると同時に、彼女が感動してやまない「いのち」が響く可能性を秘めた場でもある。ただし、興味深いのは、そうした「いのち」の場がまた、戦後日本の家父長制に対する、森崎の厳しい批判精神に活力を与える源泉にもなってきたという点であろう。たとえば、『いのち、響きあう』の中で森崎はこう述べている。

日本で暮らしつつ日本生まれの日本人男女の、そのいのちの根っこのありようを、知りたいと願った。それは、いわば書きことばや文字の世界の、体系化され整理されたそれではない。文字による体系化は周知に思えた。戦時下の外地で文字界を通して日本文化をかいつまんだ女の子の私の目には、それは社会的支配力を所有した層の男性の、独断的な世界認識にすぎなかった。そこには女の本質もなく、私が愛した朝鮮の心もなく、私が感応しそして原罪感の根源となった、朝鮮半島にひろがる朝やけ空とつづいている宇宙への、つまり地球とともに呼応する自然界の律動への感応もないのだった。彼らの所有欲と支配欲。帰国した地の男のからだにあふれている旧態然とした家意識。ムラの感情。巷の笑い。しかし絶望したくないのだ。なぜなら、私は女に生まれているのだから。勝手に彼らの体系によって色づけされているけれど、でも、それは、文字界を主体とした領域のことである。私の本質は百年や千年の汚染になぞ弱りはしない。必ずや、この日本の暮らしにも、私が植民地で感じたような、体系化の外でのびのびと生きる人間群の本質があるはずだと思う。それに会いたい。そう思いつづけた。[41]

ここで、森崎が戦後の家父長制社会を痛烈に批判していることは間違いない——この点において、森崎の批判精神は、村松、小林、五木のものと比べて、ひときわ異彩を放っている。[42] しかしこのとき、森崎がそうした日本の古き制度を乗り越えるために、戦後日本の中にも「植民地で感じたような、体系化の外でのびのびと生きる人間群の本質」を見つけ出そうと奮闘している点に注意を払う必要がある。

いずれにしても、「私が感応しそして原罪感の根源となった、朝鮮半島にひろがる朝やけ空とつづいている宇宙への、つまり地球とともに呼応する自然界の律動への感応」（筆者強調）という言葉で自ら告白しているように、森崎にとって、朝鮮という場は絶えず両価的である。つまり、森崎特有の詩的言語は、まさにそうしたアンビバレントな場である植民地朝鮮との絶え間ない交渉——「ダイアローグ」、さらには「共振」——を通して生み出され続けているのだ。そして、植民者二世によって想像・創造されたその詩的言語はまた、大日本帝国の植民地の歴史が忘却されていく時代を生きる、ともかく〈私〉のような〈日本人〉に、あの植民地朝鮮について——時には激しくも——静かにゆっくりと語り出す。[43]〈私〉の新たなる自己批判が開始されるのを辛抱強く待ちながら。

＊本稿は日本比較文学会第四一回中部大会シンポジウム「戦争（争い）における記憶と忘却のナラティヴ――和解に向けて」（二〇一六年一二月三日、於：名古屋大学）で行った口頭発表（タイトル「引揚者と（旧）植民地の記憶――森崎和江の詩と「いのち」について――」）の原稿に大幅な加筆修正を施したものである。
＊＊本研究は二〇一八―二〇二一年度日本学術振興会科学研究費助成事業による若手研究「カリブ海諸島及び朝鮮半島における（旧）植民者の文学に関する比較越境的研究」（研究課題：18K12354）の一部である。また、本研究は二〇一九年度中京大学内外研究員制度（在外研究）の助成も受けた。

注

（1）森崎和江「朝鮮断章・1――わたしのかお――」『ははのくにとの幻想婚』森崎和江（現代思潮社、一九七〇年）、一二一頁。
（2）森崎、「朝鮮断章・1――わたしのかお――」、一二一頁。
（3）森崎和江「私が詩を書き初めた頃」『風』森崎和江（沖積舎、一九八二年）、八九頁。
（4）森崎和江「あとがき」『かりうどの朝』森崎和江（深夜叢書社、一九七四年）、一三八頁。
（5）森崎和江「シンボルとしての対話を拒絶する」『かりうどの朝』、八八-九一頁。
（6）森崎和江「あとがき」『地球の祈り』森崎和江（深夜叢書社、一九九八年）、一六八頁。
（7）森崎、「あとがき」『地球の祈り』、一六八頁。
（8）森崎、「あとがき」『かりうどの朝』、一三九頁。
（9）村松武司『増補　遥かなる故郷――ライと朝鮮の文学――』の「解説　楕円から円へ――ライ、朝鮮、村松武司――」において、斎藤真理子は次のように指摘している。「村松と森崎は多くの点で違っている。村松は京城で布帛製造業を営む事業家の息子であり、森崎は教育者の娘として大邱と慶州で育った。村松の家庭は、母方の祖父が日清戦争の際に朝鮮語通訳も務めたといういわば『古株』である。一方、森崎の両親は大正デモクラシーの申し子のような夫婦で、恋愛結婚に反対され、昭和初期に朝鮮にやってきて、地縁血縁に縛られない自由な核家族を築いた。ついでに言うならば、森崎の育った家庭には、『朝鮮人を尊敬せよ』という父の教えがいきわたっていた。［……］このように、さまざまに違う二人でありながら、見知らぬ日本へやってきてから、日本に向かって『朝鮮』を投げかけることの困難に苦しんだ色合いは共通している。もとより植民地体験とは個人のものに止まらない。本来、たった一人の植民者が『帰国』することでさえ、その社会の成り立ちが、よって立つ歴史が、根底から一度攪拌され、その弱点があばきだされるような出来事である。しかし攪拌は周囲のものにはそれと見えないから、当事者は苦しむ」。斎藤真理子「解説　楕円から円へ――ライ、朝鮮、村松武司――」『増補遥かなる故郷――ライと朝鮮の文学――』村松武司（皓星社、二〇一九年）、二九七頁。

(10) 村松武司「鞭と哀号〈植民者の眼V〉」『朝鮮植民者――ある明治人の生涯――』村松武司（三省堂、一九七二年）、一七六―七頁。

(11) 村松、「鞭と哀号〈植民者の眼V〉」、一七六頁。

(12) 村松、「鞭と哀号〈植民者の眼V〉」、一七八頁。

(13) 村松、「鞭と哀号〈植民者の眼V〉」、一七八頁。たとえば、『【新訂増補】朝鮮を知る事典』において、「アイゴー」は次のように説明されている。「朝鮮語の感動詞。感情を瞬間的に表現するときに用いられる。悲しいとき、うれしいとき、腹立たしいとき、あきれたとき、人に久しぶりにあったとき、力のいるとき等、その表現範囲はきわめてひろい。アイグ、オイク、エーグ、女ことばとしてアイグモニのように、音と形を変えながら、そのときどきの感動、感嘆のニュアンスや程度、男女語のちがいなどを、微妙かつ豊かに表現しわけることができる。なお、葬式で泣きさけぶことを指す名詞の〈哀号〉は、まったく別種の言葉であり、〈哀号〉の朝鮮音はエーホ aeho である。哀号はもと中国古代の風習であったが、形式化されて葬儀の重要な儀礼となり、それを業とする哭人を加えて号泣させることも行われた。この儀礼は朝鮮、日本にも伝わり、韓国では今でも見られる。」伊藤亜人、大村益夫、梶村秀樹、武田幸男、高崎宗司監修『【新訂増補】朝鮮を知る事典』（平凡社、二〇〇〇年）、一頁。つまり、村松は、「哀号」のもう一つの隠された意味を知っていたことになるだろう。

(14) 五木寛之「長い旅の始まり――外地引揚派の発想――」(下)、毎日新聞夕刊、一九六九年一月二三日。

(15) 高崎宗司は次のように述べている。「元在朝日本人の朝鮮時代への対し方には、大きく分けて三つのタイプがあるようである。第一のタイプは、自分たちの行動は立派なものだったとするものである。第二のタイプは、無邪気に朝鮮時代を懐かしむものである。そして、第三のタイプは、自己批判しているものである。」高崎は、小林勝、村松武司、森崎和江を「第三のタイプ」として分類するが、この「第三のタイプ」に五木寛之を加えてもいいだろう。だが、こうしたタイプ分けは、「元在朝日本人」を便宜上あくまで「大きく分けて」いるだけであり、もちろん、彼/女たちのそれぞれ異なった植民地体験を安易に一般化することはできない。高崎宗司『植民地朝鮮の日本人』(岩波新書、二〇〇二年)、二〇一-七頁。

(16) 森崎和江「海」『ささ笛ひとつ』森崎和江(思潮社、二〇〇四年)、四五頁。

(17) 森崎、「朝鮮断章・1――わたしのかお――」、二一三-四頁。

(18) 森崎和江「あとがき」『慶州は母の呼び声――わが原郷――』森崎和江(洋泉社、二〇〇六年)、二四三頁。

(19) 森崎和江「朝鮮断章・2――土塀――」『ははのくにとの幻想婚』、二二八頁。

(20) 森崎和江「哀号」『ささ笛ひとつ』、四八-九頁。

(21) 森崎、「朝鮮断章・2――土塀――」、二二八頁。

(22) 五木寛之「アカシアの花の下で」『風に吹かれて』五木寛之(読売新聞社、一九六八年)、一一〇頁。

(23) 五木、「アカシアの花の下で」、一〇九頁。

(24) 五木、「アカシアの花の下で」、一一〇頁。

(25) 五木寛之「女を書くという事」『風に吹かれて』、一七六頁。

(26) 村松武司「作家・小林勝の「朝鮮」」『朝鮮植民者――ある明治人の生涯――』、二五四頁。

(27) 小林勝「私の「朝鮮」――あとがきに代えて――」『チョッパリ――小林勝小説集――』小林勝(三省堂、一九七〇年)、二九七頁。

(28) 小説集『チョッパリ』の中の「私の「朝鮮」——あとがきに代えて——」において、小林は「君たちはどこへ行ったか」と題されたメモを全文載せている。そのメモについて小林は次のように書いている。「これを書いていた私を捉えていたものは、ふるえだすような憤怒なのです。刑を終えた朝鮮人のうち特に政治犯は、日本在留をとり消され、刑務所から警視庁へ連行され、形式的な審査の後に、大村収容所へ送られていきました。」小林、「私の「朝鮮」——あとがきに代えて——」、二九八頁。そして、小林はまた述べている。「私は戦後になって、はじめて自分の国がその過去に朝鮮に対して何をやってきたかを知りました。私のせいではないとはいえ、私が日本人としてそこにうまれ、そこで育ったことの意味を考え、つらい気持になりました。」小林、「私の「朝鮮」——あとがきに代えて——」、二九九頁。

なお、小林勝に関する最近の研究書として、原佑介の『禁じられた郷愁——小林勝の戦後文学と朝鮮』がある。原は、小林勝の文学について、「日本人と朝鮮人のあいだに深々と横たわる『断絶』を凝視する営み」であったと説明している。原佑介『禁じられた郷愁——小林勝の戦後文学と朝鮮』(新幹社、二〇一九年)、三五八頁。

(29) 村松、「作家・小林勝の「朝鮮」」、二五五-六頁。

(30) 森崎和江「空」『地球の祈り』、一四-五頁。

(31) 森崎和江「空」『ささ笛ひとつ』、二四-五頁。

(32) 森崎和江「千年の草っ原」『ささ笛ひとつ』、二〇頁。

(33) 森崎、「千年の草っ原」、二二頁。

(34) 森崎、「千年の草っ原」、二一-二頁。

(35) 森崎和江『いのちへの手紙』(御茶の水書房、二〇〇〇年)、三三頁。

(36) 森崎和江『いのちの素顔』(岩波書店、一九九四年)、三三頁。また、森崎の「いのち」の思想について考える際、「産む」という営為は重要である。「なぜ男たちは無原則に子を産ませるのか。なぜそのことに無意識なのか。いのちをこの世に送ることに対して、なぜ、無感動でおれるのか。米も麦も塩もない配給生活の焼け野が原には、『国敗《ママ》れて山河あり』という、どこかべっとりとした欲情が寝ころんでいて、その安らぎは男尊女卑を卑猥に唄っていました。破れた政治と、無思想な生殖がひろがる地面の上で。一方では親たちが平気で娘を売っていました。強姦される少女。捨て子。復興する遊廓。パンパンガール。私は今でもよく覚えています。娘っこの私が、とある集会で、産むのは女ではない。人間は新しい生命を両性で産むのだ、と壇上で話したとき、笑った男たちの顔を。それでも、中年男の集りでも、同じことを話さずにはおれませんでした。手ひどい侮蔑が返ってきましたが。」森崎和江『いのち、響きあう』(藤原書店、一九九八年)、七九頁。

(37) 森崎、『いのちへの手紙』、四二頁。

(38) 森崎、『いのちの素顔』、三二頁。なお、森崎の次の言葉は印象的である。「たとえば『羽衣』という民話がある。その絵本を読む。その童謡をレコードで聞く。目をつむって聞きながら、『天女がうっとりと見上げる空へ舞いました』などという歌詞が描く天空のシーンを、『ジャックと豆の木』の民話が描く天上の雲のくにと天空つづきの世界として心に描いている。[……]けれども一九九〇年代の今、私は、五歳の幼児に羽衣を語り聞かせる、あの空を持たない。彼が、空を持てない悲しみを、オゾン層の破壊などと言って語るのが胸にこたえていて、ちょっと待ってね、すぐにあの空を呼んであげるから、と心で言いつつ、言葉にできずにいる。だから羽衣は語れないままである。そして彼はしきりに話しかける。彼の天空を。そこには羽衣が舞う余地はない。彼ら子ども社会の情報が育てた宇宙。宇宙人とのたたかいがくりかえされている。地球を救うために。時間空間の壁を越えて」。森崎、『いのちの素顔』、三二一三頁。

(39) 森崎、「千年の草っ原」、二三頁。

(40) 小林勝は自身の「文学的視点」について、次のように言及したことがあった。「問題は、あたり前のことながら、現実のその無惨さ困難さにひたすら垂直に沈みこんでいくことではなく、日本人と朝鮮人の間に一見絶望的に横たわる現実のどろどろした(断絶と憎しみの)沼に長嘆息することでもなく、また何の根拠もない楽天的な空しい希望に身をゆだねることでもない[……]」。小林、「私の「朝鮮」——あとがきに代えて——」、二九四頁。「私にとって朝鮮とは何か、ということは現実問題としてはまさにその未来にかかわることなのであり、その未来を展望しようとする私の文学的視点がどこにすえおかれ、どこから光を発するかといえば、それはこの総体における『過去』の、そもそもの出発点なのです。私は『過去』をふりかえるのではなく、その原点に立って、そこから未来を見透していこうと考えているのです」。小林、「私の「朝鮮」――あとがきに代えて――」、二九五―六頁。もちろん、森崎の「文学的視点」が、小林とまったく同じ感情、たとえば「憤怒」によって支えられているとは考えられない。しかし、そうだとしても、小林の未来を見据える目線は、森崎のものと相通ずる点もあるだろう。

ちなみに、村松武司は、小林について次のように説明していた。「植民者としての過去を、彼の作家的・実践者的生活をかけて、小林は、どのように告白し続けたか。小林は、それが、日本の過去ではなく、日本の現在として、それが、自分の過去ではなく、自分の現在として、ここに存在することを書き続けた作家ではなかったか［……］」。村松、「作家・小林勝の「朝鮮」」、二五六―七頁。

(41) 森崎、『いのち、響きあう』、一二三―四頁。

(42) 結城正美とのインタビューにおける、森崎の次の発言は印象深い。そのとき、森崎は「女性問題」だけでなく、「性的マイノリティの問題」にも着目している。「女のことばっかり考えてきたようにみえるけれど、そうではなくて、性的マイノリティの問題もずっと頭にあるのです。いのちを受け止め合う力を養いたい、とずっと書いてきているのに、同性愛というのは、私がみていたいのちは、そんな単純なものではないよ、と教えられるのですよね。」結城正美「森崎和江インタビュー〝生む・生まれる〟ことば：いのちの思想をめぐって」『文学と環境』一四号（文学環境学会、二〇一一年一月）、一四頁。なお、同性愛的な関係性を描く文学については、本書の三須祐介論文を参照のこと。

(43) たとえば、朴裕河は、森崎和江のような「引揚げ者」たちの「言葉」の特徴を次のように説明している。「引揚げ者たちは、数十年間にわたる支配体験を忘れ、多民族国家を形成していた時代を忘れ、あたかも近代以降ずっと単一民族国家だったかのような幻想を抱いていた戦後日本を突く言葉を、たくさん残しました。それは、彼ら自身が身につけた異邦人感覚・混交的な文化への記憶を呼び覚ますことでもあり、日本を離れないで済んだ、定住者中心の単一民族国家幻想の虚構をあばくものでもありました。」朴裕河『引揚げ文学論序説――新たなポストコロニアルへ――』（人文書院、二〇一六年）、一九〇頁。

ところで、筆者が、森崎和江の植民地体験や、そうした経験から生み出される彼女の「言葉」について深く考える最初のきっかけとなったのは、二〇一二年に開催された第七四回日本比較文学会全国大会のシンポジウム「比較植民地文学の射程――「引揚者」の文学を開く」（於：大正大学）に登壇したときであった。その際、同じ登壇者であった西成彦氏、朴裕河氏、中村和恵氏、原佑介氏の発表やコメントからは大きな刺激を得た。その後、そのシンポジウムの原稿（西氏、朴氏、原氏、杉浦の担当部分）は、大幅な加筆修正が施され、『立命館言語文化研究』二四巻四号（立命館大学言語文化研究所、二〇一三年三月）に掲載された。なお、植民地体験と翻訳の問題については、本書の金東僖論文を参照のこと。

【日本と台湾、そして沖縄】

植民地台湾の内地人による石川啄木受容

劉　怡臻

一．植民地台湾で受容された石川啄木

石川啄木の文学は、時代を越え、国を越えて読み継がれてきたが、台湾もその場の一つであった。特に一八九五年から一九四五年にかけて、日本の植民地として五〇年間にわたって日本統治下にあった台湾では、日本の言語及び文学の教育が行われていた。植民地台湾という空間で受容される啄木文学は、戦後になってからの政権の交代を経るなかでも消えてしまうことはなかった。中国語として残される文献には啄木の短歌が翻訳されたもの、台湾作家の日記における啄木やその短歌への言及など多く見つかる。それは戦後台湾の政治状況の影響を多少は受けているが、その受容の水脈は植民地期の啄木受容からの連続性のなかでとらえられるのではないかと考えられる。

今日もなお台湾には和歌を詠む歌壇が存在することがよく知られているが、台北歌壇の作品群には啄

木に触れた歌が散見される。例えば、「啄木の幸薄かりし偲び居るわが足もとに蟹の這いくる」（董逸民）[1]、「啄木に才は及ばね一握の砂に吾も泣く逆持ちし」（王重沂）[2]、「文明は百歳啄木は二六歳名もなき我の天寿は幾つ」（黄得龍）[3]、「函館に来れば雪降る夕暮れをバスガール頻りに啄木を云う」（李詩清）[4]などである。あるいは、『台湾万葉集』の作品ならびに記載されている作者の作歌背景には啄木にかかわる叙述がある。[5]

台北歌壇の歌人達がしばしば啄木言及の歌を作るのは、編者孤蓬萬里の回想[6]にあるように、植民地時期に受けた日本語教育や日本語の本の読書と関連があると、まずは考えられる。しかし、それがすべて学校教育で日本人の教員を経由して受けとめた啄木受容と言い切れるかどうかは疑問である。孤蓬萬里らが育った当時の台湾で、学校教育だけでなく情報環境全般を通じて、啄木、そして啄木文学はいかに説かれていたのか、どれだけ関連文献が残されているのか、まず確認する必要がある。

筆者はかつて植民地台湾における啄木短歌の受容について、特に一九三一年の啄木ブームを取り上げて検討したことがある。[7]そこでは、三行書き短歌と啄木認識、啄木短歌の受容と植民地生活者の生活意識への関心、啄木歌集などの啄木関連文献という三つの視点から考察した。『台湾日日新報』の啄木関連記事を調査した範囲では、一九二〇年代からすでに改造社版『石川啄木全集』などの啄木関連文献が日本内地とほぼ同時期に台湾に流通していたことがわかった。また新聞・雑誌などのメディアの働きも大きいこと、と同時に図書館の蔵書や「国語」教科書をとおしての啄木受容も内地と遜色がないこともわかった。

その中で、台湾人文学者による本格的な三行書き短歌は、一九三三年、東京留学生が創刊した文芸雑誌『フォルモサ』に掲出の王白淵[8]によって始動されたと言えよう。「我が着しゆかたを見て／「打倒日本人」と叫び出でし／憐の女の児愛しも」という王白淵の代表作には、複雑で皮肉めき矛盾した心情を窺うことができる。王白淵は植民地出身であったために中華民族としてのアイデンティティーを持ち、さらに日本語教育を受け、日本に留学、就職したことで、二重の苦しみを抱える結果となった。当時、厳しい日中の政治状況の中、王白淵は東京を去って上海へ渡り、秘密情報を日本語から中国語に翻訳する仕事に携わったが、それは祖国に貢献するために自分の日本語能力を活用したのである。にもかかわらず、幼い頃から植民地台湾で日本の国民教育を受けてきたこともあって、ゆかたを着ている王白淵の姿を見た祖国の同胞から日本人と同一視され、あまつさえ、「打倒日本人（日本人を倒せ）」といった罵詈雑言をうけてしまった。王は子供の無邪気な言葉を通して、誠実にそうした世相の現実を表しているのではないかと考えられる。

王白淵は上海租界で目にした悲惨な祖国の民の姿を題材にして、現実を風刺する内容の短歌を詠んだ。「野鶏、乞食、貧民の群／誰が上海を歓楽の都と云ひし？／大砲と軍隊のもとにうごめく」と詠み、フランスの植民地とされたベトナムとイギリスの植民地とされたインドが宗主国に利用され、圧迫された姿を見て、故郷台湾の同胞を思い出し、「フランスの巡警に両腕とられ／侮辱されつゝ引かれて行く／苦力の後姿いたましき」、「フランス官憲の下に使はれるる／影薄き安南の人々を見る度に／故郷の友を思ひ出づるかな」と詠じているように、ベトナム人やインド人を対象に登場させ、背後にある台湾同胞、さらに祖国中国の民などの存在も暗示されている。こうして、アジア民族が西洋列強の圧迫と侮辱を受けていることを王はリアルに表現している。王白淵の作品（一部）を日本雑誌『詩精神』に再掲載し、「左翼派詩人の代辯者」で、「諷刺性ある三行調の啄木調」を上手に詠んだと『フオルモサ』同人呉坤煌が評価した。[9] もう一人の『フオルモサ』同人・台湾文学者巫永福からは「熱血多情な詩人、臺灣の啄木」[10]と称じられている。王白淵は風刺性ある三行書き短歌をもって時代、社会と向き合う叙事性を表現している。同時に、「歌は啄木にとつて悲しき玩具であつたが、それが何物にもまして我々の胸を打つのは、文字以上の高き意欲が強い息吹となつて我々に追つて来るからである」[11]と、尊敬すべき芸術家及び批評家として、二葉亭四迷と並べて啄木を例に取り上げ共感を抱いている。

王白淵、呉坤煌、巫永福によって共有される啄木認識及び受容の一端から窺えるように、それは戦後、『台湾万葉集』歌人や他の文学者が啄木を語り続ける基盤と繋がっている。このような台湾人文学者が啄木を受け入れることは戦前の国語政策（日本語教育）という背景、プロレタリア思潮との関連を持っていると考えられる。ただ、彼らが台湾で啄木に触れる前に、植民地台湾という空間で、最初に啄木を取り入れた内地人の日本人が先にいたと想定される。植民地台湾における啄木受容の全体像を描く前に、まず植民地台湾の内地人による啄木の認識を検討しておく必要があると考えられる。本稿では、内地人の思郷を背景に植民地台湾に最初に登場した啄木、時代背景と植民地の状況に符合した内地人の文学団体「無軌道時代」における啄木文学の受容を解明しながら、植民地台湾の内地人の石川啄木受容に見られる多面性を浮き彫りにする。

二、最初に登場した啄木と内地人の思郷

日本統治とともに日本語教育環境が整備されつつあったとはいっても、台湾本島は直ちに日本語でコミュニケーションを行う空間ではない。つまり、異言語の空間と階層性は台湾在住の内地人にも、本島人にも同じく作用していた。それなら、今までの啄木受容の研究対象とされる日本国内の日本人、あるいは翻訳を経由した外国人の受容とは異質な空間がそこには成立したはずである。内地との繋がりがありつつ、実は慣れた母国の生活空間とは隔絶した空間で想起される啄木、模倣される啄木は既に日本の「外」に出て行った啄木と言えるだろう。

そのような空間で言及される啄木文学とは何かについて、調べる必要がある。台湾中央図書館のデータベースで日本統治期の資料を検索することは有益であるが、キーワードの登録ミスなどで啄木に言及する関連資料を見逃しているものが多い。最大官報『台湾日日新報』に啄木言及の歌が一九一四年に掲載されたが、これは植民地台湾における最も早い記録ではない。一九一八年一月の『台灣遞信協会雑誌』に再掲載の文章「帆影録」には下記のような記載がある。

僕は今内地を思ふ毎に、二つの深い印象がある。一は其頃登つた阿蘇山上偉大なる噴火の光景と、一は初めて海に接したこの時の壮大なる感である。この二つは僕の思ひ出の中に在りて最も強いものであると共に其時が秋であつた、と断言し得る唯の思ひ出である。
其後、この島が根の人となつてから、中部で三四回、北部で十回餘りの秋を迎へたのに何の思ひ出も

残らない、まるで空である。其間に只一度四五年前、歌の研究を初めてから秋に就ての趣を考へる様になつたが、僕の作る秋の歌は甚だあやしいものであつた。遥々東都の先輩に刪正を受くるのに、秋の歌は一として佳いのがない。けれども僕は秋をすてなかつた、益々作る、愈々拙劣。遂に先輩の某氏が気の毒になつたと見へて秋の歌を送つてくれた。その中二三を挙げよう。

父のごと秋はいかめし母のごと秋はなつかし家もたぬ子に　（1）[12]
皎として玉をあざむく少人も秋来と云へばものをしぞ思ふ　（2）
秋立つ水にかも似る洗はれて思ひことごと新しくなる　（3）
一片の玉掌におけば玲瓏として秋来る其光より　（4）
月かげと我悲みと天地にあまねき秋の夜となりにけり　（5）

これらを誦すると僕にも秋の趣をも又思はなくなつた、ところが今度本誌が出ると云う話しを聞いた頃から、再び秋と云ふ問題が僕の頭を苦しむ様になつた。時が正に秋であるからでもあろう。そして僕等が曽て濤声を出したのも秋であつたし、南国会を起したのも又秋とかかる企との間に、何か因縁がある様に思はれる。之れも僕は秋の趣の一つに数へたい。

（四三年一一月二日稿）

右の文章に関しては、執筆者の名前は明記されていないが、本文の冒頭文「一、雲」が「本誌　白鴻の発起者の一人なる某君」「僕の六七年来の友である」への思い出から始まる。それに続き、「二、秋」があり、秋に対する季節感、そして「思ひ出に残る内地の秋、人の話や、書籍の上で見た秋と、高砂の秋と比較すれば何だがつまらない様な気がする」と云う。「高砂」という名前は一六世紀から一九世紀ごろの日本で使用された台湾の別名である。高砂の秋を体験する度に、故郷の秋への思慕の情念が益々湧いてくることが文章全編の主旨となっているが、そこに先輩が送ってきた短歌がいくつか記されている。

ところが、作者が拾ってきたものが五首全て啄木の作品である。五首すべてが秋の歌を詠み込んだ「虚白集」(『明星』明治四一年一〇月号)を初出としているので、先輩は『明星』から抜き書きしたと考えられる。ところが、「帆影録」の文末に記されている原稿の完成日が明治四三年一一月であることから判断すると、啄木の歌集『一握の砂』がまだ出版されていない時点で、植民地台湾の雑誌にはすでに啄木の作品が書き写されていたことがわかる。

執筆者は不明であるものの、いくつかのことがここからは読み取れる。まず、内地人が異郷である台湾に身を置きながら、ふと啄木の歌が思い出されるといった背景が浮き彫りにされており、この異郷にいるからこそ、それまで日常的に体験していた内地の風景(ここには秋とされている)が一層の懐かしさとともに思い出されるという創作の背景が感じられる。

異郷であると同時に植民地、外地である台湾で、日本語の韻律による啄木の短歌を思い浮かべることには二重の意味がある。一つには知らない土地に出稼ぎ、生活、流浪などしているという心情があり、もう一つには知らない言語に囲まれている際に、母語の日本語の韻律への想念も入っているのではないかと感じられる。思郷の心境自体も啄木の歌では主要モチーフの一つになっていて、例えば「病のごと／思郷のこころ湧く日なり／目にあをぞらの煙かなしも」、「ふるさとの訛なつかし／停車場の人ごみの中に／そを聴きにゆく」などの歌が植民地台湾に来ている日本人の心情を彷彿させる。

これが現時点で確認されている台湾における最初の啄木関連資料だと判断できる。これを手かがりとしてさらに調べていくと、一九二八年一月の『台灣遞信協会雑誌』に再掲載のこの文章の前に、河瀬静洋の「告白」と安田黒潮の「白鴻時代 ── 逝きし三人を想ふ ──」がある。特に安田の雑誌『白鴻』についての言及には大いに参考になるものがある。

「今を去ること二十八年前、明治四十四年の二月、淡水郵便局員を中心として発行せられた文芸雑誌「白鴻」は私にとつて忘れ難いものである」と述べ「電信のオペレターとして働いた彼等三人とは静洋、河瀬多気志。八日楼、長野実諒。濁泉、末廣清一の三人である。単に部内に於いてオペレターとして傑出して居たばかりでなく、台湾の文壇史を編む者の決して看過し得ない三人である事を私は躊躇するところなく、断言するものである。惜しい事に、或は悲しい事に、更に或は嬉しい事には三人とも三〇前後にして等しく肺を病んで死んだ」とある。更に、「芸術の為に戦い精進した彼等を傳ふるには本誌を措いて無く、私を措いて外に人なく、今の時を失しては他には時が無いのである。さう思って私は本誌の編集部長である戸水昇氏に謀った。（略）彼等が書き遺したものをそのまま傳ふればいいのである」という文章の転載背景がここにはっきり説明されている。

さらに、転載されている三人の書き物をみていくと、詩や小曲やエッセイのほか、短歌と翻訳もある。安田の紹介文の中では末廣濁泉の箇所が注目される。

末廣濁泉君、その人を私は餘りよく知らぬ、新営局の電信技術員をして居て徴兵検査を受けに来た時、一度逢ったぎりである。皮肉な顔をして冷笑を浮かべて居た事を覚へて居る、非常に秀才だったらしく、（略）静洋君と濁泉君とは石川啄木に師事して居たようだった。彼の短歌の示す如く実に頭の鋭い——恐ろしい程に透徹した男だったらしい、と同時に大変「つむじまがり」でもあったやうだ。以下、君が「白鴻」に発表したものばかりである。[13]

（河瀬）静洋と（末廣）濁泉には石川啄木に師事したように見える短歌作品があると安田が指摘している。この指摘を踏まえた上、転載文章の順番[14]から振り返ってみると、最初、取り上げられる作者不明の文章「帆影錄」はおそらく（河瀬）静洋によるものであろうと推測できる。

安田は具体的に二人の作品例を挙げていないが、転載されるもののみを照り合わせてみると、「ひの山の上に生まれて南洋の荒き海辺を我はさすらふ」「月寒き磯曲の千鳥恋に泣く島少女等が魂の声かも」「泣きぬれて大路をゆけど一人だに足をとどむる少女だもなし」「嘆ずらく我れ七度も大空を駆くれど遂に敵を見いでず」「ぎしぎしと印刷版のきしる音韻出さるる歌のかなしみ」、「ときじくに泣くてふ友の若き日の今日も来りぬなつかしきかな」などの（河瀬）静洋の作品には確かに啄木の影が潜んでいるようなものがある。

さらに、真ん中に紹介されている長野八日楼のエッセイ「初夏の日」に目が留まるものがある。「大変なことを言ふ、土人は日本語が解らぬらしい、土語で何かしゃべっているか、両方共唐人の寝言を聞くようで、さっぱり通じない」[15]という当時の内地人が台湾で生活していた言語風景の一端が描かれている。そして台北の浜辺に出かけて「一匹の大きな足に毛の生へた蟹を捕へて、静洋は珍しがって居る。阿蘇の噴火口に吹き出された焼山にはこんな動物が居ないだろう、僕の田舎にはコンナ足の生へた蟹がいくらも居るがこちらでは見なかった。僕はソト祖母のしなびた乳をいぢり乍ら、此の蟹の毛は猿からもらったのだと云ふ昔噺を聞いた小さい昔に返った。古い古い忘れかかった記憶が夢の様に浮かんで来る、ちっと思って居ると波のささやきが祖母の声かと聞かれる、此海続き我故郷の磯邉をも越した波が洗って居よう」と述べている。[16]ここに、長野は故郷の阿蘇では体験したことがない静洋の姿を見て自分の体験した故郷の風景を呼び起こし、波でさえ祖母の声のように聞こえる思郷、懐古の心持ちを綴っている。

植民地台湾に来ている内地人の感触は、この安田と長野の二つの文章に鮮明に表現されている。それは、彼らの短歌詠みおよび啄木文学の想起や咀嚼にも大きく関連するだろう。少なくとも現段階において、この雑誌『白鴻』には植民地台湾における最初の啄木文学の受容が窺える。当時、執筆者である河瀬静洋がすでに十何年の歳月を台湾で過ごしていたこと、文通で内地の先輩を経由して啄木の歌を秋の選歌として共有していることはこれらの資料で明らかになった。

このように台湾本島に来ている内地人の啄木文学の享受は、文芸雑誌『白鴻』の存在から窺えるように「郷愁」が大きく作用していると考えられる。島田謹二が外地文学の三大主題を纏めたことがあるが、その第一は「外地人の郷愁」であった。正に、内地人の啄木文学享受には外地人の郷愁に結び付けられ、まず現れてきたのである。知らない土地に出稼ぎ、生活、流浪などしているという心情が現れると同時に、知らない言語に囲まれている際に、母語の日本語の韻律への想念も燃えていることもある。そうした背景のなかで、啄木は植民地台湾で生活している内地人によって想起され、語られている。

植民地台湾の啄木享受は外地生活者の郷愁というレベルを越え、さらに広い範囲に及ぶことを次節で見よう。近代社会の生活者とされ、理想主義、真のリアリズムの体現者としての啄木像がより浮き彫りになってきたことが、内地人文学団体「無軌道時代」社によって象徴的に語られている。

三．内地人の文学団体「無軌道時代」社が結成された時代背景

日本統治期の最大官報『台湾日日新報』における啄木関連では、昭和四年九月二十三日の「無軌道時代社同人集」に上清哉が発表した詩篇「徒刑囚の歌」がある。この作品は後に出版される詩集『遠い海鳴りが聞えてくる』（南光書店、一九三〇年）にも収録されている。詩文の中に啄木の詩文が引用されている。

（その一）
さびしいので
啄木の歌を声高く読んでゐるよ
啄木よ、此の島にも
「誰一人、握しめたる拳を卓にたたきて、ブ・ナロード！と叫び出つるものなし。」

【日本と台湾、そして沖縄】

（その二）

握りしめたる拳をただいて
ブ・ナロードと叫び出づるものもない
この島に　二年　三年
おれの徒刑囚のさびしさがつよく

この作品は前節に取り上げた文芸雑誌『白鴻』の啄木に関する言及とは違うところがある。明治四三年一一月に書かれた「帆影録」には風土の異なること、日本的な季節感を思い起こさせるものとして啄木の秋の歌が引用されていることに対して、上清哉の作品は啄木の詩句が引用された上、この島にも「握しめたる拳を卓にたたきて、ブ・ナロード！と叫び出づる」ものが出て欲しいという切ない願望が滲み出ている。もちろん、作者個人の文学資質にも関わるが、周りの環境から備わる時代感覚はいかに内地人の啄木享受にとって不可分なことであるか、この一篇を通して窺えるだろう。

『無軌道時代』が創刊された一九二九年という時代は、植民地台湾において一体いかなる時代であったのか。少し前後の歴史的文脈を補足しておく。まず、大きな時代背景として、一九二〇年代、特に第一次世界大戦とその後の動きは、東アジアにも大きな影響を及ぼした。当時日本の植民地でもある朝鮮の三・一運動、中国の五・四運動などの余波を受け、原敬内閣は改革を行い、植民地では武断統治から文化統治に転換されることにつながる。一九一九年、最初の文官総督田健治郎が台湾に漸進的な内地延長主義を提起、「日台融合」「一視同仁」などの方針に基づき、同化主義の統治政策を行い、同年に配布した台湾教育令で、台湾で専門学校を設置することになった。一九二三年、「治安警察法」を台湾に施行するほか、台湾人官吏任用令を公布し、台湾人、日本人の共学を許し、さらに台湾人、日本人の結婚を認めるようになる。続いて、一九二四年には京城帝国大学、一九二八年には台北帝国大学が設立された。しかし、このような植民地統治政策の転換に対して、矢内原忠雄は疑問を呈している。一九二六年、「朝鮮統治の方針」を著し、さらに一九二九年『帝国主義下の台湾』を発表した。

同化主義の批判や植民地における自治化をめぐっていろいろな議論が繰り広げられている。その中で、植民地台湾の抵抗運動も変貌していく。大正デモクラシーの影響を受け、二〇年代より帝国議会への議会設置運動の請願、文化啓蒙活動を目指す台湾文化協会の設立という二つの運動が起こっている。台湾人の蔣渭水、林獻堂が先導し、青年を結集し、一九二一年に結成した台湾文化協会では機関誌『台湾』が創刊された。新しい思想や知識を紹介すると同時に、中国の最新状況をも掲載する。また、文化普及のために、新しい文学表現を作り出す白話文運動が展開されると同時に、大衆の啓蒙運動向けに、新劇や講座や新聞の読み聞かせなどが行われた。

文化協会は開いた講座が民族主義の高まりにつながる恐れがあるゆえに常に当局の処分を受けたが、その一連の活動は台湾の農民運動と労働運動の最初の扉を開いた。一方、一九二三年の台湾中部二林地区のさとうきびの価格を起因として農民と警察の衝突事件が起こる。続いて、二五年より三〇年代にかけて、米糖相剋の状況が次第に深刻になることに応じて、一九二六年の台湾農民組合、一九二八年の台湾工友総連盟結成といった一連の農民運動、労働者運動の動きがあった。

二〇年代に台湾人の文化活動や政治活動が盛んになったことは、言論状況にも反映されている。

一九二〇年、林獻堂、蔡恵如は在日台湾人学生を対象とする雑誌『台湾青年』（のち『臺灣』）を創刊して、政治改革を図った。これは台湾人による政治運動の最初の機関誌で、一九二三年に前述の台湾文化協会の機関誌『台湾』と合流、改名され、後ほど『台湾民報』の発刊につながった。ようやく一九二七年になって、総督府の許可を得て、台湾で印刷、発行ができるようになった。『台湾民報』は台湾の政治、経済、文化全般を探求し、日本の植民地統治を批判して、さらに世界情勢と思潮も紹介することに努めた。『台湾日日新報』の立場とは異なり、一九三〇年、『台湾新民報』と改名した。それに近い時点で、まだ台湾人による本格的な文学雑誌が誕生していなかったなか、日本人のグループによって『無軌道時代』が創刊された。

マルクス主義の台頭のもと、関連する多くの書籍が翻訳、紹介されたなかで、社会運動の新世代として、福本イズムも登場した。階級的な立場から様々な議論も日本に見られる一方、二〇年代後半に中国の情勢も変化が激しくなり、国民党と共産党の対立が顕在化した。日本の第一次山東出兵の強硬姿勢に反対の声もあった。無産政党の結成などによる政治構図の再編が行なわれ、一九二八年に普通選挙法による最初の総選挙が実施された。ところが、治安維持法違反の容疑で活動家が検挙され、労働党、日本労働組合評議会、無産青年同盟の結社が禁止されたなか、議会制に包摂できない左派関連運動が排除されるという状況にあった。内政、外交とも変動が多い時点に、震災手形の処理による金融恐慌が勃発した。企業の倒産が相次ぎ、失業者が急増する事態になった。さらに、一九二九年一〇月のアメリカの株の暴落によって拡大された世界恐慌にも見舞われた。

一九二九年の経済不況下にある植民地生活と彼らの文学生活、植民地文学の貧しさを改善する際に植民地台湾の内地人が見出した文学のモデルとして、啄木が出てきたことが注目される。「啄木よ、此の島にも／『誰一人、握しめたる拳を卓にたたきて、ブ・ナロード！と叫び出づるものなし。』」と感嘆した上清哉が向かっている読者は、本島人を含めた「此の島」の人たちであろう。

四『無軌道時代』における啄木文学の受容

無軌道時代社とその結社の時代背景について、中島利郎の先行研究が具体的に論証している。「大正末期から昭和初期はプロレタリア文学の全盛期であった。「内地」では昭和三年三月に日本プロレタリア芸術連盟と前衛芸術家同盟が合同して全日本無産者芸術連盟（ナップ）となり、機関誌『戦旗』を創刊した。『戦旗』は、台湾にも密かに持ち込まれていた。その影響の下、台湾においても、『伍人報』『洪水』『明日』『赤道』などの左傾雑誌が発行されたが、これらはいずれも台湾人を中心としたものであった」[17]と、当時の台湾で発行された雑誌とプロレタリア運動との関連を中島が指摘している。

そして、台湾人を中心としたものに対して、「日本人が主宰した雑誌としては昭和四年九月創刊の『無軌道時代』がある。編集兼発行人は藤原泉三郎。プロレタリア色を全面的に出した編集内容ではなかったが、発行者の藤原や同人の一人であった上清哉が『戦旗』と関係が深かったこともあり、左翼的な内容をもつ作品も多かった。同人には藤原、上清哉の他に保坂瀧雄など日本人ばかり二〇名前後が参加したが、台湾人では徐淵深が唯一の同人だった。[18]」と言及している。

ところが、雑誌『無軌道時代』は第四号をもって（昭和四年一二月一五日）停刊した。昭和六年に、ナップ影響下の組織「台湾文芸作家協会」が結成された。中島の調査によると、メンバーには、京都帝国大学経済学部出身の井出勳と『無軌道時代』の同人藤原泉三郎、上清哉及び別所孝二、湯ノ口政文、王錦江、張維賢、頼明弘、徐瓊二などがおり、この組織は日本統治期の台湾において、最初に日本人文芸家と台湾人文芸家とが協力して設立した文芸集団だと言われている[19]。

さらに、同協会は台湾における「新しき文芸の探求並にその確立」「台湾文学を大衆の中へ」を活動方針としている。同雑誌の読者からも「台湾人の内地人の労働者、農民がこれを手に取って読むことがあるだらうか[20]」という疑問を呈し、「吾々は、台湾の地方状勢、小作争議、労働争議、生活状態、蕃人の動き、支那対岸の状勢などを調査して報導して貰いたい」と、「台湾ＸＸＸ民族―生蕃人、台湾人、植民地といふ特殊地位にある貧乏日本人の生活から生まれる文学だ」とすべきだと強く訴えている。

それが雑誌『無軌道時代』に書かれている匿名の論者ＸＹＺによる文章にも呼応しているように考えられる。「勳章疑獄、鉄道疑獄、慢性的疑獄時代、慢性的不景気、慢性的恐慌、産業の合理化、慢性的失業群の増大、全国教化総動員、社会的不安の漸次的深刻化」の中、「それは明らかに一九二九年の現実の日本に対する再認識と再批判とを一般在台内地人に要求してゐる」と語られている。「我々二十代の若き熱情をして、社会的欺瞞の暴露にまで（略）かかる社会的憤怒を声高らかに唄はしめよ[21]」と、正しく時代を自分の文学に反映する目標をめざし、同人誌『無軌道時代』が先鞭をつけた。そのような目標を継承した「台湾文芸作家協会」の機関誌『台湾文学』は創刊して四号まで発刊したが、ほとんどの号が当局の差し押えを受けて配布不能となった。それだけ、検閲が厳しい時代の空気が反映されていた。

検閲を逃れ、発刊できた『台湾文学』九月号では矢代仙吉が「湾製ラッサール批判――南溟藝園を論ず――」で啄木の言葉を引用していた。

最も平和的に且つ簡単に石川啄木の言葉を藉りて云へば、「雑誌の目的は単に文学雑誌たるのみではなくて保証金を納めざる雑誌としての可能性の範囲に於いて現代の社会組織、経済、政治組織乃至いろいろの制度に対する根本批評を青年か進んでやる様な機運を作りたいといふにある。我々はかつて我々の好きなロシアの青年のなした如くに我々の目を廣く社会の上に移し出来うべく我々の手と足をも他日その方に延ばしたいと思ふ。我々文学本位の文学から一歩踏み出しては『人民の中』に行きたいのである。」

「台湾文学」の場合に於いても全く同じ事が云えるだろうと思ふ。だが此の意見であり台湾文芸作家協会としてこんな意味の事を宣言発表したことはない。私が今この石川啄木の言葉を引用したのは君及び南溟芸園の方々に次の言葉と一緒に読んで貰いたかったのである。(22)

矢代仙吉はこの文章で南溟藝園の詩人多田南溟漱人の作品『黎明の呼吸』を批判した後に、啄木の言葉を引用している。これは実は明治四四年二月四日啄木が本郷より小田島理平治に宛てた手紙の内容から二箇所を抜粋して合併したものである。しかも「最も平和的に且つ簡単」と石川啄木の言葉に対する矢代の啄木観も覗かれている。つまり、上清哉、藤原泉三郎の『無軌道時代』から、その後身である「台湾文芸作家協会」の機関誌『台湾文学』まで啄木の文学はサークルのメンバーに熟読され、励みの糧になっていたことが証明されるだろう。

ところで、『無軌道時代』のメンバーが啄木を思い出すきっかけ、読むきっかけとなったのは、日本内地の文学者の中野重治が大きな役割を果たしているのではないかと考えられる。上清哉の詩集の創作背景を『無軌道時代』同人の藤原泉三郎が書いた序文「よき友情の記念に」の最初の段落に、次のような文章が記されている。

芸術とは大衆と云ふ土壌の上に咲く花である。と云ふような言葉があるが、あらゆる精神的な者を育む上に於て最も貧しい環境・生活層をしか持たない此植民地台湾に於いて、導いて呉れる先輩もなく、好きなグループでもなく、全く孤独な中でお互いに切り拓いて来た道は随分苦しい者であった。此の台湾で、僕達の前を幾人かの人が文芸の道を歩いて行った。（中略）最も貧しい環境・生活層をしか持たないこの植民地台湾に於いて全く孤独な中で文学の道を切り拓いた自分たちのことを振り返りながら、外面的環境及び内面的な生活においてて進むことには大きな障害があるが、これらの断崖を乗り越えて行かねばならぬ。(23)

藤原はこのように上清哉に呼びかけている。さらに、大正一五年一一月の内地旅行に触れ、転換の契機であったと述べた。「（略）僕は五ヶ月ほど名古屋に居た。その間二週間ばかり東京に出た。昭和二年の三月の事だ（略）宮本（喜久雄）のやってゐた雑誌「驢馬」の中で中野重治が僕を捉えた。創刊号からの「驢馬」を行李に入れて僕は台北へ帰ってきた。／旅で出会った様々な事柄は、此上もなく僕を混乱に陥れた」[24]と述懐し、「僕はもう一度君とゆっくり落付いて『驢馬』を繰り広げその中から真に新しい時代の生命――その片鱗をでも摑み出したいと思った。旅で得たものの結果から、どう新しい次の一歩を踏み出すか」[25]と自問して、藤原は明確に自分たちの文学を反省していて、形式主義的な短詩の創作が行き詰まり、現実生活の上に根を張り自分の生活を高めることができる詩こそ自分たちが求めるべきものであると語った[26]。藤原は多田南溟漱人の詩作を批判した矢代仙吉と同じ立場で、生活から遊離していく文学であってはならないと主張している。さらに、次のように、自分の目を開いてくれる新しい文学について触れていく。

僕は「驢馬」を持って帰って来た。さうして君の前に中野重治を投げ出した。（略）「驢馬」に出てゐた中野の詩や論文の中に流れてゐる或る真実な新しい生命或る明確な方向につけられた新しい真実な生活を直観的に感得し、それを信じた僕達であった。（略）中野の詩を機縁に僕達の視野は急激に開かれて行った。僕も君も、正しい一つの方向に真の詩の道を今まで幾年か求めた自分の詩の（従って生活の）道を見出したのであった。（略）此の事を君は「徒刑囚の歌」の中で一部分を洩らしている。然し全くそれはほんの一部分に過ぎない。その事について、今僕は此処で述べる事をさし控えよう。[27]

ここでは藤原は、上清哉に『驢馬』と中野重治を紹介したこと、及びそれが上清哉の作品「徒刑囚の歌」に影響を与えたことを指摘している。しかも、上清哉は「中野重治と僕」という文章を雑誌『無軌道時代』に発表した。その中で彼は「僕ほど中野重治を好きな人間も少ないだろう」と吐露した。[28]「中野重治は清新活発たるプロレタリア詩人である。小説家である理論家である。だが彼の本質は最も詩人である」という見解を示し、「僕は中野重治の足跡を「驢馬」同人の時代から知っている「驢馬」同人としての彼の詩作は、日本に於けるマルキストとしての、正しく方向付けられた初めてのプロレタリア詩の提出であった。それはまことに彼の功績を問題にしたか。誰もしなかった。否なし得なかったと思ふ。勿論当時の僕は、社会主義とは全然僕とかかわりのない輩であると思ってゐた。彼はただ独りの道を信じて歩いてゐた。それが彼だ。それが今日の僕を力づける」と自分が中野から影響を受けたことを打ち明けた。[29]

上清哉がもし藤原泉三郎が日本から持って帰って来た『驢馬』を通読したとすれば、一九二六年一一月、中野重治が『驢馬』に発表した文章「啄木に関する断片」を読んだはずであった。

そこで中野は、「明治の詩人中私の胸に特にしばしば往来する一系列の詩人がある。北村透谷、長谷川二葉亭、国木田独歩、石川啄木。（略）そして、啄木は時代の閉塞を認知して終に「明日の考察」に到達した。彼らを他の明治詩人から区別するところの彼らに共通の特徴は、彼らが単に完成する芸術を創ること其こと（いうまでもなくかやうなものは事実ない。）を目指さずして、直ちに人生の全般的考察を目指した点に、其のために彼らが物質的にも精神的にも幾多の苦悶を経て薄幸に終わった点に、しかもそれらすべてにかかわらず、彼らが未完成のままに残した多くの仕事が、矛盾と焦燥と動乱とのなかに住む我々の胸に幾多の考うべきものを与えずにはおかない点にある。」と啄木を北村透谷、二葉亭四迷、国木田独歩と同じ系列の明治詩人と認め、さらに、なぜ啄木を選んだかというと、「彼が我々の時代に最も近く生きたがゆえに、我々がそれについて考えずにはいられない人生ないし社会組織に関して積極的の見解を残したがゆえに、」啄木「の真の姿を見直すことによって、この革命的詩人をその誤れる追随者どもから正当に取り戻すことにある」と解釈している[30]。

中野は啄木の石碑建立の感傷性の代わりに、啄木の真実の姿を掘り起こすべきだと提唱している。ここから、藤原泉三郎、上清哉が触れた可能性が一番高い文章は、この「驢馬」に書かれた啄木論だと推測できる。要するに、彼らが中野重治の啄木論を経由して、異郷の台湾で再び啄木を受容することになったと言えるだろう。

それだけではなく、一九二九年に創刊される『無軌道時代』同人における啄木文学の享受も見逃せない。秋月南海夫は創刊号で短歌を六首発表した。例えばこのような作品がある。

啄木の／流離の旅の悲戀など／なつかしまれる　いい宵月だ
酔ふて泣く／ことも殆どなくなって／顎におどろの髯のわびしさ
胸に顔を埋めて泣かれ／泣きもした／日の憶ひ出よ　若かりしかな

全体的に三行書きになっているが、三行目にアキが入っている句も出てくる。最初の短歌に啄木の名前が出てくることも注目される。「秋の夜や外出着もなき貧しさにはや寝して読む啄木が歌集[31]」という歌が同年一一月号にも現れ、秋月が啄木歌集を読んでいることがわかる。「なにはとも阿諛追従のいとはしさ今日もあはれ日をくれ」という作品なども五首並べられている（これらは一行書きとなっている）。

もう一人の同人日夏燦兒も似たような作風で歌を発表している。ただし、秋月南海夫と同じく、毎回同じ形式で短歌を発表するわけではない。

「ヴ・ナロード」同志の声が消えて行く　秋雨の夜のぬれた　甃石
パンのため　自分をさへもはっきりと　言い得ぬ人に伍して　働く
りんどうと　砂丘と　風の　停車場で　つくづくと見る　秋の落日
日も夜も　疲れを知れぬ同志らの　その涯しない　働きを思ふ　「露臺と秋と」(32)

何一つ出来ない俺に　今朝もまた　暗い心で働きにゆく
トラララと喇叭が鳴レバ　踊りだす　いつも哀しい　俺は道化者
秋が来たらと力むでに　その秋が来たが　どうにもならぬ　俺の貧しさ
日本語で何やら喚き　パンを売る　露西亜少年　あはれなるかな　「青空と短笛」(33)

同年、日夏は一行書きとなっている作品をも他の雑誌に発表している。

夕べ夕べさるまたを洗ふあはただしさにけふの晩飯を笑ってたべる
ちっぽけな名と金のために青春を埋めた俺の生活に恥あれ
めのまへの生活に追はれあすの日を思ふひまさへ奪われゐる

未完成のまま永遠に伸びてゆく生命たふとく思ふこのごろ
しつかりと地上にあしをふみしめて明日の生活を生きる意欲よ
あけくれに君を思ってなみだぐむ尖った心に秋風が吹く　「緑の秋――口語歌――」[34]

作品の前に、「あはただしい日を生きてゆく、これは僕の日記」と書かれて、一四首の連作が発表された。秋月南海夫と日夏燦兒が作っている短歌には三行書きや一行書きあるいはアキを入れるなど形式面の多様性、及び内容には生活の詠嘆が多いという特徴が見出される。啄木や啄木歌集、詩作に触れ、あるいは雑誌などの書物を経由して中野重治といった啄木を受容する日本の文学者へアクセスすることは、これら『無軌道時代』同人に共通していると言える。

五．植民地台湾の啄木受容の多面性

一九二九年に結成される無軌道時代社という文学団体に享受される啄木文学の精神は、明らかに一九一一年の文芸雑誌『白鴉』に言及された啄木とは異なる位相を持っている。外地の季節感のずれによって思い出される啄木の短歌は郷愁の範疇を出ていないと言わざるを得ない。それに対して、一九二九年の『無軌道時代』同人およびその継承者の『台湾文学』に引用される啄木の詩と評論の内容からみると、現状を変えようとする力が文学にあると信じられていたことがわかる。そのため、文学本位の文学から人民本位の文学への転換が必要だと唱えている。もちろん、『無軌道時代』同人が同時代の内地人文学者からの影響を受けていることは否めないが、植民地台湾の状況に鑑みて、生活と文学を接近させる意志を持つ啄木がモデルとして持ち出された一面は見逃せないだろう。

明治四四年七月に『台湾』に発表された浦仙生の「台湾歌壇私見」にも、同じような心情・欲求が吐露されている。

南国の爛れた日光の下、生温き空気の中に横なる新開地……其処には諸方より少なからぬ人が移住して来た。東より南より西より北より寄り集めた人々は各自に思ひ々の住家を営んで雨露を凌いだ。其れ等の家の中には日本式のもあった。支那風や印度風や時には奇抜ゴシック風の建物もあったが、場所が新開地だけに外観は兎も角何れも其実質は空疎な至って貧弱なるものであった。灼熱せる太陽が漸く西に沈んで生温い風がそよそよと芭蕉葉をそよがす頃になると、彼れ等は軒下に椅子を持ち出し或は莚を敷き色々の楽器に調を合せて悲しげに故国語の歌を歌った。是れが彼れ等に取りてはせめてもの慰藉であった。／此の新開地の彼れ等が生活……／私は台湾歌壇の現状を見るとさながら此の新開地を散歩して居る様な気がする。／私は此の新開地に居住して居る歌人諸君が日々如何なる生活を営みつつあるか、如何なる調子で歌って居るか私の眼に映したる感想を忌憚なく書き綴って見たい。／芸術は凡て其の作者の個性の表現に依り始めて絶大の価値を生ずる。苟も芸術が其作者の個人生活と懸け離れた形式となって表はれたるときに既に何等の生命もないのである。此意味に於いて詩歌の価値も同じく自己観照の発現であらねばならぬ、作者は自己の絶対の権威を認め飽くまで自己を尊重して、偽らざる自己生活の状態又は人生観を歌ふべきである。我等は人間の歌を欲しない個人としての歌が欲しい。[35]

浦仙生は主に明治四〇年代の雑誌『台湾』の歌人を例にしてあげたが、新開地の台湾に移住している日本人の目に浮かんでいる生活風景を綴り、芸術と作者の個人生活とがかけ離れないこと、自己生活の状態と人生観を偽らず歌うべきだと説いている。これは浦仙生の文章より二年前に発表された啄木の「弓町より　食ふべき詩」を想起させる。特に下記の二段落である。

謂ふ心は、両足を地面に喰つ付けてゐて歌ふ詩といふことである。実人生と何らの間隔なき心持をもつて歌ふ詩といふことである。珍味ないしはご馳走ではなく、我々の日常の食事の香の物のごとく、しかく我々に「必要」な詩といふことである。——かういふことは詩を既定のある地位から引下すことであるかもしれないが、私からいへば我々の生活にあつてもなくても何の増減のなかつた詩を、必要な物の一つにするゆゑんである。詩の存在の理由を肯定するただ一つの途である。[36]

真の詩人とは、自己を改善し自己の哲学を実行せんとするに政治家のごとき勇気を有し、自己の生活を統一するに実業家のごとき熱心を有し、そうしてつねに科学者のごとき明敏なる判断と野蛮人のごとき卒直なる態度をもつて、自己の心に起りくる時々刻々の変化を、飾らず偽らず、きわめて平気に正直に記載し報告するところの人でなければならぬ。[37]

「食ふべき詩」は啄木が明治四二年一一月三〇日より一二月七日にかけて、『東京毎日新聞』に連載した詩論である。啄木は妻節子の家出事件のショックを受け、既に先行研究に指摘される如く、プラグマティズムを背景とする田中王堂の「具体理想主義」に接近、それを受容し(38)、「身心両面の生活の統一と徹底」をモットーとして家庭生活の改善に勤勉に努力した。実生活はそれまで創作活動とは対立していたが、田中王堂の理論を摂取することによって、啄木に其の実生活と創作活動との統一的把握を可能にする方向性をもたらした。

明治四〇年代の植民地の生活者にとって短歌はまだ趣味としてのものにとどまっている段階であったが、浦仙生が述べたように、偽らざる自己生活の状態および「人生観」を歌うことが望まれている。しかも、真摯に「個人としての歌」が求められるということはつまり、歌（創作活動）は自分の生活に寄り添い、自己観照した発現を正直に表現するということになるであろう。もはや趣味としての歌では満足できないという一読者の感想も覗かれる。

浦仙生のあと、大正時代に入って、植民地台湾の同化論に強く反対した日本人の記者である今村義夫が出版した『台湾之社会観』にはこのような記載があった。

> 余は此の頃深刻に、歌人石川啄木の短い生涯に、心をひかれる日が多い、彼の思想と性格が可成り余と共通した点があるといふ許りでなく、芸術観と人生観がぴったり合った所さへある。彼が、其の光輝燦爛たる偉大な歌を生みながら、歌は悲しき玩具に過ぎない。余はもっと、他に大きな仕事がありさうに思はれると大胆に放言した所など、すっかり余の共鳴を禁じ能はざるものがある。彼は社会詩

人であった。熱烈に人生を愛し、自己の生活を愛し、人間を愛した、人生の闘士で、改革者で、彼の芸術は即ち、生命の表現であり、労働の歓喜であった。人生と生活と人間を愛し得ない者…生活の苦しみ…、悲劇の味い、人類愛、…さういふものを知らない人には、本当の芸術は判らない。何故なら本当の芸術とは我々の生活そのものだからである。

歌人石川啄木の歌には「死ぬるまで、革命のことを口にたたねば、友や妻は、自分を淋しく思つてるだろう」といふ意味の心持を表はしたのがある。啄木の生涯は三十に充ぬ短い生涯であつたが、彼は一生逆境と病苦と、貧困のために闘つた。[39]

今村は啄木の奮闘を賞賛し、芸術が生活から生まれることについても語った。台湾の文壇について「文藝作品を製造するに熱心な人の多くして生活革命に没頭する人の甚だ少ない」[40]と嘆いた今村は生活革命を重視することは台湾の文壇に新の芸術をもたらす鍵だと唱えている。台湾文壇に活躍しているものは内地人がほとんどであるという一九二二年という時点で、今村が訴えている対象はおそらく内地人であろう。

こうして一九一〇年代の文芸雑誌、一九二〇年代の雑誌および個人の著書を通して、植民地台湾内地人の啄木受容には多面性が見られることがわかる。外地の生活者として体験した異空間について、短歌という形で啄木の文学を想起せずにいられない郷愁の一面がまず現れる。次に、短歌革新のシンボルとして三行書きの形式を以って生活現実を歌うことは啄木文学の模倣と追従とみることができる。ところが、詠嘆にとどまれず、目の前の植民地生活から遊離するのではなく、文学を生活に接近させ、啄木の未完成の仕事に着手すべきというような志は見られる。後者こそ植民地の本島人も抱える文学の志に通じ、一九三一年の啄木ブーム後まもなく、本格的に三行書きの啄木調を作る最初の台湾人文学者王白淵の啄木受容と繋がっているのではないかと考えられる。

注

（1）孤蓬萬里編『台湾万葉集　続編』（集英社、一九九五年）、三〇三頁。
（2）孤蓬編、前掲書、三〇六頁。
（3）孤蓬編、前掲書、三八四頁。
（4）孤蓬萬里編『「台湾万葉集」物語』岩波ブックレット№３２９（岩波書店、一九九四年）、二五頁。
（5）「南門小学校、台南州立第二高女と彼女（林昭美）は進み、太平洋戦争もたけなわなる一九四三年卒業。在学中（略）歌や詩を愛唱し、藤村や啄木の歌集などを朝夕口ずさみ、学校の図書館の本を読みあさり」孤蓬編、前掲書、三六六頁。
（6）『台湾万葉集』正続二冊の編者である孤蓬萬里が「当時短歌といわず和歌と言ったが、その手ほどきは一年生の第二学期である。テキストには当時一世を風靡した／石川啄木の『東海の小島の磯の白砂にわれなきぬれて蟹とたはむる』、若山牧水の『白鳥はかなしからずや空の青海のあをにも染まずただよふ』、吉井勇の『かにかくに祇園はこひし寝るときも枕のしたを水のながるる』与謝野晶子の『やは肌のあつき血潮に触れも見でさびしからずや道を説く君』という四首が載っていた。この反響はすさまじく、直ちに子供だてらに「泣きぬれて妹とたわむる」とか「寝るときはやわ肌こいし」とか日常生活にいろいろともじって使われるようになっていく」と自分の作歌歴を述べたことがある。（孤蓬編『「台湾万葉集」物語』、四二、四三頁）

（7）劉怡臻「植民地台湾における啄木文学の受容史の一面：一九三一年の意味を中心に」『国際啄木学会研究年報』（二〇一八年）

（8）王白淵（一九〇二–一九六五）は台湾彰化出身で、国語師範学校を卒業、一九二三年に台湾総督府の推薦により、東京美術学校の図画学科に入学した。その時期では、美術から、次第に文学、政治、社会科学に関心を寄せるようになる。東京美術専門学校を卒業後、一九二六年一二月から一九三二年一一月まで岩手県女子師範で教鞭を執っている。一九三一年六月、盛岡の久保庄書店によって詩文集『蕀の道』が出版された。その縁で一九三二年八月に東京で台湾留学生と左翼団体「台湾文化サークル」を結成した。同年、会員である葉秋木の逮捕により、会の存在が知られるとともに、全員が逮捕された。そのために岩手女子師範学校を解雇され、盛岡を追われた。一一月に東京で元「台湾文化サークル」のメンバーである張文環、呉坤煌、巫永福、曾石火、呉希聖などと「台湾芸術研究会」を結成した。一九三三年七月、「台湾芸術研究会」によって日本語純文芸雑誌『フオルモサ』の創刊号が発刊された。第一号では王白淵は「行路難」、第二号で「上海を詠める」、そして、第三号で「愛しきK子に」を発表した。合計四七首はすべて三行書きとなっている。

（9）呉坤煌「台湾詩壇の現状」『詩人』第三巻第四号（一九三六年）、八四–八五頁。

（10）巫永福「王白淵を描く」『フオルモサ』第二号（一九三三年一二月）、五七頁。

（11）王白淵「批評と作家」『台湾新報』一九四四年九月三〇日、四面。

（12）番号は筆者が振り付ける。下記同。

（13）安田黒潮「白鴻時代――逝きし三人を想ふ――」『臺灣逓信協会雑誌』七九号（一九二八年一月）、一一一頁。

（14）安田の文章の最後に「以下は静洋君が白鴻に遺したもののみである」とある。つまり、その文章の後に連なるものが静洋（すなわち河瀬多気志）、八日楼（すなわち長野実諒）、濁泉（すなわち末廣清一）という三人の書き物だと見てもよい。安田「白鴻時代――逝きし三人を想ふ――」、八二頁。

(15) 長野八日楼「初夏の日」『臺灣逓信協会雑誌』七九号（一九二八年一月）、一〇五頁。
(16) 長野「初夏の日」、一〇六頁。
(17) 中島利郎『日本統治期台湾文学研究　日本人作家の系譜』（研文出版、二〇一三年）、一九頁。
(18) 中島、前掲書、一九頁。
(19) 中島、前掲書、二〇頁。
(20) 基隆〇生「読者通信」『台湾文学』一、二月号（一九三二年）、九二頁。
(21) XYZ「無軌道時代」『無軌道時代』（一九二九年一一月）、一五頁。
(22) 別所孝二編『台湾文学』九月号（臺灣文芸作家協会、一九三一年一〇月二日）、二七頁。
(23) 藤原泉三郎　跋「よき友情の記念に」『詩集　遠い海鳴りが聞えてくる』上清哉著（南光書店、一九三〇年）、二頁。
(24) 藤原「よき友情の記念に」、一四頁。
(25) 藤原「よき友情の記念に」、一五頁。
(26) 「自分の現実の生活の上にがっしりと根を張り、その生活を叩きあげることによって益々磨かれて行き新しくなって行く所の詩であり、又一段と自分の生活を高めて行く所の詩であった。（略）形式主義的な短詩はさう云ふ方向に道が開かれてゐなかった。それは次第に末梢神経の中に没落して行き、生活から遊離して行くようであった。僕達は身構えをせねばならなかった」。藤原「よき友情の記念に」、一五頁。
(27) 藤原「よき友情の記念に」、一六－一七頁。
(28) 上清哉「中野重治と僕」、『無軌道時代』（一九二九年一一月）、三〇頁。
(29) 上「中野重治と僕」、三一頁。
(30) 『中野重治全集　第九巻』（筑摩書房、一九五九年）、四、五頁。
(31) 秋月南海夫「日暮らし」『無軌道時代』（一九二九年一一月）
(32) 日夏燦兒「露臺と秋と」『無軌道時代』（一九二九年一一月）

(33)日夏燦兒「青空と短笛」『無軌道時代』(一九二九年一〇月)、八頁。
(34)日夏燦兒「緑の秋――口語歌――」『臺灣鐵道』No.197(一九二八年一一月)、七五―七六頁。
(35)浦仙生「臺灣歌壇私見(上)」『臺灣』No.008(一九一一年七月二五日)、四九―五〇頁。
(36)『啄木全集 第四巻』(筑摩書房、一九六七年)、二一二頁。
(37)前掲書、二一四頁。
(38)若林敦「石川啄木における田中王堂の理論の受容――啄木の実生活および「食ふべき詩」の詩論」『長岡技術科学大学 言語・人文科学論集』(一九九六年)、一一一―一三五頁。
(39)今村義夫「余の芸術観」(二)『台湾之社会観』(実業之台湾社台南支局、一九二一年)
(40)「余は本島の所謂文壇から見れば一箇の異端者である、文芸雑誌の何ものにも関係してゐない、従つて本島に正確な意味での文壇があるのか、それさへ明確には知らないが若しあるとせば、甚だ芸術的精神乃至は芸術的活動と称すべきものが稀薄だ、伝統思想から解脱された、真の芸術活動が、少しも動いてゐない、芸術とは別の言葉で言へば、生活革命の精神である。(略)本島の文壇に我ありと意識してゐる人達に、何程の生活革命的意識が動いてゐるか、余はさういふ改造機運が、少しも本島文壇に現前して居ないのを淋しく思ふ者の一人だ、文藝作品を製造するに熱心な人の多くして生活革命に没頭する人の甚だ少ないのが我本島文壇の現状である。」今村、前掲書、二六九頁。

一九三〇年代におけるアイルランド文学の越境と台湾新文学

呉　佩珍

一．はじめに

一九世紀末から二〇世紀の初めにかけて、アイルランドの文学運動は、「ケルト」の固有文化を回復させることを目標として、アイルランドの民族意識と文化意識を喚起しようとした。W・B・イエイツ（William Butler Yeats 一八六五–一九三九）、ジョン・シング（John Millington Synge 一八七一–一九〇九）、レディー・グレゴリー（Lady Gregory 一八五二–一九三二）、AE（George William Russul, Æ 一八六七–一九三五）、ジョージ・ムーア（George Augustas Moore 一八五二–一九三三）、ショーン・オケシ（Sean O'Casey 一八八〇–一九六四）などの文学者は、アイルランドの固有の文学、芸術を発掘することを志すと同時に、アイルランドを創作の拠点として、アイリッシュを文学のアイデンティティとして、アイルランドの民話、民謡、神話に取材し、伝統を探り、民間の風俗と地方風土を自分たちの作品に取り入れようとした。また、この運動をとおして、世界中の文学文芸思潮のなかで、アイルランド文学の影響力を発揮し続けていた。

アイルランド文芸復興の重要な拠点であるアビー・シアター（Abbey Theater）で演じられた戯曲が東アジアに伝播し、その植民地に関係するテーマ――民族の主体性とナショナル・アイデンティティ――への関心は、一九二〇年代から日本を中心にその周辺へと拡散していく。アイルランド文芸復興運動が提唱していたアイルランドの自治と独立、そしてケルト民族の民族性と主体性という主張は、特にアイルランドと同じような境地に置かれていた日本の植民地である台湾と朝鮮にとって、共感をもって受けとめられた。実際、アイルランドは一九二二年に「自治領」になり、一九三七年にはイギリスの統治から離脱し、「アイルランド共和国」として独立するのだが、このような道のりは、上記の東アジア植民地の人々たちには、大きな励みとなり、刺激ともなった。

一八九五年に、台湾は日本の植民地になると同時に、その「近代化」の道程も始まったといわれる。もし、文学という面から「近代性」を考えるとき、「近代文学」の成立も念頭に置かなければならないだろう。その意味で、台湾新文学運動は、まさに台湾の「近代文学」として成立した動きと見なせるのである。また、台湾文学の成立を考える上で、「郷土」という概念を看過することはできない。

日本における「郷土」ないし「郷土芸術」の受容は、ドイツの「郷土芸術」と深くかかわっていた。それは、もともと「一九世紀後半、産業革命による経済的社会的変化に伴い種々矛盾の現れるなかで、近代化の流れに対して、地方的・郷土的なものが独特の意味を帯びて打ち出されて〔1〕」いったが、のちに「近代化と都会文明への憎悪から発する〈郷土芸術〉（Heimatkunst）と結び付いていく〔2〕」。また、世紀転換期に起こったこの「郷土芸術運動は、農村を都会文明の頽廃に、特にベルリンに対置し、農民を民族の生命力の根源とみなし、ドイツ的本質の再生を求めるもの」である(3)。

一九二〇年代の日本「内地」において、上記のドイツの「郷土芸術」のような動きに共振し、地域（郷土）文学と文化への関心が高まり、「郷土教育」に拍車をかけ、「郷土芸術」や「郷土文学」が盛んに提唱されるようになった。それによって、地域の民衆による「文化創造」も推奨される。成田龍一によるなら、それは「地域であたらしい文化を作ろうとする動きがおこり、そのなかで「国家」の対極に多様な価値を浮上させ、ひらかれた文化のありようを打ちたてようとしたところに特徴があった」(4)。いわゆる「ナショナリズム」と「地域ナショナリズム」とが踵を接していた時期でもあった。

一九三〇年代において、台湾にもこのような波動が及んでいた。しかしながら、「植民地」としての台湾において「郷土教育」が提唱される際、「台湾」という主体性は警戒の対象となった。「植民地統治者たちは、郷土認識が児童の愛郷心だけではなく、愛国心をも養成することを期待していたものの、台湾が郷土の単位となってしまえば、台湾アイデンティティの助長につながりかねないという懸念を同時に抱いていた」(5)。一九三〇年代の台湾において、「郷土」という概念は、「郷土教育」、「郷土芸術」と「郷土文学」の出現にしたがって、「台湾」という主体性を築きあげる重要なキーワードだといえよう。

台湾新文学運動は、まさに「郷土文学（郷土芸術）」言説によってその文学の核心概念を形成させつつあったムーブメントである。また、ドイツの「郷土芸術」概念より、アイルランド文芸復興の言説は、「植民地台湾」には文学建設の青地図として、むしろ好都合である。アイルランド文芸復興、特にイエイツが主導した Celtic Revival は、「『国家』創設の文学的取り組み」としてとらえられている(6)。これは文学の成立とナショナル・アイデンティティの形成を語る上で、一体両面の好例といえるだろう。

雑誌『フォルモサ』は、一九三〇年代初期における台湾新文学運動の嚆矢と見なされるが、創刊にあたったのは「台湾芸術研究会」のメンバーである王白淵、呉天賞と張文環等である。この研究会の名称である「台湾芸術」、それから『フォルモサ』で強調されている「郷土文学」の概念は、アイルランド文芸復興における「郷土芸術」という中心概念と通じていることがわかる。『ケルト文芸復興』でおこなわれたアイルランド文学の創造は二つあった。いうまでもなくひとつは古代ケルトの神話、伝説の素材の再発見、もうひとつは英国による被支配の歴史のなかの陰影を映し出した近代の民族主義や独立運動と並行する詩歌や戯曲の創作である」。[7]「アイルランド文芸復興」の推進過程に照らし合わせてみれば、その「民族」文学の成立とナショナル・アイデンティティの形成とは実は持ちつ持たれつの関係にあることは明らかである。一九三〇年代の台湾新文学運動、つまり、台湾の近代文学の「創造」にも、上述のような「ケルト文芸復興」の二つの傾向が見てとれる。その一つは、「台湾」の伝説、神話の素材の再発見で、もう一つは、「民族主義や独立運動」と並行する文学創作である。

一九二〇年代より、アイルランド文学は多く翻訳され、日本に紹介され始めた。当時、植民地台湾にもその文芸思潮とアイルランド文芸復興運動が伝わり、当時の台湾文学及びその文芸思潮と連動していたことがうかがい知れる。このなかで、日本は重要な仲介役を果たした。一九一六年に菊池寛が戯曲『暴徒の子』を創作するが、これは前年の一九一五年に台湾で起こった武力蜂起である「西来庵事件」に基づいており、前述のアビー・シアター所属のメンバーで、劇作家レディー・グレゴリーの『牢獄の門』(*The Gaol Gate*)を下敷きに創作したものである。つまり、一八七九年から一八八二年にかけてアイルランドで起こった「土地戦争」を介して、菊池寛は一九一五年に台湾で起こった「西来庵事件」を描こうとするのだ。また、アイルランド独立運動にも焦点を当てた日本の政治小説『佳人之奇遇』（一八八五―一八九七）は、中国でクーデターに失敗し日本に亡命した梁啓超に多くの示唆を与え、のちに、梁啓超を経由し、台湾の抗日社会運動のリーダー林献堂と台湾議会設置運動にもヒントを与えた[8]。日本植民地期における台湾新文学運動と文芸思潮の脈動と、アイルランド文学が東アジアへ拡散したこととは、共時性の関係を持っていると思われる。台湾におけるアイルランド文学の受容について、矢野峰人と菊池寛は、キーパーソンとなっている。この二人は、日本におけるアイルランド文学の受容とその文学思潮の伝播にも重要な役割を果たしている。

本論の目的は、矢野峰人と菊池寛二人とアイルランド文学とのかかわりをとおして、一九三〇年代の植民地台湾におけるアイルランド文学言説と台湾新文学との関係について、検証することにある。

二、台湾におけるアイルランド文芸思潮の伝播と受容
――菊池寛と矢野峰人を中心に――

アイルランドの文芸思潮を台湾に伝えた最も重要な仲介者は、菊池寛と矢野峰人である。戦前、台湾文壇における菊池寛の人気は、台湾文学史におけるいくつかのエピソードからも窺える。菊池について張耀堂は、「現代文壇の雄将と称せられ」[9]、「小説に戯曲に現文壇で最も呼び声の高い作家である」と称賛している[10]。一九三三年一二月に劉捷は、文学雑誌『フオルモサ』第二号に掲載された「一九三三年の

台湾文学界」で、当時『台湾新民報』に連載される「女性の悲曲」の作者頼慶を、「台湾の菊池寛を以て自他共に許してゐる」（三四頁）と評している。戦後、龍瑛宗は、菊池寛について次のように回想した。「菊池寛は昭和期においては知らぬ人がいない大作家で、日本人が「文壇の大御所」と呼んでいた。台湾に訪問した際、お目にかかったとき、「あなたの文章を読みましたよ」と言われ、恐縮だった」[11]。

一九二〇年に菊池寛は『真珠夫人』によって当時の文壇でその不動の地位を得た。また、大衆文学というジャンルで成功を収めたため、「大衆文学」作家として認識されてきた傾向が見える。しかしながら、一九二〇年代において、植民地台湾における菊池寛に関する報道と出版状況は、その多くは戯曲作品ないしその英訳された戯曲であり、特に欧米での上演作品に集中している。例えば、一九二六年四月三日に『台湾日日新報』で紹介されたのは、*Morning Post* から翻訳された報道で、菊池寛の英訳された戯曲がロンドンで好評を得たというものである。また、同紙で、一九二五年五月一四日に『父帰る』がニューヨークで行われた全米二一個小劇場団体の一幕劇の競演会で落選した消息も報道された。以上のように、台湾における菊池寛の受容は、その早期の戯曲創作からすでに始まっていたことがわかる。早期の菊池寛は、アイルランド演劇から影響を受け、またその作品の英訳を通して、欧米に伝わり、さらにアイルランドから逆輸入された情報とともに台湾に伝わってきた。筆者の調査によると、一九二二年六月に『菊池寛戯曲全集』が出版されると同時に、直ちに台湾に入ってきたことがわかる[12]。この戯曲集には、『父帰る』（一九一七）、『屋上の狂人』（一九一六）、『海の勇者』（一九一六）が収録されている。

矢野峰人が一九二七年にアイルランドを訪問した際、菊池寛がイエイツから高い評価を得たことについて、のちに出版された『片影』で言及している。菊池寛に関する台湾での流通状況もその評価を裏付けるものだと言える。この戯曲集には前述したように、『父帰る』、『屋上の狂人』、『海の勇者』が収録されている。ケルト芸術研究者鶴岡真弓が指摘したように、「彼の戯曲は、『アイルランド』の文学を下敷きにして創作されたものも多かった（中略）大正五年、菊池は第四回『新思潮』にシングの『聖者の泉』からヒントを得た『屋上の狂人』、同じくシングの『海に行く騎者』にヒントを得た『海の勇者』という作品を発表している」[13]。上述からわかるように、菊池寛の戯曲創作のインスピレーションは、ほぼアイルランドの戯曲、とくにアビー・シアターにかかわっていた作家たちから得られたものである。特に先ほど述べたように、一九一六年に発表した『暴徒の子』は、レディー・グレゴリーの『牢獄の門』から翻案したもので、また、実際に一九一五年に植民地台湾で起こった武力抗日事件の「西来庵事件」に基づく作品でもある。ここからわかるように、植民地台湾は、菊池寛が「アイルランド文学」を援用する際の、重要な媒介だといえる。

また、台湾文壇における菊池寛受容の痕跡も見て取れる。一九二九年五月から一一月にかけて、葉栄鐘と江肖梅は、『台湾民報』で戯曲論争を起こした。その起因は、江肖梅の一幕劇創作『病魔』にある。江肖梅は、一九二九年四月五日から四月八日まで、『台湾新聞』に発表された『病魔』が「菊池寛氏の一幕劇『屋上の狂人』にヒントを得て、迷信を主題として、新旧思想をめぐる衝突を描写する」ものだと述べている。これに対し、葉栄鐘は、菊池寛の戯曲論を持ってきて応酬し、二人は、『屋上の狂人』と『病魔』をめぐって、論争を行った。ここから窺えるように、当時、菊池寛の戯曲の受容は、台湾新文学の創作を形成する上での重要な契機となった。

台湾におけるアイルランド文学の伝播と受容は、下記の報道からも窺える。一九三〇年に台北旭小学校は、その同窓会の公演において、シングの『海に騎りゆく人々』を上演するが、それ以外にも、一九三五年にシングの『海に騎りゆく人々』の舞台であるアラン島でアイルランド文学のドキュメンタリーの製作が行われたことが、『台湾日日新報』でも報道されている。また、菊池寛の『父帰る』は、シングの『西の国の伊達男』（*The Playboy of the Western World*）を連想させるが、『父帰る』は一九二二年から一九二九年にかけて、台湾で上演され続けている。[14] 以上の情報からも、植民地台湾におけるアイルランド文学の受容のなかで、菊池寛がどのような位置づけを占めているかが分かる。

台湾におけるアイルランドの文芸思潮の拡散には、矢野峰人も重要な役割を果たしている。台北帝国大学が設立される直前、矢野峰人は台湾総督府の命を受け、イギリスに留学している。その際、矢野は、欧米文学とアイルランド文学の文学者一五名を訪問している。W・B・イエイツ、レディー・グレゴリー、ＡＥ（George Russell）など、アイルランド文芸復興とアビー・シアターに関係する劇作家と文人への訪問記録を残している。この訪問記録は、一九二九年一月から一九三〇年七月まで『英語青年』に連載され、翌年、単行本『片影』として出版された。つまり、それは矢野峰人が台北帝国大学で教鞭をとっていたときに出版されているものである。

台北帝国大学最初の総長幣原坦が一九二六年一月に矢野峰人を台北帝大に招聘した際、台北で国立大学文学部を設置する目標と要望を次のように述べていた。「台北大学は外地、しかも南方に設置される大学なので、万事新構想に基づいて組織するつもりである。従つて、外国文学科のごときも、東京のやうに、英文科とか独文科などとか言つたふうに細かく分けないで、名称も「西洋文学講座」とし、その範囲では何を講義して戴いても構わない事にする、ただ、土地柄、英語に特に重きを置きたいから、その点だけ十分にご留意をお願ひしたい」。[15] それに対して、矢野は自分が興味を持っている「世紀末文学」は「異端視」されて、非典型的な英国文学に馴染みやすいと述懐した。そのため、台湾で教鞭をとることを決心した。

矢野は、台湾に渡った二年目の一九二九年に、イエイツを招聘しようとした。矢野はその理由について、次のように述べている。「一九二八年に開学の台北帝国大学にも三〇年から内地の大学並に外人教師雇入に予算成立の見込みがついたので、『今、世界中に最も見たいと願つてゐる国は日本である』と語つた彼の言葉を思ひ出すままに（中略）私の独断で本人に書き送つた書簡の事である」、「Synge は彼によつて発見されたと言はれる人であり、〝ＡＥ〟ことGeorge Russell は『詩人クラブ』の連中とは相容れずとも、イエイツとは親友の間柄であるから、これ等古今の英文学者に就いて、思ひ出すままに語るならば、特別の準備などしなくても、きわめて説く所のある興味豊かな講義が行われることが必定であろうと考へ」る。[16] だが、イエイツの妻はか弱い長男の健康が蒸し暑い「フォルモサ」に耐えられないことを案じて、イエイツのフォルモサ訪問を反対した。そのため、イエイツは台湾訪問をあきらめた。のちにイエイツの書簡集から、イエイツがフォルモサで教えることができなかったことを非常に残念がっていたことがわかる。[17]

台湾滞在の期間、矢野峰人はアイルランド文学とアイルランド文芸復興の著作を三冊出版した。『英国近代文学史』（「愛蘭文芸復興」を収録）（一九二九年三月）、『アイルランド文学史』（一九三三年九月）と『アイルランド文芸復興』（一九四〇年一一月）である。上述したように、矢野峰人は「アイルランド文学」および「アイルランド文芸復興」のモデルを介して、台北帝国大学の「西洋文学講座」を築き上げようとした。また、それと同時に、矢野峰人自身もアイルランド文芸思潮の台湾における伝播の上で、重要な立役者だったことがわかる。

三．一九三〇年代における郷土主義の流行とアイルランド文芸復興

一九二〇年代から一九三〇年代にかけて、周知のように、「郷土」が重要な概念となっていて、「内地」から植民地へと広がってゆく。日本「内地」には農本運動、そして一九三〇年代後半に日本浪曼派による郷土運動が盛んになっていた。[18] 橋本恭子が指摘しているように、島田謹二と西川満が、フランス南部のプロバンスの言語と文学復興運動をモデルとして、在台日本人の「郷土主義」を模索していた。[19] 実は、台湾文学におけるアイルランド文学の翻訳、紹介ないし受容は、前述したように、一九三〇年代に入ってから徐々に現れてきたのである。この時期において、日本内部の「郷土主義」運動の思潮を観察すれば、アイルランドの「記号」が、このような時代思潮のなかで、援用されつつ再解釈されていたことがわかる。例えば一九二九年に中村星湖が創設した「農民劇場」は、アイルランド戯曲をモデルにしていた。その宗旨は、知識階級が、地方農民を題材に脚本を創作し、進んで農民を書き手として、さらに俳優として育ててゆくことにある。イエイツが亡くなってから、中村星湖は、「イエイツは死せず」（一九三九年三月一九日、二六日）を発表した。鈴木暁世が次のように指摘している。「民衆に自己表現の機会を与えるという農民劇運動の当初の目的は保持したまま、国策に沿った『健全』な文学や演劇によ

って民衆を「国民」として教化するための地方文芸会、地方劇の活動を推進したと言える。このような動きの中で『イエイツ』は地方劇運動のアイコンとなっていく（中略）『イエイツ』は総動員体制下における民衆の国民化に寄与する形で、農民劇運動の言説に取り込まれていったと言える」[20]。これを『台湾日日新報』のアイルランド文学に関する報道と照らし合わせてみれば、「イエイツ」の流行は、内地の「アイルランド文学思潮」と連動していたことがわかる[21]。

一方、矢野峰人は、アイルランド文学とアイルランド文芸復興を「台湾文学」のモデルとして考えていたようだが、他方、アイルランド文学とアイルランド文芸復興について、政治的な文脈で解釈することを避けていた傾向が見て取れる[22]。「近代アイルランドに於ける文学的活動と政治的活動とが、殆ど時を同じうして「アイルランドの独立」「民族自決」といふ同一方向に向かつたといふだけの理由よりして、アイルランド文芸復興が、最初から最後迄、社会問題や政治的闘争と、密接なる関係を保つてゐたやうに速断するのは、甚だしい誤謬である。この文芸運動の領袖達の本意とする所が、如何に政治的羈絆から脱却した純粋たる文芸を創造する事にあつたかといふ事は、彼らの作品や言説を見れば一目して瞭然たるであらう」[23]。また、「純粋な意味のアイルランド文芸復興は、此国に於ける文芸が、英吉利の影響からと同様、かかる政治的夾雑物から純化独立せんとするの運動」[24]と、とらえている。政治的な文脈から切り離して、「単純」に文学作品として評価すべきという解釈は、同時期に朝鮮半島の京城大学で英文学を教えていた佐藤清の「アイルランド文学」のとらえ方にも通じている[25]。また、矢野峰人の同僚である島田謹二が「外地文学」として台湾文学を位置づける際、「アイルランド」を例として引き合わせたことからすれば[26]、矢野峰人は、「アイルランド復興」を、「政治的な文脈」を切りはなした「フォルモサ文学」のモデルとして念頭に置いていただろうと推測できる。

しかしながら、周知のように、「アイルランド復興」が、「ケルト」の政治的・文学的・文化的アイデンティティを主張し、宗主国イギリスの政治的・言語的優勢がもたらした脅威に拮抗するため現れた運動であるという事実は、いうまでもない。アイルランドとその文学について、鶴岡真弓が指摘しているように、「『アイルランド』は『ケルト文化』の伝統を持ち、アングロ・サクソン文化の英国や、フランスなどの、近代日本人から見た先進的ヨーロッパとは対極の『非近代』や『周縁』の文化が豊かに息づいているとみなされる地域であり、実際そういう国であった。とくに妖精物語や異界冒険譚に代表される『異界』や『死者』、『精霊』に対する想像力を反映させた神話、伝説やフォークロアが豊富で、十九世紀後半にはそれが『ケルト神話、伝説』ないし『アイルランドの民間伝承』というかたちで編纂、出版され、英国でも流布した。この推進役となったのが、アイルランド出身の富裕なアングロ・アイリッシュ系の作家、イエイツ、レディーグレゴリー、シングであり、彼らは『ケルト』の言語や伝承ののこるアイルランド西部やアラン諸島へ旅したりその土地に住み、地元のケルト（ゲール）語の『語り部』たちから数々の物語を採集してはそれを英語で翻案して自作に反映させた」[27]。

「アイルランド文芸復興」の推進役であるイエイツにとっては、「ケルト（アイルランド）文芸復興」は、「脱植民地化」の手段として考えられており、詩歌、戯曲と小説などを含む「文学作品」として結晶していったのである。サイードは、「イエイツと脱植民地化」と題した一文で、イエイツの植民地解放への追求について、次のように論じている。「真正さの追求、植民地の歴史によって与えられるものよりもっと同質的な国家の起源の追求、英雄、神話、及び宗教の新しい神殿の追求、こういったこともまた土地によって可能になる。脱植民地化された同一性のこれらの民族主義的な前兆には、ほとんど魔術的に鼓吹され、疑似錬金術的な自国語の再興が常に伴う」[28]。「イェイツは、カリブ人やあるアフリカ人の作家たちと、植民地の大君主に対する共通の言語という苦境を共有している」。この「苦境」を脱出するため、「ケルト的先入観と主題」をもったイエイツの初期のゲール主義から、「後期の体系的な神話に到るまでかなりの論理的な前進がある」[29]。つまり、シーマス・ディーン（Seamus Deane）が指摘したように、「イェイツのアイルランドが革命的な国であったがゆえに、イェイツはアイルランドの後進性を、過度に発達した近代ヨーロッパには失われてしまった、精神的理想へのその根本的に騒々しく破壊的な復帰の源として利用することができたのである」[30]。

宗主国イギリスによる言語と文化的アイデンティティの収奪をめぐる防衛戦において、イエイツの「アイルランド文芸復興」の形式としての「戦略」は、一九三〇年代以後の「台湾文学」の一連の動きと言説を想起させる。では、「内地」と在台日本人の「郷土主義」、そして「台湾文学」の構想に対して、同時代の台湾人による「台湾文学」言説はいかにレスポンスしたのであろうか。

一九三〇年代における台湾の「郷土文学」、「郷土芸術」をめぐる議論については、当時の警察関係の雑誌に「郷土芸術」についての解釈が出るほど盛んだった[31]。つまり、この話題は、警察の注目を引き起こすほど、警戒の対象となっていたのである。一九三〇年代における植民地台湾の郷土文学論戦は、明らかに当時、「内地」で盛んになっていた郷土運動と連動していた。台湾の文学運動もこの時代思潮の影響の下に、郷土文学論戦および台湾話文運動を展開させた。一九三〇年から一九三四年までの「台湾郷土文学」をめぐる一連の論争は、『伍人報』、『南音』、『昭和新報』、『新高新報』、『台湾新聞』、『台湾新民報』、『台湾文学』、『フオルモサ』で掲載されていた。ここから当時の盛況と「台湾新文学」を立ち上げようとしていた新機運がうかがい知れる。[32]残念ながら、今日に至って、その新聞と雑誌は散逸してしまったものが多く、全貌の解明には至らない点が多い。

一九三〇年代の郷土文学論戦において、論争の内容の多くは、文学自身より、創作の媒介としての言語問題に焦点が当てられていた。つまり、その主体性のあり方をめぐる論争とも言えよう。一九三三年に東京で創刊された『フオルモサ』の「創刊の辞」からわかるように、明らかに郷土の定義に基づいて、「台湾」固有の文化および郷土芸術の存在の可能性を問いかけたものである。「台湾には固有の文化文芸はあつたか。又現在あるか」との質問に、作者が自らこう答えた。「なぜ数千年の文化遺産と現在処する諸々の特殊事情の中に生きる人々の中から今迄独特の文芸が生まれなかつたか、これは一大不可思議である。我等の先輩に余裕と才能がなかつたのではない。寧ろ勇気と団結力が足らなかつたのである」[33]。

一九三三年の『フオルモサ』創刊号には、蘇維熊「台灣歌謠に対する一試論」、楊行東「台湾文芸界への待望」、第二号には呉坤煌「台湾の郷土文学を論ずる」と劉捷「一九三三年の台湾文芸」がある。これらの文章は、「創刊の辞」で提出された台湾郷土芸術と文化の復興への呼びかけに対する反響である。そして、「白話文」を中心としていた文芸雑誌『先発部隊』は、一九三四年七月に「台灣新文學出路的探究」、そして一九三五年一月の白話文と日文の雑誌『第一線』(『先発部隊』から改めた)における「台湾民間故事特輯」は、台湾の「郷土文学」、「郷土芸術」の模索と見なしてもよいだろう。

また、当時、「台湾文学」の発展は言語の使用と発表の制限と困難という問題に直面しなければならなかった。前述した「台湾郷土文学論戦」について、「白話文」をめぐる論争は、当時、「植民地台湾」の現実に照らし合わせてみるならば、不毛の論戦結果と言わざるをえない。それに対して、呉坤煌「台湾の郷土文学を論ずる」は、「台湾（郷土）文学」の在り方を提示していた。「若し台湾人の生活を描写して、其の作品に民族的の動向がなく、地方的色彩が香ふてゐなかつたならば、いま迄主張されてゐた郷土文学ともならない。台湾の人々が如何なる生活を為し、そしてその生活をモチーフとして如何なる観点に立つて創作するかによつて様々の文学が存在する筈だ」。[34]つまり、「台湾文学」の創作には、「台湾民族」という主体性が不可欠な要素である、という主張である。しかし、「郷土」色を示すために、創作面においてはどのように実践されていたか。

一九三〇年代において、台湾の「郷土色」を創作の主眼に置き、一九三三年と一九三四年に創刊された『フオルモサ』と『台湾文芸』に照らし合わせてみれば、この時期から、「迷信」と「文明」をめぐる弁証法を主題としている戯曲が現れ始めたことがわかる。作品自体は散逸してしまったが、戯曲の創作と創作理論をめぐる江肖梅と葉栄鐘の論争からすれば、一九二九年に菊池寛の『屋上の狂人』（この作品もまたシングから影響を受けたとされている）からヒントを得た江肖梅の『病魔』は、おそらく日本経由のアイルランド文学から影響を受けただけでなく、「迷信と文明をめぐる弁証法」の系譜の延長線上にある作品と推測できる。

『フオルモサ』第二号（一九三三年一二月）に発表された巫永福の『紅緑賊』もそのテーマに沿っている戯曲で、その梗概は下記のとおりである。赤鬼と青鬼を装っている盗賊が、おばあさんとお母さんの「台湾民間信仰」への迷信を利用し、二人をとらえた。無神論者の小娘は、自分のおばあさんとお母さんを救い出しただけでなく、盗賊まで捕まえたというものである。

「郷土文学論争」が一段落してから、一九三四年五月に「台湾文芸連盟」が結成され、それによって創刊された『台湾文芸』の発起人の一人、張深切は、一九三五年七月に台湾語話文で戯曲『落陰』を発表した。『落陰』は、「觀落陰」という儀式を通して「死者」と会えるという台湾民間信仰を通して、亡くなった母親に会う一心の娘葉青薇とその悲惨な死を描いている。巫永福の『紅緑賊』と同じく「台湾民間信仰」に主眼を置き、「迷信と文明をめぐる弁証法」と「台湾色」を浮き彫りにしようとしている。また、『紅緑賊』は、イエイツの『砂時計』（*The Hour Glass*、一九〇七年）の構造と似通っている。ちなみにイエイツの『砂時計』は、無神論者の哲学者が、一時間以内に真剣な信者を見つけられなかったら、命を失ってしまうという天使の命令に屈服したというプロットである。

さらに一九三五年八月―九月の『台湾文芸』における赤星正徳の『安平城異聞』、愁洞の『媒婆』はともに、「台湾」の歴史と民俗をめぐる題材の戯曲と小説である。その後、一九三六年一二月に出版された李獻璋が収集、編纂した『台灣民間文学集』は、この「新文学運動」の成果の一つと見ても差し支えはなかろう。『台灣民間文学集』は「歌謡篇」と「物語篇」によって構成されている。「物語篇」は、台湾民間伝説をふまえた、作家による創作である。(35) 台湾歌謡の採集は、最初、日本人平沢丁東と片岡巌によるものだったが、李獻璋の「歌謡篇」は、最初の台湾人の手による系統的な台湾民謡の収集である。(36)

また、一九三五年五月『台湾文芸』（二巻五号）において、翁鬧が翻訳した一連のアイルランドの詩作、「老媪」（Josephe Compell）、「波へ行く海鳥」（Padraic Colum）、「戀は苦しく、戀は甘し」（Thomas

Macdonagh）「ドーニィのヴァイオリン弾き」（William Butler Yeats）、「壮麗」（A.E., George W.Russell）からアイルランド文学の受容の痕跡が見てとれるものである。

一九三〇年代における「台湾新文学」の一連の動きからすれば、日本統治による、徐々に消えてゆく台湾の文化的、文学的伝統を単に保存していただけでなく、「台湾」と「日本」との文化的、文学的「差異」を「作り出そう」としていた「フォルモサ文芸復興運動」といえよう。この戦略の構想と傾向は、まさにイエイツの「ケルト復興」のそれと同じようなものである。

四　むすびに

イエイツが一八九〇年に *The National Observer* で発表した詩「イニスフリーの湖の島」（*The Lake Isle of Innisfree*）は、ケルト復興の「金字塔作品」と謳われており、「素朴なプリミティヴィズムを超えて民族、国家のアイデンティティ形成に訴えかける力を持っていたことを物語る」[37]ものとされている。なぜかといえば、この詩は、英語の韻文形式を打破し、「ケルト」の韻文形式を「復興」しようと試みた作品だからである。[38]

植民地台湾において、このような発想を見せたのは龍瑛宗（一九一一―一九九九）である。一九四〇年六月に龍瑛宗は「ゴオゴリとその作品」で次のように語っている。「アイルランドはケルト族であるが、彼等はアングロサクソン系の英語を用ひながら優れたアイルランド文学を築き上げたのである。ダブリンを文学的中心とするアイルランド文学は、英本土の所謂、英国文学との鼎立の形である。[39]」同年五月に龍瑛宗は台湾人作家とその創作について、次のように述べた。「本島人作家は、伝統にない新しい日本語を創造することができるんちやないかと思つてゐるのですが、日本語として、すこし毛色の違つたフレシユさを与へることができるんではないかと大それた考へを抱いています」[40]。まさに「フォルモサの薄暮」である。

アイルランドの文芸復興は、アイルランド文学を構築し、そしてケルト民族の主体性、「固有」の文学と文化を復興しうると主張した。それは、一九三〇年代において、台湾新文学と文化の主体性への想像、そして、「固有」の郷土芸術を回復させるのに大きな示唆を与えただけでなく、台湾の「近代文学」が構築されてゆく上での戦略的なモデルとして、大きな存在であるともいえよう。

注

（1）藤井忠「郷土文学」（デジタル版集英社世界文学大事典）『Japan Knowledge』https://japanknowledge-com.autorpa.lib.nccu.edu.tw/lib/display/?lid=52310h0014107 （二〇二〇年四月一八日確認）。
（2）藤井、前掲資料。
（3）藤井、前掲資料。
（4）成田龍一『近代都市空間の文化経験』（岩波書店、二〇〇三年）、一七二頁。
（5）許佩賢「「愛郷心」と「愛国心」の交錯――1930年代前半台湾における郷土教育運動をめぐって――」『日本台湾学会報』第一〇号（二〇〇八年五月）、一三頁。
（6）荒木映子「ケルト復興と人類学を通して、イェイツの国家観を見る」『イェイツ研究』№３８（二〇〇七年）、三五頁。
(7) 鶴岡真弓「解説」『灯火節』片山廣子・松村みね子著(月曜社、二〇〇四年)、七七一頁。
(8) 呉佩珍「愛爾蘭文學的越境想像與福爾摩沙的交會:以「西來庵事件」的文學表象為中心」『台湾文学研究学報』第二八期(二〇一九年四月)。
(9) 張耀堂「趣味の日本文学史 (一)」『台湾教育』(一九二八年七月)、一六頁。
(10) 張耀堂「現代著名文章家小伝」『台湾警察協会雑誌』(一九二九年七月)、七三頁。
(11) 龍瑛宗「讀書遍歴記」『民衆日報』(一九八一年一月二八日)。菊池寛が読んだ「文章」は、一九三七年に『改造』の佳作に入選した「パパイアのある街」の可能性が高い。
(12)『台湾総督府図書館新著図書目録』第六三号。
(13) 鶴岡、前掲書、七七七頁。
(14)「台湾日日新報」における菊池寛の戯曲『父帰る』の記録による。
(15) 矢野峰人「台北大学の英文科」『矢野峰人選集』第一巻(国書刊行会、二〇〇七年)、五一七頁。
(16) 矢野峰人「W・B・イェイツ万華鏡」『矢野峰人選集』第三巻(国書刊行会、二〇〇七年)、五八一頁。
(17) 矢野、前掲書、五八一頁。
(18) 橋本恭子「在台日本人の郷土主義《レジョナリスム》――島田謹二と西川満の目指したもの――」『日本台湾学会報』(二〇〇七年五月)、二三一―二三二頁。
(19) 橋本、前掲論文、二三一―二三二頁。
(20) 鈴木暁世「戦時期日本における「イェイツ」――アイルランド文学受容とナショナリズム」「從帝國到冷戰的文化越境與生成」ワークショップ(政治大学、二〇一八年一一月一三日)、四頁。
(21) 筆者の調査によると、一九二〇年代後半から一九三〇年代にかけて『台湾日日新報』における「イェィツ」に関する報道は一五件ある。
(22)「アイルランド文学」と「アイルランド文芸復興」に対する脱政治的文脈の解釈は、一九三三年に出版された

『アイルランド文学史』にすでに見て取れた。矢野峰人『アイルランド文学史』（新英米文学社、一九三三年）。
(23) 矢野峰人『アイルランド文芸復興』（弘文堂書房、一九四〇年）、二頁。
(24) 矢野、前掲書、三-四頁。
(25) 鈴木暁世『越境する想像力』（大阪大学出版会、二〇一四年）、五七頁。
(26) 島田謹二「台湾文学の文学的過現未」『文芸臺灣』（一九四一年五月）、一四頁。
(27) 鶴岡、前掲書、七七〇-七七一頁。
(28) E・W・サイード「イェイツと脱植民地化」『民族主義・植民地主義と文学』（法政大学出版局、一九九六年二月）、九三頁。
(29) サイード、前掲書、九四頁。
(30) サイード、前掲書、九四頁。また、Seamus Deane, *Celtic Revivals: Essays in Modern Irish Literature*, (London: Fabor & Fabor、一九八五年)。
(31) 「郷土芸術」についての解説は次のようである。「郷土の風物を題材として描く文学をいふ。また一地方の特殊な芸術作品民謡をいうこともある」「社会語小解」『警友』（一九三三年一二月）、五九頁。
(32) 中島利郎編『一九三〇年代台湾郷土文学論戦』（春暉出版社、二〇〇三年）。
(33) 「創刊の辞」『フオルモサ』創刊号（一九三三年七月）、一頁。
(34) 呉坤煌「台湾の郷土文学を論ずる」『フオルモサ』第二号（一九三三年一二月）、一二-一三頁。
(35) 豊田周子「『台湾民間文学集』故事篇にみる一九三〇年代台湾知識人の文化創造」（『日本台湾学会報』第一三号、二〇一一年五月）、一一八-一二一頁。
(36) 陳龍廷「現代性．南臺灣：一九三〇年代李獻璋褒歌採集的特色」（『高雄文獻』第三巻第一期、二〇一三年三月）、八頁。
(37) 荒木、前掲論文、三五頁。
(38) 荒木、前掲論文、三七頁。

（39）龍瑛宗「ゴオゴリとその作品（一）」『孤独な蠹魚』（盛興出版部、一九四三年）、一九～二〇頁。「ゴオゴリとその作品」の最後に記している日付は、「昭和一五年六月」である。

（40）龍瑛宗「創作せむとする友へ」『台湾芸術』（一九四〇年五月）、五六頁。

〈聞き受け〉つつも〈再生〉できない声
――目取真俊「マーの見た空」論

栗山　雄佑

一．はじめに

沖縄県在住の作家である目取真俊は、「水滴」（『文學界』一九九七年四月号）に代表される沖縄戦の死者をめぐる創作、あるいは名護市辺野古の新基地建設への抗議運動の参加と関連する沖縄の社会状況を題材とした作品で知られている。論者は、目取真と沖縄県内における性暴力事件の記憶の関係を基に、この二つの作家イメージについて再考を行ってきた。一方、目取真は初期作品において、沖縄県と台湾の関係を扱った作品として、「魚群記」、「マーの見た空」を執筆していた。この沖縄と台湾の関係を基にした作品であるが、双方には後年の目取真作品のモチーフとなる、現代の地平から理解し得ない他者への想像力、〈性〉と密接に結びついた暴力性への問題意識が、既に描かれていたのではないだろうか。

そこで本論では、この二つの観点について作中の一つの〈声〉に着目しつつ論考を行っていく。

「魚群記」と「マーの見た空」は、それぞれ『琉球新報』（一九八三年一二月九日付朝刊）、『季刊おきなわ』一号、二号（一九八五年九月、一二月。原題「マー」）に掲載された。目取真の「小説の中に台湾の女性が出てくるのは、ほぼ同時期に構想されたことによる」[1]との言葉通り、両作品は目取真の故郷である今帰仁村の様相、村内にあったパイン工場[2]に出稼ぎに来た台湾人「女工」[3]、彼女らに対する沖縄人の眼差しを主題とする。この台湾から来た労働者とは、戦後の沖縄で勃興したパインブーム[4]に乗って、各地に設置されたパイン工場の労働力不足を補うために派遣された人達を指す。彼女らはパイン収穫、加工の繁忙期に各工場に派遣され、短期間の労働の後に台湾へ帰国、もしくは新たな派遣先へと移動した。その存在は、一九七二年に日本が中華人民共和国との国交回復によって台湾からの労働者派遣が不可能になるまで[5]、繁忙期に沖縄内に現れる労働者として認識されていた。その記憶が、「魚群記」では「コザ暴動の号外が早朝の静けさを破って村内を駆け回」り、「祖国復帰要求の集会」が村内の工場や広場で行われていた一九七〇～七一年当時の光景から、「マーの見た空」では東アジアからの出稼ぎ労働者の姿が消えた一九八〇年代から、それぞれのマサシ[6]の目を通した台湾人「女工」に関する、ある〈痛み〉を伴う記憶として描かれている。

　両作品において台湾人「女工」は、主に男性から「台湾女《たいわんいなぐ》」と呼ばれている。それは彼女達を、村の男性からの蔑視と性的な眼差しに晒されつつ、彼らが結ぼうとする性交渉の結果としての混血児を産み出す存在として位置付けるものである。この蔑称について目取真は、実際に少年期の自身も使っていたとし、「相手を見下したり、性にまつわる猥雑な語感があるのを子供心に感じていた」と述べた上で、

「大人たちの会話を聞いて得た台湾についての断片的な印象を想像で膨らませ、彼女たちを好奇の目で見たり、あざけるような話を友人としたことがある」と自省し、「その記憶は、沖縄が被害者や被差別者一辺倒ではなく、加害者や差別者でもあることを気づかせるきっかけの一つとなったし、そのような問題意識から「魚群記」という小説を書きもした」[7]と記している。

この目取真の問題意識を踏まえつつ、本論では「マーの見た空」を中心に据え論を進めていく。「マーの見た空」は、大学生のマサシが母親からの電話の中に突然混入した「マー」との囁きを基に、幼少期に共に遊んでいたはずの青年マーの足跡を追っていく形式を取る。[8]その中で、マサシはマーの祖母らしき女性から、マーが沖縄人男性と台湾人「女工」の混血児であることを聞き、さらに友人であった女性Mから、かつてマーがMに性的暴行を働いたこと、その事件によって村の男性がマーを村内から排除したことを聞かされる。最早村内から喪失されたものとして語らざるを得ないマーの記憶や、かつて村から台湾に帰された彼の母親の記憶をいかにして浮上させることができるのか。ここに、論者が目指す失われた記憶を現代の沖縄から手繰り寄せる術の萌芽がある。

作品については、朱恵足による山羊の動物供犠とマーの排斥を重ね合わせつつ、作中における「「僕」とマーと同一化した瞬間」に着目し、マサシが自己の「性的世界」に入るために「陰画としての存在であるマーに大きく負っていることを思い知らされる」[9]とする論考、山原公秋によるマサシとマーを中心に複層的に絡み合う加害―被害の関係を基に、「「マー」に振るう暴力が、自らに跳ね返ってくることで、二人の関係のなかには「共感共苦」が生まれてくる」としつつ、作品に「植民地化＝強姦という、不均等な男女関係を媒介にした安易な文学表象に対抗する、ある意味で露悪的な表現技法の選択」[10]を見出す論考がある。この両者の指摘にある、マサシとマーを結びつける〈暴力的な性欲〉については、論者も納得するものである。その上で考えたいのは、山原が「露悪的」と評した「植民地化＝強姦という、不均等な男女関係を媒介にした安易な文学表象」に抗するマーの叫び声、あるいはその記憶を再浮上させた「マー」なる囁き声について、マサシが聞き受けた上で、いかにその声を自己に連なる問題として〈再生〉できたのか、といった問題である。

作品は、マサシがマーの生家であった廃屋で「怒りに震える叫び」を発した場面で幕を閉じる。これまでマーの痕跡を追ってきたマサシが到達した「怒り」とは、誰に、何に向けられたものなのか。マサシの「叫び」としか表象し得ない〈声〉とは何を意味するのか。この二つの問題提起を、本論では基軸としたい。その上で、台湾からの労働者に関する記憶、あるいはその中で生まれた混血児マーの存在、記憶が喪われようとする空間において沖縄と台湾の間に〈架橋〉された性欲という結び付きを、いかに現代の沖縄においてマサシの口を介して〈再生〉し得るのかを考える。

二．予期された〈繁殖〉

腎臓ぬ悪っさんよ、マーや。ありが、女親《いなぐうや》ん、腎臓悪っさる如《ぐとぅ》、有いてーとぅ、血引《ちーひ》き居《う》いてーさ。色清《いるちゅ》らさぬ、肝《ちむ》ん清《ちゅ》らさぬ。大事《でーじ》な良《い》い女子《いなぐんぐわ》やたしが、生ちちょーる間《えーま》や、吾んや此ぬ事《くと》分らぬ哀りしみていや……。悪っさたしや、吾達《わったー》、清一るやたしが。台湾からパイン工場んかい、働きが来《ち》い居《う》たる女童《いなぐわらび》んかい、手出《てぃい》じゃち、マー孕まちゃせー、うぬうち、清一や海かてぃ行じてぃ戻らん、女子《いなぐ》や、マー生《な》ち腎臓悪っく成い、吾んやなー物分《むぬわか》らんなてぃよーやー、ありからマー取り上ぎてぃ、台湾んかい追い返《けー》ちゃせ……。

これは、マーの祖母らしき女性が、マサシに語ったマーの出生の背景である。ここにあるように、マーは清一なる沖縄の男性が、台湾からパイン工場に働きに来た女性に「手出」した結果、産まれた子どもである。その後、父親の清一は行方不明となり、母親はマーを取り上げられ台湾に追い返されたという。台湾の女性労働者と清一なる沖縄男性の性交については後述するが、その前提としてまずは、台湾の女性労働者が沖縄県でいかなる労働を担ったのか概観しておきたい。

冒頭にて示唆したように、戦後沖縄の主たる作物として位置付けられたパイン、サトウキビに携わる労働力を補うために、近隣の台湾から労働者が集められ、各地に派遣された。その中でパイン加工に焦点を当てると、戦前から石垣島でパイン産業に携わってきた林発が、台湾視察にてパイン工場で働く工員が持つ「沖縄人工員五人に相当する実力」を見、沖縄への技術導入を起案したという。その後、各社が工員派遣を希望したために、「一九六二年に三七名の技術導入がテストケースとして認可され」[11]、翌六三年に石垣島に三七名の台湾人工員が来島した。なお、「魚群記」の作品時間となる一九七一年は、「非琉球人」六二四七名の雇用許可が許可され、その内男性一〇名、女性一五五名[12]がパイン工場での労働に従事したという。

このようにして沖縄に来た台湾人労働者の状況について、沖縄県商工労働部の記述から見ておきたい。まず、沖縄に来た台湾人労働者は、「台湾での農繁期を過ぎたあと」の「農家の主婦」、台湾でのパイン工場での就労経験を持った「熟練工」であったという。彼女らは、七月半ばから各工場に配置され一一月まで労働を行い、給与は「当時の台湾における給与水準の五倍程度」が支払われ、「宿舎も各工場で手配して交通費も支給(13)」されたとのことである。さらに国永美智子の記述を見ると、パインの最盛期が「一期操業（夏実）と二期操業（秋実）」であることを活かし、「基隆から船で石垣港に着き、八重山のパイン工場での一期操業を終えると沖縄本島へ移動し北部地区のパイン工場に従事した」とのことである。「魚群記」において、マサシの兄が「何の心配も要らんさね、明日から台湾女達《たいわんいなぐたー》や居《う》らんからよ（……）なま時分や那覇かい着《ち》ち居《う》んて」と述べているが、「一九六八年からピーク時がほぼ同期となってきたことから石垣島で一期操業を終え、沖縄本島へ移動したのち、石垣島の二期操業に再就労することもあった(14)」との記述を見る限り、それは作品の舞台となった北部の村での労働時期を終え、再び石垣島に就労に向かったことを示すものであろう。このパイン工場における台湾人の労働は、七二年の沖縄の本土復帰とその後の日中国交正常化に伴う、日本と台湾との国交断絶によって途絶えるまで続いた。

その台湾からの労働者であるが、先述の一六五人の男女比や目取真の作品から明らかなように、その大多数が女性であった。八尾祥平は、「パイン工は大半が女性であったが、不測の事態に対応することができるように男性も入れることになった(15)」と指摘している。それは、国永の「パイン工場は「出会いの場」としても機能し、男性労働力を引きつける要因にもなっていた(16)」との指摘にも共鳴する。両者の記述にあるように、台湾から沖縄に渡った女性労働者は「男性労働力」、あるいは地元の男性の注目を集め、「不測の事態」としての〈接触〉が既に予期されてもいたのだ。

その「男性たちの視線」を如実に表すのが、冒頭にて示した「台湾女」という蔑称である。その言葉が内包するものを裏付けるように、「魚群記」においてマサシの父と兄は、「あの女達はただ銭儲《じんもう》きに来てるだけやあらん、童《わらび》ぬ近寄《ゆ》たら許さんど」と述べつつも、夜な夜な「台湾女」の宿舎に赴き性的関係を結んでいる。この「台湾女」なる蔑称については、朱が「魚群記」の論考にて、「季節労働者の台湾人女工は一時的に滞在するにすぎないのだが、異郷の環境に適応するその生命力及び潜在的な繁殖力が、村民にとっては脅威であるが故に、「「台湾女」の誘惑的な白い肌は、毒素を含む糖衣のごとく、接触禁止の対象と化し、欲望の対象でありながら（／であるがゆえに）忌むべき汚物となる」(17)と指摘している。この指摘の通り、「台湾女」は彼女達が村の男性を〈誘惑〉し、〈繁殖〉の可能性を持つ存在、あるいは逆説的に性欲をぶつける相手として眼差したことを明らかにするのだ。

確かに、国永が取りまとめたパイン工場に派遣された台湾人女性労働者と沖縄の人々との交流の記録を見ると、そこには彼女達の技術に感心する声、あるいは勤務外で交流を楽しんだ光景が多く見られる。その一方で、「台湾女」なる蔑称で性欲望を込めた眼差しで彼女達を見つめ、差別し排斥しようとした者が存在したことも踏まえる必要がある。この朱が指摘した「異郷の環境に適応するその生命力及び潜在的な繁殖力」を持つ台湾人女性労働者への眼差し、あるいはそれが台湾人女性労働者の姿が消えたのと同調するかのように忘却されたことを描いたのが、「マーの見た空」であったのだ。

三．廃墟化した性の記憶

大城貞俊は、作品を「極めて解読が困難な作品」[18]と位置付けている。この言葉の通り、読者は作品を通じて主人公マサシの眼前に現われる光景を追いつつも、作中でMに性暴力を振るったマーは本当に村の男性達によって殺害されたのか、その後マーが闘牛場に現われ闘牛の手綱を握った光景はマサシの幻想だったのか、マーの祖母らしき女性は〈幽霊〉なのか、これらを曖昧にしたまま結末を迎えることになる。しかし、マーの祖母らしき女性に会い、マーの過去を聞いたと語るマサシに対し、「何で、あんたがそういうことまで知っているね……」と戸惑う彼の母親の姿を見る限り、前節で引用したマーにまつわる秘密は村内に共有されたものとして信憑性を持っていたと言えるだろう。このような〈秘密〉に「マー」という囁き声[19]によって導かれたマサシであるが、なぜ台湾からの労働者が消えてから幾年の時間が流れた作品時間において、〈消去〉されたマーの記憶は再び立ち上がる必要があったのだろうか。

山原は、作中でマサシが頑なに村の成人式に参加しようとしないことについて、「時間的経過のなかに「マー」という固有の死者の「記憶」を抹消しようとする共同体の意志に抗うという意味を持たされている」[20]と指摘する。この指摘にあるように、作中ではMを除く友人の記憶にもマーの姿はなく、マサシの母親の狼狽、Mの「私達は暗黙のうちにマーのことを一切、記憶から消し去るように強いられ」たとの言葉にある通り、現在の村においてマーが存在した痕跡は「抹消」されている。さらには「互いに自分の過去と未来の姿を見るような気がして、面と向かい合うのを恐れていた」として、マサシはマーの過去を知り彼の殺害に与していたはずの父親と、作中で一度も会話を交わすどころか接触すらしない。このように見ると、作品においてマーに纏わる記憶とは、一握りの女性によって記憶されるものでしかなく、多くの人々にとっては忌まわしい記憶ですらないものとして捨て置かれたものでしかない。そのとき山原が指摘したように、マサシの両親が出席を促す成人式は「固有の死者の「記憶」を抹消しようとする共同体の意志」として機能するだろうし、それに抗うマサシがMとの接触を通じてマーと彼の母親の記憶を回帰させることは、作品において大きな意味を持ち得る。

しかし、マサシが回帰させようとするマーの記憶は、山原が提起する「沖縄内部で複雑に張り巡らされた迫害・差別のネットワーク」[21]の顕在化、もしくは朱が提起した「「沖縄」という身体には、外部からやってきた様々な「不純」な要素が既に混在して」[22]いるといった観点といかに接続し得るだろうか。確かに、マーという存在が体現する、沖縄内の複層的な加害と迫害の様相を見出すことに異論はない。その一方で、作中で明かされていく「迫害・差別のネットワーク」については、山原の指摘にさらなる言葉を継ぎ足す必要があるだろう。

ここで注目したいのが、マサシが訪問したマーが祖母と住んでいた家屋である。成人式当日の朝、マサシはMから聞いたマーの生家を訪問する。その時には、マーの祖母らしき女性が生活している様子が窺え、さらにはマサシをマーと勘違いした女性と食事を取ったはずの家屋は、同日午後にMと共に再訪した際には、朽ちかけてあらゆるゴミが捨て置かれている廃屋と化していた。さらに家屋の壁には、「猥雑な文字や絵」、「男と女の交合する下手な絵」といった「落書」も刻まれている。この落書を前に、マサシは「満たされぬ欲望に苛まれ、殺意に駆られているよう」といった印象を持つ。後にマサシが発する「怒りに震える叫び」を予期するような廃屋の荒廃であるが、この落書に仮託された「殺意」ともされる「満たされぬ欲望」とは、先行論で見出されたマサシとマーの性欲による結び付きとともに、現在の地平からマーの姿を追うマサシの行為が、マーの家が現在廃墟と化した如く最早「満たされぬ欲望」となることを予期するものではないだろうか。

冒頭にも記したように、沖縄の本土復帰に伴い台湾からの労働力派遣は途絶えた。その後も、沖縄県においてパイン栽培、加工は継続しているのだが、ここに携わった台湾人労働者の記憶はいかに記憶されてきたのだろうか。勿論、前節で引用した林の著書、国永、八尾らによる八重山地方に留まった台湾人の調査に加え、又吉盛清、松田ヒロ子による台湾に渡った沖縄県民の追跡[23]から、近代における台湾と沖縄の交流の足跡は窺い知ることはできる。しかし、「インタビュー調査でも、台湾人女性からは自分と関わり合った地元の人から親切にされ、非常に世話になったというエピソードが聞かれた。そこからは対立的な要素はみられず、逆に「共生」的な関係が結ばれていたことが考察された[24]」との記述の裏で、「欲望の対象でありながら（／であるがゆえに）忌むべき汚物」と見做され、沖縄男性からの〈接触〉による望まぬ「繁殖」の結果排斥された「台湾女」とされた女性、その痕跡として沖縄に残されたマーのような子どもの姿を記録するものはほぼない。この沖縄と台湾に架橋された〈友好〉の陰部としての性の繋がりを見るならば、ここに近代沖縄において構築された、慰安所や戦時性暴力といった東アジア出身の女性の望まぬ滞在との繋がりが浮上するだろう。

戦時中に設置された慰安所では、衛生サックによる妊娠、出産が予防された裏で、使用しなかった兵士が引き起こした望まぬ妊娠、堕胎があったという。沖縄県にも設置された慰安所で、女性たちを「ピー」なる蔑称で呼び習わしつつ性交渉を結んだ兵士と、朱が提起した「忌むべき汚物」としての「台湾女」という沖縄人の眼差しと「繁殖」に繋がる〈接触〉の構図は、図らずも類似した様相を呈していないだろうか。呉世宗は、沖縄戦時に連行され慰安婦とされた朝鮮人女性について、「あらゆる境界線の上で行き場を失った、根源的に「守られない」人たち」とした上で、彼女らが「どこにも所属しえないがゆえに、そこにいるにもかかわらずいない者として、すなわち不可視化される存在となった」(25)と述べている。この「不可視化される存在」とは、沖縄の人々が〈性の防波堤〉としてあくまでも一時的に滞在する存在として、朝鮮をはじめとした東アジアから連行された女性を見做していたことを端的に言い当てたものである。戦時中に沖縄県内の慰安所にて性労働を強いられた女性達の記憶、証言は、戦後の沖縄戦史の聞き取り、一九七五年に裴奉奇《ペポンギ》が行った〈名乗り出〉を端緒として調査が進んでいく。しかし、戦後の元〈慰安婦〉の朝鮮人女性の存在は、一九七七年七月から裴を取材した山谷哲夫が記した次の記述の通り、当時「密かに語り伝えられ」た「噂」でしかなかったのだ。

> 沖縄では、敗戦後から今日に至るまで、ずっと「沖縄女性が助かったのは、朝鮮ピーのおかげだ」と密かに語り伝えられてきた。つまり、戦中は日本軍、戦後はアメリカ軍による沖縄女性の暴行を瀬戸際で防いだのは朝鮮人慰安婦であった、ということだ。彼女たちは戦中も、祖国が解放された戦後も、この南の島で朝鮮人であるがゆえに「性の防波堤」にさせられたわけである。／慰安婦のことを兵隊たちは「朝鮮ピー」「鮮ピー」、時には単に「ピー」と呼んでいたが、戦後、沖縄の人たちは彼女たちを「パンパン」と言いかえねばならなかった。「ピー」から「パンパン」に移ったことは、あくまで口伝えで、一つの記録としてその風説を裏づける物証は、残念ながら残ってはいなかった。今回の取

材で安次富証言、大城証言が掘り起こされ、この噂が事実であることを裏づけた。(26)

それ故に、パイン工場の「女工」として一時的に沖縄に滞在した台湾人女性への「台湾女」という眼差し、その結果としての性的な〈接触〉は、性労働に従事させられた朝鮮人女性以上に「そこにいるにもかかわらずいない」存在との性的接触とされ、その記憶は「口伝え」の「噂」とされていたと言えるだろう。そのために、マサシの母親の「何で、あんたがそういうことまで知っているね……」という「困惑」は、台湾人「女工」をマーの記憶ごと「消し去るように強いられ」た記憶を回帰させるとともに、彼女が身近に台湾人労働者の姿を目にしてきたからこそ、マーに関する「消し去ること」ができない〈痛み〉を再帰させたことを示している。

目取真は、『沖縄「戦後」ゼロ年』(二〇〇五年七月)、および『文學界』(二〇〇六年五月号)に収録されたエッセイ「沖縄戦の記憶」において、沖縄戦時に今帰仁村内の宮城医院が日本軍に接収され、そこに「村の旅館で働いていた沖縄の女性達」が慰安婦として動員されたこと、戦後も女性が「その家で米兵の相手をさせられていた」ことを記している。目取真は、「伯母や私の祖父母は、偶然にも日本軍相手と米軍相手の二カ所の慰安所の近くで生活していた。そのためにこういうことがあったのを知っていたのだろう」とした上で、「慰安所については、当事者自ら語ることが少なく、近くに住んでいなければ村の人でも知らない人が多い(27)」と記す。同様に、「魚群記」と「マーの見た空」において目取真が想起し、描出しようとしたのは、自身に内在していた台湾人「女工」への差別意識や沖縄人の加害性のみではないだろう。ここにあるのは、パイン工場が身近に存在していたからこそ、密かに台湾人女性と性交を行っていた沖縄人男性の存在を知り、さらにはマーの母親のように望まぬ出産を行ったらしき台湾人女性が存在していたことが想起されたことである。その上で、それが沖縄戦時から連続する沖縄と東アジアとの性的かつ不均等な関係を示すこと、かつパイン工場の統合と閉鎖の中で、忘却という暴力に晒されつつあることを文学的想像力で以て提起する試みではなかっただろうか。

実際の復帰後のパイン工場の状況について増井好男の研究を見ると、復帰以後は貿易自由化と他の作物の生産が伸長したためにパインの経済的価値は低下し、その影響が「パイナップル缶詰工場の統廃合による縮小再編[28]」として表出したという。現に沖縄県農林水産部の資料を見ると、今帰仁村の二つのパイン工場は一九七二年一月に名護缶詰工業株式会社と合併し、その後南西食品株式会社に商号を変更後、第二工場（旧今帰仁農産工業株式会社）が一九七八年に休業、第三工場（旧北部農産株式会社今帰仁工場）が一九八八年に閉鎖[29]になったという。言うまでもなく、今も今帰仁村ではパイン栽培は継続されており、本論でも参考にした八重山地方と台湾の関係を調査した文献、あるいは『海の彼方』（二〇一七年八月）、『緑の牢獄』（二〇二一年三月）といった台湾出身の人物を撮影した黄胤毓のドキュメンタリーを見る限り、近代における台湾と沖縄の関係性は今もなお繰り返し問われている。しかし、目取真が故郷の記憶を振り返った一九八〇年代という時空間において、パイン加工を行った工場が閉鎖されるのと並行して、ここに携わっていた台湾人に関する記憶は閑却されていたと考えられるだろう。その記憶は、今も目取真の作品に僅かに留められた記憶でしかなく、その後一気に開かれていく戦時性暴力の記憶とは対照的なものであろう。そのとき、マサシが追い求めるマーの記憶は、誰とも共有できないものとして設定される。ここに「怒りに震える叫び」に結実する、マサシの「満たされぬ欲望」があるのだ。

四．〈再生〉できない「マー」

作品を通読すると、前節で述べた通り、マサシやマーといった主要人物を除く男性の影は、マサシの回想や彼の母親からの伝聞などに表れるばかりであることに気付く。その一方で、マサシにマーの記憶を語るM、同様にマーに関する記憶を明かすマーの祖母らしき女性、マサシの母親の三人の女性は、作品において重要な役割を果たしていく。この差異が意味するのは、作中においてマーやマサシ、あるいはMやマサシの父親達が女性達に行使した暴力の様相と、その中で彼女達が忘却を迫る暴力にいかに違和感を持ち続けていたのか、といった構図である。その中に、マサシに到来、あるいは回帰したマーの記憶は、前節で見たように次に誰に向けて〈再生〉されるのだろうか、といった疑問への回答は存在するのだ。

ここで、マーがMに加えた暴力を見ておきたい。マーがMに振るった性的暴行とは、「無抵抗の私を恐ろしい力で抱きしめ」、「何とも言えないくらいかなしい声で長く叫ぶと、ズボンのベルトを弛めて、剝き出しにしたものを私の口に含ませ」るといった、彼自身の男性器で口を塞ぎ彼女の声を奪うものである。勿論、その行為はMやマサシの父親達による制裁を招き、かつMに対する性的暴行の記憶はマーに纏わるものとして「記憶から消し去るように強いられ」るものとなった。

そのとき、ここにマーの祖母らしき女性が明かすように、マーという存在には先行論が指摘した〈性欲〉のみならず、〈声〉を奪うという暴力が付帯していることに気付く。それは、マサシによってMに加えられる暴力へと連続している。高校二年生時に、マサシとMは三人の男性に生贄として解体される山羊を目撃する。山羊は「逆さに吊り下げられ」、「長く伸びた喉に、掌を重ねて差し込める程の裂け目」を加えられているのだが、喉の「裂け目」から漏れる「奇妙な鳴き声」と噴き出す血液、「怒張した赤い性器」は、三人の男性とマサシに「嗜虐的な衝動」を喚起させていく。マサシは、「あの青年の手から山刀を奪い取り、彼らの喉に叩き込み」たいと夢想しつつ、「山羊の断末魔の声と交錯」するMの呻き声を聞きながら「三本の指をMの喉に喰い込ませ」る。この場面には、先程山羊を解体していた男性の内二人が「クソッ、さっきでやっとけばよかったんだ」という性暴力の予感と、「三本の足しかな」い蜘蛛がその足をMの「白い喉に深く喰い込ませ」るといった描写が付帯する。マーと呼応するかのように、マサシとMとの接触の場面は過剰なまでの喉への攻撃、Mへの性暴力の予感を描写する。ここで明らかになったのは、マサシとMの父親たちからマサシへ、さらには「男性身体による沖縄への〈反逆〉」[30]を示すはずのマーにまで、相手の〈声〉を奪う暴力が波及していることである。その点において、「マー」という囁きを聞き受け、それを自らの声で〈再生〉しようとするマサシの試みは、マーがその行為によって排斥されたように、その声が誰にも聞き取られないことが予期されていたと言えるだろう。

一方Mは、父親から「一切、記憶から消し去るように強いられ」ながらも、今もマーの記憶を留め続ける。同様に、「もう何年も前に亡くなって」いるにもかかわらず家を訪れたマサシにマーの由来を語ったマーの祖母らしき女性、さらには「狼狽」という反応でマーに関する記憶を裏付けたマサシの母親に見られるように、マーに関する記憶は女性によってマサシに語られていく。勿論、Mはマーの行為を「だんだん妙に心が安らぐと感じていた……」と自身が負った傷を「潤色」しながらも「私は忘れはしない」と話すように、彼女にマーが加えた性的暴行は男性からの強制によって忘却できない現在進行の記憶であることを示している。一方、マーの祖母らしき女性、マサシの母親の〈語り〉は、前節で取り上げた沖縄戦時から連続する性的〈接触〉と、それに伴う企図しない「繁殖」の存在を現代に再び浮上させていく行為となる。その行為の中で、「魚群記」で繰り返され、「マーの見た空」においてその記憶ごと抹消された一つの呼び名、「台湾女」という蔑称の記憶が、マサシに到来した「マー」という囁きと同様に現代に浮上していったのだ。

「魚群記」においては、Kという台湾人「女工」に心を惹かれつつも、少年マサシは彼女達を「台湾女」と呼び、佐久本佳奈によって「テクストから母は一貫して疎外されている」[31]とされたマサシの母も、夫、息子が「台湾女」という蔑称を使用した際に咎めてはいない。そのとき、この空間において「台湾女」という響きは、テラピアを示す〈公害魚〉[32]という蔑称、あるいは朱論と同様に、梁石日の言葉を借りて「「台湾女」とは抑圧され捨象された〈アジア的身体〉である」とする仲里効の論考にある、その蔑称に内包された外部からの〈侵入者〉に対する危機感を指し示している。それを仲里は、「それとの接触と交叉が読む者の〈深部痛覚〉をゆさぶり目覚めさせていくのだろう」[33]とするが、「台湾女」や〈公害魚〉という「抑圧され捨象された〈アジア的身体〉」を指し示す言葉は、復帰前夜の沖縄県内における加害―被害の関係のみならず、沖縄戦時に沖縄県各地に現われた人物を言い習わした、ある言葉をも再び浮上させていく。

前節にもある通り、戦時の沖縄にて性労働を強いられた女性は、他の地域と同様に「ピー」と呼ばれていた。それは、慰安所を〈利用〉していた日本軍兵士のみが使用した蔑称ではない。「幼少のため、近所にあった慰安所の何たるかも知らず「朝鮮ピー」と言ってあざ笑ったのが悔やまれてならない」[34]といった証言からも窺えるように、沖縄の民衆にも「ピー」という蔑称は流布していた。この「ピー」から戦後の「パンパン」を経て「台湾女」に連なる女性と性交に纏わる蔑称であるが、それは呉が言うように「すでに彼女たちが何者であるのかのイメージが込められてしまっている」がために「「朝鮮ピー」という言葉が喚起する差別的なイメージが、「直観」を可能にして」[35]しまう響きを持つ。

その「台湾女」という蔑称を、自身に生じる「痛み」として引き受けつつ、その「言葉が喚起する差別的なイメージ」への想起の試みが、「魚群記」のマサシにはあった。作中において、マサシとKが会話を行うのは、Kからパイン缶を受け取ったときに発生した「マサシ」、「シマサン……ノ……オトウト？」といったKからの一方通行の発話のみであり、「若々しい声の邪気の無い響き」を持つ「女工達の明るい声」は、「その意味を理解することはできな」いものでしかない。複数の先行論者が注目する、マサシの兄達が「復帰の歌」を歌う中で「女工」が「遠巻きにその様子を見守」る場面を見るまでもなく、作中において、Kが「台湾人労働者が滞在中に不便がないようにサポートと通訳をしながら「女工」として働く」「日本教育を受けた台湾人女性」[36]であることは考えにくい。そのために、マサシの友人達が「台湾女から物もらわれるか、馬鹿にするなよー」と缶を川に投げ捨てた際も、Kはその行為に対する抗弁を成し得ない。その言語の齟齬がもたらす〈痛み〉を、マサシは自らに芽生えたKへの性欲と結びつけつつ、「射抜かれた魚の瞳孔のように痛ましかった。僕は指先に彼女の目の傷口の感触を感じた」と表現するのだ。

このマサシの想起について山原の「魚群記」論では、マサシがテラピアの目を突く行為の中でKの目をも想起することを取り上げ、それが「相手に「痛み」を与える行為であり、沖縄人の加害者的な振舞いと結びついていることに注意しなければならない」と指摘しつつも、マサシが友人らからの差別を受けているKの痛みを「テラピアを射抜く時の指先の「感触」[37]」を通じて理解しようとしているとする。また佐久本は、この山原の指摘を受け取りつつも、「むしろ「僕」は、Kが被っている暴力を、自分はKへと与えないためにテラピアの目を貫いているのではないか」と指摘した上で、マサシの行為を「テラピアに同一化した自己の「傷口の中」への、自己の「指先」の侵入によって得られる快楽ではなかったか」、「消費主義的な欲望を絶えず喚起させる性の流通システムから抜け出る運動[38]」となることを指摘する。両者の指摘は、テラピアの眼球を弄ぶマサシが、その行為を通じて自身を含む村の男性達がKに与えている蔑視と、性欲がもたらす痛みの感知を試みていることを提起するものである。それは、言葉を発することなくマサシ達に弄ばれるテラピアに生じた傷みを想起することでもあり、その物言わぬテラピアを通じてKに付帯された「台湾女」という蔑称がもたらした、性欲と結びついた痛みを想起することでもあり、さらにはKとの〈日本語／沖縄語／台湾語〉[39]との距離を想起する試みにもなるのだ。

一方、「マーの見た空」においては、「魚群記」のKにあたるマーの母親の声は一切なく、彼女の内面はマーの祖母＝清一の母親らしき沖縄の女性の〈声〉に代弁されるのみである。勿論、「台湾女ぬ血ぬ悪っさ事やあらんよ。あぬ女子《いなぐゎ》や良《い》い子《くゎー》やたんよ。悪っさたしや、吾達《わった》ーるやる……」と語るマーの祖母らしき女性には、「腎臓」が悪い「女親」の血を引いた、つまり山原が言うように「台湾女性との接触・性交が、集落の血統に汚染をもたら」し、結果として「マーが〈畸形児〉として生まれた」(40)がために、「清《ちゅ》ら花ぬ降てぃ居《う》る下《しちゃ》にんてぃ、吾んがマー引き離ち、家《やー》から出《い》じゃすまでぃ……」と、台湾に帰る母親からマーを引き離したときの罪悪感は容易に見てとれる。それは、「マーをこよなく愛した」が故に「異国の地で、男から愛されることもなく家族を作ることも許されなかったマーの母の無念さ」に共鳴し「幽霊となってこの世に現れ(41)」たマーの母親に関する痛みをマサシに〈声〉でもって伝達するものとなるのだ。

ここで注目したいのは、このマーの出生にまつわる話がマサシに明かされた後の光景である。「又、来《ち》う事《くとぅ》よー。今日《ちゅー》や、なー行かやー」とマーの家を後にするマサシに向かって、マーの祖母らしき女性は「マー」と呼び掛ける。マサシは「言い知れぬ不安に襲われ、振り返ることができなかった」とするが、ここでマーの祖母らしき女性が口にした「マー」とは、人物としてのマーであるとともに、作品空間から失われたマーの母親＝〈媽媽〉をも引き寄せる声ではなかったか。大城は、作中でMと付された人物を、作中の記述を元にマーの母親ではないかと推定する。言うまでもなく、作中にはその推定への回答はない。だが、マーの祖母らしき女性からMに波及する「マー」という呼びかけは、沖縄と台湾の性的な〈接触〉と「繁殖」が波及した結果としてのマーから失われた、〈媽媽〉を作中に引き寄せる呼びかけでもあり、「魚群記」でマサシが果たせなかった〈日本語／沖縄語／台湾語〉の感触を引き寄せる行為でもあるのだ。

この二人の〈母／媽〉の記憶は、マーにまつわる記憶を「消し去るように強いられ」たマサシの母親が見せた亀裂へと発展する。作品において、マサシの母親は成人式や「正月の三箇日」の親戚の集まりを避け続けるマサシと、それに腹を立てつつもマサシ本人には言うことなく自身にあたるマサシの父親の間で板挟みになっている。その中で、彼女はマサシがマーの生家を訪問し、マーの出生の秘密を聞いたと聞き狼狽する。その前に「マー？　高校時代の友達ね」と話していた母親が、マーの生家に行ったと聞いた途端に狼狽した姿が示すのは、マーが祖母と住んでいた家屋、さらにはマサシの「マーのお母さんは、台湾の人だってね」という言葉が、かつて「触れてはならない秘密」とされた記憶と、それに付帯する自身の〈痛み〉を回帰させる引き金となっていることではなかったか。

Mがマーに性的暴行を加えられた日の夜の回想を見ると、「様子がおかしいのに気付いた両親に詰問され」Mがマーの行為を話した後、マサシの家に「突然尋ねてきたMの父親と数名の村の男達が、父と何事か声をひそめて話し合」ったという。これらは、マサシとMの証言しかないために、その後村の男性たちがマーをいかに〈排除〉したのかは前述の通り不明である。ただ、二人の回想にあるように、マーを排除したのは「男達」であって、Mやマサシの母親、あるいは後の闘牛場の場面において連行されるマーのそばで「泣き叫びながら村人たちに何かを訴えていた」「背の低い白髪の老女」の声や力は及ばない。マサシとMの母親が、性的暴行を働く前のマー、あるいは「台湾女」と蔑まれ台湾に追い返された女性、マーを育てた女性をいかに考えていたのか。それは作中の記述に拠った全くの推測に頼らざるを得ないものである。しかしマサシの母親においては、マーの排除後に敷かれた彼に関する記憶を「消し去るように強い」る暴力に一見従いつつも、その記憶を自身に生じた〈痛み〉とともに今も内面に留め続けていると言えるだろう。

このように見ると、マサシによるマーの記憶の再帰に重きを置いていたはずの「マーの見た空」は、その実においてマーに纏わる記憶の忘却を強いる暴力に抗い、その記憶を現代に留め続ける女性の〈声〉を、マサシを通じて聞き受ける作品であったと言えるだろう。勿論、マーの記憶を留め語る三人の女性は、僅かに登場するマサシの妹がアイという名を与えられているにもかかわらず、「母親」や「老女」、Mといった具体性を剝奪され、またマーと「血」の繋がりを持つ人物は「幽霊」なる実在しない人物として設定されていた。しかし、ついぞ「マー」という囁きの意味を解し得ず「怒りに震える叫び」を上げざるを得ないマサシと比して、三人の女性はマーやその親族に加えられた排除と忘却を強いる暴力のなかで、マーの〈陽画〉としてのマサシに村内に埋もれた「台湾女」とマーの記憶を移そうとしたと言えるだろう。ここにおいて、作品は台湾から来た女性労働者の記憶がパイン産業の縮小とともに失われていく空間において行使された記憶を忘却する暴力としての〈声〉の剝奪と、その中で地下水脈のように流れ続ける排除の記憶の存在とを、マサシと三人の女性の対比から描いたと言えるだろう。ただし、それはマサシの意図とは異なるものであり、その結果彼の身体は「怒りに震える叫び」を発せざるを得なくなるのだ。

五．軋みとしての「叫び声」

以上のことから、論中で示唆したマサシが物語最終部であげる「叫び声」は、自身の記憶にあるマーの姿との齟齬、さらには彼の記憶を伝達したMやマーの祖母らしき女性の意図をついぞ汲み取れないことから生起した〈軋み〉の音であり、マサシ自身が企図したマーの記憶の〈再生〉が転倒したことを意味するものである。それは、マサシが高校生のときにMと目撃した山羊の解体の場面において予期されていた。「長く伸びた喉に、掌を重ねて差し込める程の裂け目」を与えられつつ、山羊は「赤い性器」を「怒張」させ、「その先にはまだ固まりきっていないゼリー質の銀色の粘膜」を付着させている。マサシが「雌雄同体の新しい生命体のよう」と表した山羊の姿であるが、この場面で「叫び声」を発したのは女性器に擬えられた喉の「裂け目」であって、雄山羊の口でも「赤い性器」でもないのだ。同様に、マサシの〈声〉が「怒りに震える叫び声」になるのは、村内に強いられた〈声〉を奪い記憶を忘却する暴力を受け継いだ自身の暴力性をよそに、Mやマーの祖母らしき女性の〈声〉を取り込み、「マー」という囁き声に呼応しようとしたために生じたのだ。この点において、作中の「マー」という囁き声もまた、「鳴き声」「叫び声」としか表象し得ない〈声〉、主体性を奪われたはずの女性の〈声〉と、作中で発声の主導権を握っていたはずの男性の〈声〉の間に生じた〈軋み〉であり、沖縄と台湾の間に生じた〈性交〉による架橋が生み出した〈軋み〉として、マサシの叫びと並置されていたのだ。

一九三五年に石垣島で大同拓殖株式会社を設置した林は、第二次世界大戦の終戦後に食料調達を行っていた台湾から石垣島に戻ったとき、会社が日本軍によって「建物は軍の宿舎と慰安所に」「機械等は行方不明になり、農園は荒れ放題」にされていたと語る。石垣島には、現在も大同拓殖が存在した痕跡が残り、二〇一二年八月には台湾入植者を称える顕彰碑が設置された。その一方で、台湾と沖縄の交流が行われた場所が、日本軍によって戦時性暴力の場として機能してしまったことを示す痕跡は僅かである。同様に、沖縄本島北部の村で台湾人女性と沖縄男性の〈接触〉が発生し、忌避された「繁殖」が起きたことを記憶するものは少ない。その記憶を創作活動の端緒に選んだ目取真は、忘却されつつあった性交に纏わる「加害」や、後に「フィリピナー」などの蔑称としても継続する東アジアの女性への「差別」を浮き彫りにしたのだ。それは、封殺の暴力に抗いつつ記憶を語り継ぐ表出し得ない〈声〉をいかに聞き受け、自身の身体から〈再生〉できるか、といった想起を後年の作品へと繋いでいく端緒となったのだ。

（論中の作品引用は、『目取真俊短編小説選集一 魚群記』（影書房、二〇一三年）所収版を用いた。引用文を除く作中の傍点は論者による。引用文中の改行は／を用いた。）

注

（1）目取真俊「あとがき」『平和通りと名付けられた街を歩いて』（影書房、二〇〇三年）、二三三頁。この時期に同様の情景から構想、執筆されたのが「風音」（初出は『沖縄タイムス』一九八五年一二月二六日～一九八六年二月五日、後に大幅に加筆修正され『水滴』（文藝春秋、一九九七年）に収録）、「ブラジルおじいの酒」（『小説トリッパー』一九九八年秋季号）であり、もう一作未完のものがあるという。

（2）今帰仁村内のパイン工場について、『パインアップル関係資料　一九七〇／七一年版』（琉球政府農林局農政部特産課、一九七一年、二頁）を見ると、本土復帰直前には北部農産株式会社今帰仁工場（仲宗根二五五、以前は宮里パイン工場、一九六一年六月操業開始）、今帰仁農産工業株式会社（呉我山一五六、一九五九年一二月操業開始）が存在していた。

（3）女工という呼称については、引用および歴史的背景を示す場合にのみカギ括弧を付して使用し、その他の場合は労働者として示した。
（4）戦後、日本への砂糖、パインの産地として石垣島は位置付けられ、戦前からパイン産業に携わっていた林発ら台湾人の協力の下で、パイン栽培、加工が再開された。その後、一九五二年七月に「本土と南西諸島との間の貿易および支払いに関する覚書」が締結され、同年四月締結の「沖縄の生産に係る物品の減税に関する政令」による関税免除、一九五九年九月公布の「パインアップル産業振興法」によって、パイン栽培、加工は沖縄県の一大産業となった。（参考文献：林発「第四章　蘇ったパインの夢」『沖縄パイン産業史』（沖縄パイン産業史刊行会、一九八四年）、国永美智子「戦後八重山のパイン産業と台湾人「女工」（日本語版）」（淡江大学アジア研究所、二〇一一年度第二学期修士論文）
（5）台湾からの最終の労働者の受入れは、「復帰前の一九七二年一月入域のさとうきび関連の労働者」であり、「八月段階では、沖縄輸出パインアップル缶詰協会が台湾からの労働者受入れを準備し、台湾側もそれを約束していた」（「第三節　沖縄における外国人労働者――一九六〇年代後半から一九七〇年半ばまで」沖縄県商工労働部（編）『沖縄県労働史　第三巻（一九六六〜七三年）』（沖縄県、二〇〇一年）、八六〇頁）が、本文に示したようにそれは日台国交断絶によって破談となった。なお、台湾人労働者の代替として、大韓民国からの労働者を受け入れたものの、それも短命に終わった。
（6）両作品は「マサシ」を主人公に据え、台湾人女工をめぐる問題を主題とするものの、「マーの見た空」は「魚群記」の続編ではなく、それぞれ独立した作品として執筆されている。本稿においても、「マサシ」はそれぞれ別の人物として扱う。
（7）目取真俊「台湾への旅」『沖縄/草の声・根の意志』（世織書房、二〇〇一年）、一八一―一八二頁。
（8）本論では、人物を指す際はマーと表記し、マサシに去来した囁きは「マー」と記す。
（9）朱恵足「動物供犠、逸脱した身体、境界侵犯――「マー」における混血児」『目取真俊の小説における沖縄と「身体」の政治学』（名古屋大学大学院人間情報学研究科博士論文、二〇〇二年）、八八頁。

(10) 山原公秋「目取真俊の台湾表象──「魚群記」「マーの見た空」をめぐって──」『論究日本文学』九五号(立命館大学日本文学会、二〇一一年一二月)、七三、七七頁。
(11) 林、前掲書、一三七頁。
(12) 労働局職業安定課『職業紹介関係年報 一九七一年版』(琉球政府、一九七二年四月)、三一頁。
(13) 「第三節 沖縄における外国人労働者──一九六〇年代後半から一九七〇年半ばまで」沖縄県商工労働部(編)『沖縄県労働史 第三巻(一九六六〜七三年)』(沖縄県、二〇〇一年)、八五八頁。
(14) 国永、前掲書、三二頁。
(15) 八尾祥平「戦後における台湾から「琉球」への技術者・労働者派遣事業について」『日本台湾学会報』第一二号(日本台湾学会、二〇一〇年五月)、二四七頁。なお、八尾は「信琉代発五五字第一九三號」に、南北大東島への派遣の可否に関わる視察において、「島内の生活インフラの貧弱なこと、警備員付きの女子寮がない」ことから、「三〇歳以下の未婚女性を派遣するには向かない環境であり、女性の安全が確保される環境を整えるべきと進言され」(二五二頁)ていたことも紹介している。
(16) 国永、前掲書、五九頁。
(17) 朱恵足「目取真俊「魚群記」における皮膚 色素/触覚/インターフェイス」『目取真俊の小説における沖縄と「身体」の政治学』、七一頁。
(18) 大城貞俊「目取真俊文学の衝撃 闇に閉ざされた声を聞く力──初期作品「マーの見た空」から」『多様性と再生力──沖縄戦後小説の現在と可能性』(コールサック社、二〇二一年)、九〇頁。
(19) 本文で示したように、台湾から女性労働者が本格的に石垣島に渡ったのは一九六三年である。その後沖縄本島北部のパイン工場にも台湾の女性労働者が渡ったのであれば、六〇年代にマーが誕生したことになり、その二〇年後に成人式を迎えた作中のマサシ、Mが記憶する一〇代のマーの姿には大きな違和はない。
(20) 山原、前掲書、七四頁。
(21) 山原、前掲書、七八頁。

(22) 朱恵足「動物供犠、逸脱した身体、境界侵犯」、九七頁。
(23) 又吉盛清『大日本帝国植民地下の琉球沖縄と台湾　これからの東アジアを平和的に生きる道』(同時代社、二〇一八年)、松田ヒロ子『沖縄の植民地的近代――台湾へ渡った人びとの帝国主義的キャリア』(世界思想社、二〇二一年)
(24) 国永、前掲書、一一一頁。
(25) 呉世宗『沖縄と朝鮮のはざまで　朝鮮人の〈可視化／不可視化〉をめぐる歴史と語り』(明石書店、二〇一九年)、七七頁。
(26) 山谷哲夫『沖縄のハルモニ〈大日本売春史〉』(晩聲社、一九七九年)、一五九頁。ドキュメンタリー版『沖縄のハルモニ』は、一九七九年五月に無明舎より公開された。
(27) 目取真俊「エセー　沖縄戦の記憶」『文學界』二〇〇六年五月号(文藝春秋社)、一三～一四頁。宮城医院を接収した慰安所であるが、『沖縄「戦後」ゼロ年』(日本放送出版協会、二〇〇五年、六四～六五頁)の記述を見ると、それが仲宗根にあったと記されている。仲宗根の慰安所については、宮里真厚による『乙羽岳燃ゆ　小国民のたたかい』(私家版、一九九五年、一〇四-一〇七頁)にも記述がある。その中で宮里は、「恐らく彼女らも那覇にいた女性達と同じ「朝鮮の慰安婦」だったのではないかと思うことがある」と記している。
(28) 増井好男「沖縄におけるパイナップル缶詰工業の展開過程」『農村研究』七七号(東京農業大学農業経済学会、一九九三年九月)、六七頁。
(29) 沖縄県農林水産部流通園芸課(編・発行)『果樹関係資料』(一九九一年)、三四頁。一九七二年の合併については南西食品株式会社ホームページ内の沿革(https://nansei-s.com/company/　最終閲覧日：二〇二一年九月一日)を参照した。
(30) 山原、前掲書、七七頁。
(31) 佐久本佳奈「目取真俊『魚群記』における貨幣的存在」『琉球アジア社会文化研究』第一七号(琉球アジア社会文化研究会、二〇一四年一一月)、六二頁。

(32) テラピアと沖縄の関係については西成彦の論考にて、「戦後沖縄の復興(＝振興)期、そして「日本復帰」前後を象徴する帰化動物」(「暴れるテラピアの筋肉に触れる」『外地巡礼「越境的」日本語文学論』(みすず書房、二〇一八年)、二一七頁)とされている通り、一九五四年に台湾から持ち込まれたテラピアは、汚れた河川でも生息し在来種を食い荒らす魚として認識されていた。
(33) 仲里効「流れる民、降りていく眼――『魚群記』に見る〈アジア的身体〉」『遊撃とボーダー　沖縄・まつろわぬ群島の思想的地峡』(未來社、二〇二〇年)、一八一頁。
(34) 「「朝鮮ピー」と言ってあざ笑ったのが悔やまれてならない」日韓共同「日本軍慰安所」宮古島調査団『戦場の宮古島と「慰安所」12のことばが刻む「女たちへ」』(なんよう文庫、二〇〇九年)、一七〇頁。(証言者：佐和田豊三、記録：田場祥子)
(35) 呉、前掲書、七一頁。
(36) 国永、前掲書、八九-九〇頁。
(37) 山原、前掲書、六九頁。
(38) 佐久本佳奈「目取真俊『魚群記』論――台湾人女工をめぐる政治・経済・欲望――」『沖縄文化研究』第四一巻(法政大学沖縄文化研究所、二〇一五年三月)、三一六-三一七頁。
(39) 「魚群記」と「マーの見た空」において、沖縄に出稼ぎにきたK、マーの母親がいかなる出自を持つのかは推測の域を出ない。国永の調査では、「台湾の彰化県、南投県を主流とした中部地域に建造されたパイン工場の集住地域で二〇~五〇代の女性が招聘さ」(引用は国永、前掲書、三六頁)れたとあるが、二人が先住民族の出自や客家人である可能性は排除できない。そのために、本論では両作品における台湾人女性の母語を示す台湾語に便宜的に傍点を付した。
(40) 山原、前掲書、七三頁。
(41) 大城、前掲書、九八頁。
(42) 林、前掲書、八六頁。慰安所について、太田静男『八重山の戦争』(南山舎、一九九六年。本稿では二〇一四年に刊行された復刻版を用いた）を見ると、石垣島では六ヵ所の慰安所が確認されていることが分かる。大同拓殖の所在地は嵩田であったが、資料では嵩田、大同拓殖の工場を利用した慰安所の記述は残されていない。しかし、太田は後年の記事にて「避難所（論者注：白水）から二キロほど先の名蔵嵩田の大同パイン工場も慰安所であった」（「戦後七五年　沖縄戦研究の視点④　戦争マラリア」（『沖縄タイムス』二〇二〇年六月二四日）、一八面）と記している。

【ボーダーレスの時代】

在日台湾人作家温又柔『空港時光』研究
――「内なる外地」と自他表象の連動

謝　恵貞

一．はじめに「移民文学」から「移動文学」へ

近年、『海の彼方』『緑の牢獄』（黄胤毓監督）や『無国籍』（陳天璽、新潮文庫、二〇一一年）などのドキュメンタリー映画や書籍では、歴史に翻弄され、屈折に満ちた台湾人の境遇が相次いで取り上げられている。グローバル化の進展に伴う国境を越えた移動・移住の増大により、それを彷彿させる新しい世代の台湾人日本語作家も注目されるようになった。二〇〇九年に「好去好来歌」（『すばる』、二〇〇九年一一月号。後に『來福の家』に収録。集英社、二〇一一年）により、すばる文学賞佳作を得て、二〇一七年には『真ん中の子どもたち』（以下は『真ん中』と略す。集英社、二〇一七年）で芥川賞候補となった温又柔は、三歳の時に両親とともに日本に移住し、幼少期は台湾語・日本語・中国語の三つの言葉が混ざ

りあう環境で育ち、さらに『空港時光』（河出書房新社、二〇一八年。以下本書の引用はページ数のみ記す）を通して、国籍、言語、民族のズレの中に位置する境遇に対して、論証的な視野を開いている。

デビュー作「好去好来歌」とその後の『真ん中』が移民文学色に溢れる作品だというならば、それゆえか、後者は純文学の芥川賞の候補作に選ばれた当時、選考委員の宮本輝により、作中人物の言葉と民族の混雑（hybridity）に起因するアイデンティティをめぐる悩みは、「対岸の火事」や「他人事」だと批判された。言い換えれば、宮本輝はその作品を「国民文学」と対立する概念である「移民文学」として扱っていることが推察できる。

そこで、小稿は、まずバーバの第三空間の概念と、西成彦による「日本語使用者が非日本語との不断の接触・隣接関係を生きるなかから成立した文学のこと」(1)という外地の日本語文学の定義に基づき、日本とその旧外地台湾を扱うこの作品における「空港」を、国籍、各国語の不断に接触・隣接関係を生み出す「内なる外地」と見なす。具体的には、「空港」という第三空間で「区別運動」のバランスの取れない状況を指摘し、その際に、不意打ちで顕像した「類似性」を分析する。また、文化翻訳の役割を持つ、異種言語共存のテクストが齎した衝撃が、「他者性」と「特別性」との交渉を促した過程を論じる。更に、そうした中、作中人物の自己表象と他者表象が連動するメカニズムを明らかにしたい。目的は、上記のプロセスを通して、自・他表象の置き換えによって、読者の感情移入しやすい「移動文学」に仕上げた戦略を解明することである。

二．「空港」という第三空間

空港では主権の辺境という地理的位置ゆえに、いかなる利用客もホームアドバンテージを持たず、誰もがパッセンジャーである。『空港時光』では旅行者にとって「他者」と「主体」の境界線が互いに揺らぎやすい「空港」という特殊な場所の雰囲気が生かされている。

例えば、「異郷の台湾人」の中で、日本人の俊一郎はアメリカ留学中に、六歳よりサンフランシスコで育った台湾人女性 Jessica と恋仲となった。彼女の親族の結婚披露宴に参加するため向かった台北で、周囲に中国語が飛び交う中、Jessica とよく似た顔立ちの彼女の従姉が日本育ちであることに驚く。これは二人の「類似性」が「瞬時に顕在化する」瞬間で、また空港で東京行きの便を待ちながら、「俊一郎は奇妙に胸を弾ませながら空港を見渡す。日本で育ったという Jessica の従姉に話し掛けたいという思いを募らせて。」（四六）といった心境が見られる。日本ゆかりという類似性により、日本人の俊一郎と在日外国人であるはずの Jessica の従姉との権力階層は曖昧になり、親近感を持たせる「第三空間」が創出された。

「第三空間」とは、ホミ・K・バーバ（Homi K. Bhabha）が「アルベール・メンミとポストコロニアリズムの協力問題を論じる」という一文で論じた概念で、不断に変動と交渉が行われる空間である。

その「類似性」の権利を平等でありながら差異を内包する要求と見なすことには、二種類の二重のアイデンティティの認定が含まれている。まず、ここには、文化的価値の不完全な（或いは隙のある）

アイデンティティの認定（我々と相手へ）への要求がある。これは私の述べた「区別運動」にバランスを取ることを許さない。……「見た目の類似」――それは地位、階級と権力階層化から生まれた曖昧、矛盾、及び反抗を許容すべきだ。また、相互かつ互恵的な交渉のメカニズムを創出するために、発言と調整をしなければならない。……いうまでもなくこの二重性は想像の範疇でいう「組み合わされる」ことではない。私がここで構築しようとする二重性の中では、その主体は自らを「まるで他者が見る通り」に見る。一種の集団による交互作用のプロセスである。それは、「不確定性」が人々に不安をもたらす瞬間、「二元」による肯定的な確認は破綻し、「組み合わされる」ことの反復の中での自足を乗り越え、対話をする「第三空間」に赴くのである。これこそ、類似性が論述の意味符号の中に「瞬時に顕在化する」空間である。(2)

舞台を空港という中間地帯に置くことによって、温の「当事者性」とそこから連想される「移民」を直接に描く文学とはならず、階級性を有する中心と周縁の二元的対立から暫く焦点を解き放ち、「移動」とそれに伴う「類似性」の発見に移すことが可能になった。

そこで、本作は、旅行を前提とする「移動文学」へ焦点を移行させ、日台双方に縁のある人物を日本人と並置することで、移民とその関連作品そのものによって日本の国境や日本文学における「他者性」を曖昧にしようとしている作者の戦略として書かれたものだと言えよう。作中における、自分がそうなっていたかもしれない対照組において作者個人の情念を呈示することにより、旅行という読者に訴える共通経験を通して、「国民」と「移民」の区別が曖昧にされている。

したがって、日本語文学が宿命的に持ち合わせている「国民文学」の規範による検査システムを弱化し、空港で感じた疎外感によって、容易に「自らを「まるで他者が見る通り」に見る」ようにすることで、作品自体を「第三空間」に変えるのである。

二・一 「内なる外地」としての「空港」

更に、この「第三空間」をテクストの描写に沿って理解するために、温又柔がかつて、本作について「日本列島の外で「昭和」は何を意味するか、それはどう揺らぐか。日本文学の中で書きたかった」[3]と述べた発言に注目したい。

「昭和」の面影を残した旧外地の台湾の人物や風土が、もしも「外地」全般に共通する大きな特徴として、「日本人と非日本人との出会いを用意する場所」[4]だと理解するなら、「空港」とは日本の「内なる外地」に例えることができよう。

「鳳梨酥（パイナップルケーキ）」の主人公靖之は、日本人同士の妻と母親の対立を緩和するため、妻の代りに母親の機嫌をとろうとパイナップルケーキをお土産として購入した。そのあまずっぱい味を口にした時、突然、若い頃、近所に住んでいた引揚者の「湾生」松本が思い浮かんだ。松本は、台湾の南國風物を懐かしく思い、庭には「シュロチク、ゴムノキ、ヤシなど南国を髣髴させるものばかり」（八七）を植えていた。松本が持つステレオタイプな台湾人観は、靖之の思い出の一つとなる。

――台湾は、いま、シナにのっとられている。気の毒な話だよ。リン、おまえさんの両親も苦しいだ

ろう。本物の台湾人なら中国語なんか喋りたくないはずだ。（九一）

この作品においては、現代と過去を合わせ鏡にすることで物語世界の奥行きを生み、また、二種類の過去をめぐる解釈を提示している。そのほか、「鳳梨酥」に描かれた湾生の境遇も、湾生の外地喪失感も、植民統治の暴力を暗に批判している。植民地台湾では上部階層に属す湾生が、日本内地に撤退後、「引揚者」となって、台湾の故郷を懐かしむ行為は、日本人の目には、例えば単に台湾を観光地とみなす靖之の目には、「松本の台湾時代の友人という老人たちが「ふるさと」を合唱するのを、大学生だった靖之は神妙な心地で聞いた」（九一）と、異様な風景のように映っている。

靖之の目に松本が異質な同胞という「他者」の姿として映ることになった重要な契機も、旧外地台湾に続く「空港」に足を踏み入れたことである。

他方、「百点満点」という短編では、日本統治時代を生きた台湾人寛臣が高女卒業生の妻を連れ、憧れの日本「内地」を一緒に旅し、「汽車」に乗り込む場面を描く。小説ではたえず昭和天皇から三代の家族史と、寛臣一家の三代の悲喜劇を、歴史の大きな物語と個人の小さな物語として対照的に描く。羽田空港唯一の「国際」線待合室では、寛臣が「前の天皇の崩御を見送ったばかりの日本国民にとって、新しい天皇の息子の婚約という慶事はもろ手を挙げて祝福するべきことなのだろう」（一〇六）と天皇交代の一九八九年を思い出しつつ、「日本では一年前まで続いていた「昭和」が、台湾ではあの夏、終わったのだ。」（一〇七）と、日本敗戦後の台湾返還を経てなお、気持ちの中の「内なる外地」の時間差を同時に生きていることが示される。

「天皇」を日本統治時代の象徴としつつ、自らの歳月を記録することで、この個人の記憶はつまり小さな物語でありながら、国家主義に勝る存在となる。寛臣は、戦後台湾人であることを誇りに思うが、幼少期には、日本人教師から受けた励ましも彼の自信を形作っていた。それゆえ、「あなたは台湾人だから、台湾語を喋りなさい」と思いながら、「寛臣は中国語ばかり喋るようになった自分の子どもたちにむかって、リン・シ・タイワンラン、アイ・ゴン・タイワンウェ、と怒鳴ったことがあった」（一〇五）。ところが、日本統治期、日本式の教育で優秀な成果を収め、「あの頃、だれもが、寛臣を良い子だと褒めてくれた」（一〇七）という叙述には、彼の矛盾したアイデンティティの心理が表れている。

上述したのは、空港という「空間」で展開される越境によって、「日本語使用者が非日本語との不断の接触・隣接関係」で生じた言語レベルの問題だけでなく、登場人物の記憶により、戦前戦後の広い「内なる外地」の「時間」軸も「瞬時に顕在化」されることである。日本統治生まれの世代の物語に触れた際、台湾が日本による植民統治を受けた「外地」だった時代の記憶も喚起される。

二・二　置き換え可能の人生

空港という「内なる外地」と接することによって、「他者性」が「見た目の類似」に見え、アイデンティティ認定の区別運動のバランスが取られなくなるため、階級と権力階層化から生まれた曖昧さや矛盾は許容される。そして、この他者が持つ「見た目の類似」を理解するために、内心の対話が始まる。「そうであったかもしれない自分と、そうではなかったかもしれない自分。架空の私がことあるごとに彼方で点滅しているのを感じる。」（一四二）という感想は、読者にも置き換え可能な別人生のイメージを喚起するであろう。

例えば、「日本人のようなもの」という収録作では、台湾生まれ、日本育ちの怡婷と、台湾で育ちながら日本に憧れる従姉妹の詩婷が、羨望しあいながら相手の言葉と文化を学ぶ。そうした二人の行為は、まるで鏡像のようだ。日本育ちの怡婷が、「はじめから日本人みたい」（二三）な立ち居振る舞いをする一方、詩婷は「わたしも日本で育ちたかった。あの子は台湾人っていうよりも日本人のようなものだね、なんて言われる人生を歩んでみたかった。中国語ではなく、日本語で姐姐（おねえちゃん）にそう伝えたら喜んでもらえるだろうか？」（二四）と想像を膨らませる。

また、「可能性」という作品は、台湾人男性教師Sと日本人女学生有貴との不倫を描いている。その台湾旅行は、二人にとって日のあたる場所で自由に呼吸できる特別な時間となる。また、有貴の誕生日が四年に一度の二月二九日だという設定は、『空港時光』の作中人物が共有する「特別性」を示し、ひとりひとりが多少なりとも特別性を持ち合わせており、他者である外国人のみに付与されるものではないというメッセージを伝えている。有貴は、空港で落ち合って東京に向かおうとする不倫の中年男女に出会い、こう思った。「けれども、そうすることを、選ばない、とわたしは決めたのだ。それを選ばなかったことで得られる人生のほうが、自分にはずっとふさわしいはずだと期待して」（六九）いる。彼女は、民族や階層を区別する以前に、この「見た目の類似」を啓発として受け止めた。

もしも「見た目の類似」が読者によって偶然の巡り合いとして読み取られれば、「他者」と「主体」の境界を揺るがす「移動文学」の他者性に双方向性を賦与する機能が活かされていると言える。したがって、読者にとっては登場人物の境遇を自身と置き換えて共感することが容易であり、それによって中心主義の「国民文学」の権威を失わせることになるのだ。

三．異言語の接触による「他者性」の平準化

たとえどんな場所にいても、「他者」と「主体」の境界線が硬直化している日常生活では、往々にして「マイノリティ」と「マジョリティ」の二つのグループが生み出される。「あの子は特別」という短編では、台湾在住の駐在員の子どもススムが、周囲の日本家庭が台湾社会と距離をおいて自らの集団の中で生活するのと異なり、積極的に中国語を学び、台湾人の子どもの社交生活に溶け込もうとしている。温又柔のデビュー作「好去好來歌」においては、「あの子は特別」という一文は、台湾生まれ、日本育ちの主人公楊縁珠が、日本人同級生からいじめを受けた際に浴びた罵声であった。いっぽう『空港時光』所収の本作においては、この一文は打って変わって肯定的なニュアンスを帯び、集団主義を重んじる民族性を持つ日本人が、個人として友好的な選択をする可能性を展望し、言語の壁による階級性を打ち破る。

日本人にしては、ススムの中国語は特別に流ちょうだった。それもあるからか、ススムはすすんで台湾人である怡君たちと遊びたがった。あの子は特別だよね、とみんなで言い合った。大抵の日本人の子どもは、児童遊園に来てもいつも自分たちだけでかたまっていた。まるで、わたしたちのことなんか目にも入っていない調子で。（二八–二九）

日本の読者は、ここで他者である外国人の目には自分が「大抵の日本人の子ども」のように「自分たちだけで固まった」と映っているのかと自問自答することになる。このような場面では「自らの他者性」をあたかも「他者が見る通りに見る」ことになるが、異なる土地においては、言語・民族の階級性の変化にも気づかされる。また、「特別性」を定める権力も、自らの「他者性」の発見に従い、常に自らの側にあるのではなく、それは交渉による変動の結果であるということが明らかになり、同時に他者の主体性も浮かび上がってくる。

三・一　異種言語共存（Heteroglossia）という「実存的な衝撃」

前述したように、芥川賞の審査委員の宮本輝は、『真ん中』の内容を、「対岸の火事」だと評した。筆者は宮本氏の立場は言語による階層性構造を如実に再現していると考えざるを得ない。また、自らがある言語の上層階級の使用者であることに無自覚な者は多いと言える。この芥川賞事件の報道から見て分かるように、温が意識している読者の一部は、民族や言語に関してアイデンティティ危機を感じたことがない日本人の読者である。それに対して、温又柔は日本語の環境が常に外来語に開かれている「振り仮名（ルビ）」と注という空間の可能性も切り拓いている。それによって、上記のアイデンティティ危機に鈍感な日本人読者に対しても、そうした危機を、「内なる外地」である空港という場所に「瞬時に顕在化」させている。

温はかつて「失敗也不壞（失敗しても悪くない）」（『聯合文學』四一〇期）と題した文章で、彼女が愛する中国語と台湾語の言葉の多くは、「記憶中令人懷念的字句（記憶に懐かしく思う言葉）」だと述べている。そこで、筆者はテクストにおける言葉の表現を整理してみた。本論末尾に掲載した表一において、温が用いた混用表記は、一一種類に分けられる。

（1）は完全に中国語の文脈（context）だが、日本語で表現され、（2）では中国語と日本語の文脈が交差しており、（3）は、温又柔が第二言語として学んだ中国語のピンインを用いたもので、中国人やピンインを学習している日本人といった言語の越境経験者も、テクストの読み手に想定していることを示唆する。

（4）は、日本語の表記で台湾語の音声を表すが、漢字が中国語の理解者に橋渡しをする。（5）はカタカナのみで台湾語の音声を表記する。例えば、リン・シ・タイワンラン、アイ・ゴン・タイワンウェ。日本語も台湾語も理解する者のみ、その意味が「あなたは台湾人だから、台湾語を喋りなさい」だと分かる。日本語しか分からない読者も、この文は文脈によっていくらかは推知できるはずだ。

（6）は中国語の漢字表現に、それを日本語で意訳したものを付けている。読者に中国語の意味を理解してもらいつつ、読みの流暢さが保たれている。

（7）台湾語に日本語の解釈を記す。例えば、阿姑《おば》、阿嬸《おば》等。台湾では家族の呼び方が複雑で、親族の関係をより重視するが、そのような文化の違いを表す。日本語ではいずれも「おば」だが、台湾語ではそれぞれ異なる人物を指す。

（8）は、台湾語の音声を日本語によって解釈する。この部分は、温又柔のテクストでは特に目立つ表現となる。例えば、ビェン・ファンロー《心配しなくていいよ》、ワ・ンーザイヤ《おれがいったい》、ワ・ゾン・シャメ！《なんの罪をおかしたという》、パイミヤアエギンナァ《かわいそうな子ども》等。温又柔の特徴の一つとして、同様に台湾人日本語作家の東山彰良と異なり、[5]台湾語を母語の一つとする表現があることを物語っている。両者ともに異種言語共存（Heteroglossia）の表現として、註解、補足などの自己翻訳によって文化翻訳を行うのだが、その背景にある中日台の言語及び文化のコンテクストには個人差があり、それぞれの傾向と形式は異なっている。

（9）は中国語の漢字に中国語の発音と注釈を付ける。例えば、清粥＝お粥、油條＝塩味をつけた小麦粉で作った揚げパン、鹹菜＝台湾風漬物など、多くは台湾特有の食べ物を形、音、義の三者で併記している。

（10）は西洋の概念について中日二言語の訳を併記する。例えば、帥哥《ハンサム》、白色恐怖《テロ》、護照《パスポート》、登機證《ボーディングカード》、珍珠奶茶《ボールミルクティー》など。これは英語が、中国語と日本語の使用者の共通語であり、旅行者の共通語という特徴を有することを物語っている。

（11）は、英語によって日本語の解釈、或いは日本語の外來語を表記する。例えば、中国語《Chinese》、繊細《sensitive》など、直接英語で表し、日本語が英語のコンテクストを吸収している現実を表す。

まとめていえば、日本の読者にとって、上記の多くはその表記でだいたい意味を推知できるが、（3）（4）（5）の表記については、その意味を推知しがたいため、作品中の異化作用を成している。なかんずく表一の一部は、片言のため、日本語の文脈からは完全に理解しかねる。予想される日本語の読者にとっては、あたかも異なる税関に臨み、日本語というパスポートの使いやすさが試されているかのような読書体験となる。温又柔は、日本語のコンテクストに内在する、外来の言語に開かれる空間「振り仮名（ルビ）」と注を、文化翻訳の実験の場として生かしている。その中では、日本語に対して、翻訳不可能な場面の描出や境界への侵攻を繰り返し、日本語の優越性を問い直す。その過程からは、作者温又柔の文化的差異の主体としての姿勢が見えてくる。

「振り仮名（ルビ）」と注は、まさにバーバが言った、言語の外来性を日本語に持ち込むものであり、その「表象自体に内在する表象の問題」[6]にこそ、文化翻訳の新しさを見出せる。表一のように、日本語のコンテクストで他の言語の原語と原音を混用することには、「空港」が彷彿させる「内なる外地」たる「第三空間」における、英語の優位や、中国語・台湾語と日本語の権力関係において絶え間ない階層関係の変化とバランスを取る運動が見受けられる。時には、主要言語を意味する地の文において、中国語・台湾語が取って代わることもある。もともと、日本語に備わる、新語を受け入れる寛容性が、多くの移動者が使用している言語の形、音、義をいっそう明らかにした。その中には、「闘いつつ補う相補性というこのプロセスにこそ、『翻訳不能なもの』の種子が宿されている」[7]と言えよう。

この「翻訳不能なもの」の例として、表一の（3）（4）（5）が該当する。これらの「語彙」は温又柔が台湾の親族関係や、台湾語音声をより多く「収集」し「引用」の形で「再生」することで、日本語のコンテクストに受け継いだものである。たとえ、温が言葉の意味を誤解した場合や[8]、読者にとって全く解釈の付かない台湾語を使用する場合であれ[9]、文脈から推測すれば、表現として完全に理解できないことはない。

更に読者は、この異種言語共存（Heteroglossia）の多極構造を理解しようとする時、不安に付きまとわれ、「区別の運動」のバランスを取れずに、言語的階層性をいったん棚上げするだろう。この作者の「闘いつつ補う」文化翻訳でも「翻訳不能な」「理解不能な」ものが「実存的な衝撃」として残され、その余韻は、やがて自らが他者からも他者だと見られている疎外感へと変化する。それによって、自らの「国民文学」伝統におけるナショナリズムの価値観への同調が、如何に強固なものかを思い知らされる。そして、「国民文学」か「移民文学」かといった観点から温の作品を読むこと自体が、文学性を凌ぐ問題[10]であると気づくはずである。

ところで、この異種言語共存の多極構造を分析することによって、温文学の変遷をも理解できる。西成彦は、かつて『バイリンガルな夢と憂鬱』（人文書院、二〇一四）で、「足し算されたバイリンガリズム[11]」と「割り算されたバイリンガリズム[12]」という言い方で、相異なるバイリンガル状態が齎し得る可能性の解釈を試みている。前者は、母（国）語ともう一つ熟知している別の言語を同時に使いこなす状態。後者は、母語自体が分裂している状態を指す。この理論的枠組みによって、二元対立の思考を打破することができる。

西成彦は『外地巡礼』において、この理論を用いて温又柔のエッセイ集『台湾生まれ日本語育ち』を論じ、温が「言語の「引き算」に必死で抗う[13]」作家であり、また「たったひとつの母語＝母国語」を基点にして「足し算」のように「外国語」を学ぶしかないモノリンガル話者に対して、「母語」と「母国語」のあいだに罅が入った状態に置かれた多言語使用は、「割り算」……の結果に生じた言語と言語のあいだの「溝」に苦しめられるのである[14]」と分析している。もしこの分析をもって、さらに温の『空港時光』を考えれば、温はたしかに「好去好來歌」で言葉の「溝」に苦しめられる状態を描いている。しかし、温は『真ん中』をターニングポイントにし、『空港時光』になると、完全に戦略的にこの「溝」を「第三空間」として転用したと言える。

三・二　「言葉」の衝撃から開かれた倫理的な「対話」

上記のように、『空港時光』は「振り仮名（ルビ）」と注を通して、言語間のダイナミックなせめぎ合いを演出することによって、重層的に解釈可能な空間が生まれ、さらに単一言語の使用者が具体的に理解できない多言語の使用により、異種文化翻訳でも「翻訳・理解不能な」ものが「実存的な衝撃」をもたらしつつも、場合によっては、言葉の制限を超えて、「翻訳・理解不能な」言葉でも、誤解を恐れぬ感情の交流が行われている。

「百点満点」という短編では、「意味さえつうじあっているのなら、親と子で、別々の言語を口にするというのは特におかしな状況ではない。」（一〇五）という記述によって、日本に移住する親と子が、異なる言葉を操っても、気持ちを通わせられることを描く。つまり、表一の（5）のように、言葉は民族の境界線に成りえても、理解の境界線になるとは限らないということである。この異種言語共存が齎した衝撃が、「理解不能な」言葉であっても、倫理的な対話を回避させない役割として機能している。

もう一つの例として、「親孝行」という収録作を挙げてみよう。白色テロで惨死した姑丈《おじ》の遺児の文誠は、語り手の文建とは兄弟同様の間柄である。日本で成功した文誠は、育ての親に当たる文建の両親と文建を日本観光に招待する。待合室での、各種の言語サービスは、文建の両親に日本時代を思い出させた。それぞれ台湾語と日本語の異なる言語で、会話するシーンも描かれている。

父は一歩も日本に足を踏み入れたことがない。それなのに父は、ことあるごとに富士山の神々しさを語り、天皇陛下がお住まいの皇居を死ぬまでに一度は拝みたいと繰り返してきたのだ。……「まさか生きてる間に、あたしまでナイチに行ける日が巡ってくるとはねえ」ナイチ、という響きを文健はずっと台湾語だと思っていた。日本不是内地。文健は言わずにいられない。日本是外國。だからこれ〔筆者注：パスポート〕が要るんじゃないか。（五九）

まさに、「ナイチ」と「外国」といった二つの言い方は、同様に日本を指すと理解できるが、実質的にその文脈は全く異なるものである。たとえ、国民文学こそ日本文学だと信仰している者にとっても、この語彙の違いは、「他者」の異なる文脈に気づかせるという衝撃を与えるはずだ。バーバの前掲文では、こうした衝撃は、更に倫理観をめぐる会話に繋がると述べられている。

倫理上の衝撃は他者の「差異」から来たものではなく、それとは逆に不意打ちから来たのである。不意打ちの「類似性」或いはある物かある人の類似性により、「そのように見える」が、実質的に「似ている」のではないことが、日常生活の一つの空間を占めている。……――民族主義者は依然として彼らの信仰を持ちながら――日常の営みに突然とコントロール不能の行為の立場、或いはせめて倫理的な約束などの条件が現れ……一種の実存的な衝撃が倫理的な「対話」を開始させるのだ。(15)

では、こうした倫理的な「対話」が如何に展開されるかを、「到着」という短編を例に考えてみたい。日本で育ち、中華民国のパスポートを持つ咲蓉は、中国語や台湾語よりも日本語が堪能である。そして、認知症の祖母は記憶が衰え、咲蓉の日本語につられ、日本統治期に日本人のキク子の家に奉公していたことを思い出して、その家の子供たちに、彼女の「国語は土まみれの国語」（一二七）だと揶揄われたことを回想し始めた。

一家団欒の「日常の営み」に、認知症の祖母が突然、「戦争がおわったら、日本人たちはみんな台湾から離れなければならなかったの。イン・チョ・コーレン《かわいそうよね》……」（一二八）と回想をし始める。それに対して、咲蓉は「ナ・ウ・コーレン《かわいそうなものか》？」（一二八）と心の奥で「倫理的な「対話」を開始させる」のである。彼女は、「なぜ、台湾人は、日本人にこんなにもやさしいのだろう？いまも、むかしも。台湾は、日本にやさしすぎる。」と素直にうなずけずにいる。

これは、台湾の読者には、台湾内部のコンプレックスを外部の視点を通じて直視させられたものとなる。同様に、日本育ちの咲蓉にとっても衝撃であった。彼女は、同じく日本語を操る祖母との類似性に触発されて、傍線部のような、なぜ祖母と異なる感想を洩らしたかについて、自身との倫理的な対話を展開し始める。「台湾は、日本にやさしすぎる」と思う咲蓉は、「日本の国籍があってもなくても、自分はとっくに日本人のようなものだから、今さら別にね、という気持ちが大きくなってゆく。……逆に、自分がパスポートまで日本のものを持つようになれば、台湾では完全に「外國人」となってしまう。それをもったいなく思う気持ちもある。」（一三二）と、二元対立による確認を取り止め、自身のアイデンティティの区別運動の不確定性をそのまま受け入れている。

この時期の温作品について、筆者はかつて「二項対立的な同一性の捉え方を撤廃し、「完璧な」言語内部の階層構造への編入を拒絶し、支配的言語の権威による貶斥を拒否することにもなる。つまり、支配的言語とその話者の強固化に加担しないことが重要なのである」[16]と指摘し、登場人物のアイデンティティの揺れと限界を論じた。この論点と合わせて、咲蓉の内心で行われた倫理的な「対話」を考えると、「両者とも是なり」と「両者とも非なり」の間で揺れ動いている状態それ自体を維持すれば、支配的・二項対立的な言語・階層の強固化を離れ、異なる次元の物語を提出し続けられる。この立場から、複数のルーツを持つ「『真ん中の子どもたち』の特権[17]」意識が芽生えたのだ。

「鳳梨酥」にせよ、「百点満点」や「到着」にせよ、いずれにも日本（語）における「内なる外地」をめぐって、戦前の植民統治が、いまだに日本語を通して旧外地出身の人々の記憶を統御しながらも、そのノスタルジアが親近感や喜びを呼び起こしている矛盾を描き出している。咲蓉の目には、「台湾は、日本人に優しすぎる」というアンビバランスとして映っている。日本語のマジョリティに属する作家多和田葉子も、このアンビバランスに気づき、日本は「母語の外に出ることを強いた責任がはっきりされないうち[18]」は、日本のコロニアリズムによって日本語の学習を強いられている地域の人々に向かって、「エクソフォニーの喜びを説くことも不可能であるに違いない[19]」と自己規制している。

ところが、マイノリティとして作者温又柔は、その「『真ん中の子どもたち』の特権」から、「内なる外地」の老人たちが感じた日本（語）の喜びをも反省する。そしてこの特権は、問いを提起し、「支配的なもろもろの信念に対抗する表明[20]」を構築した。

そして、移動文学の形で、日本読者に自らの歴史や空間に内包されている戦後の責任を意識させることとは、正に、この二項対立的な言語・階層が強固なものとなっている日常から離れた第三空間を生きる作者の特権から生まれた能動性であり、温又柔文学の本質だと思われる。それによって、「空港」を通して反射された「内なる外地」の「亡霊たちの魂の行方」が、「瞬時に顕在化」し、初めて日本の「『戦後文学」はその終焉」[21]を迎えることを可能にするであろう。

四．「他者性」の再構築へ

四・一　差異と平等を混成する

そもそも、移民者の境遇はもともと「混雑（hybridity）」であって、完全なる「異」文化ではない。[22]前述したように、この作中人物の「他者性」は「見た目の類似」性を持っているため、『空港時光』では、「当事者性」と虚構《フィクション》の距離を保ちながら、「他者性」の解釈を再構築する余地がある。

例えば、「異境の台湾人」という短編では、アメリカの留学先で恋仲となった日本人俊一郎とアメリカ育ちの台湾人女性Jessicaが、連れ立ってJessicaの従兄の結婚式に参加する時のカルチャーショックを描いている。中国語が得意でないJessicaは台湾帰省後、両親による中国語と英語の通訳に頼りっぱなしである。上の世代の無条件な愛情により、下の世代のJessicaたちは台湾との心の距離を縮めることになった。このJessicaは、台湾生まれ、日本育ちの「到着」の咲蓉を彷彿させる。両者の設定は一見遠く見えるが、非常に近いのである。

このような距離によって、読者にテクストを作者の自伝的な小説として読ませることなく、本質主義化されている移民のステレオタイプから離れ、虚構と置換の創造的空間を創出することを可能にした。ホミ・バーバがいった「そのように見える」けれど、実質に「似ている」のではないという倫理的な対話空間が開かれ、「特別性」から連想される「他者性」は、実際、置き換え可能だという描写が、他者への接近の契機となる。この共鳴の重なる地域を拡大すればするほど、作中では感情の表現にせよ、言葉の使用にせよ、いずれも他者に近づき、他者との相互理解の可能性に働きかけるのである。

そこで、我々がさらに言えるのは、もしも「外国人文学」か「移民文学」の枠組みで、『空港時光』を「異文化」の文学として理解するならば、文化的本質主義になりかねないということである。なぜなら、それはかつて上野千鶴子が提示した、日本社会の多文化主義の発展の問題点にも繋がっているからである。

多文化主義にはふたつのバージョンがあります。ひとつは〝差異を承認せよ〟という「承認の政治」です。そうなると、お前の差異と真正性（本ものらしさ）を証明せよという要請に迫られます。これが本質主義や特殊主義につながります。もう一方で〝差異はないから同じように扱え〟という平等の要求です。そうなると個人化や普遍主義が進む一方で、特殊な差異は認めない、ということになります。[23]

温の以前の作品「好去好来歌」や『真ん中』などは移民（とその二世）を主人公とする色が濃く、[24]それが「外国人」文学と見なされたのは、文壇がその文学を移民文学と位置づける「本質主義」による結果であろう。温の創作プロセスにおいて、「好去好来歌」の趣旨は、後者の「平等の要求」の要素が強く、『真ん中』に至って「平等の要求」と「差異を承認せよ」の間から、温独自の真ん中の概念を生み出した。

そこで、真にその文学の本質を文学の技法によって伝えることに成功したのは『空港時光』であろう。そして、その本質は、彼女の個人的な混雑性に帰されるのではなく、世界的な視野で、もっと広い世界の現実の枠組みにおいて、自己表象が他者表象を映し出す、パラレルワールドのような環境の対照性を浮き彫りにしている境遇を描くことである。

『空港時光』においては複眼的に各種の人物設定をすることで、「純正」の日本人や台湾人をめぐる思考を、「対話の能動性」に変え、異なる方向へと切り替えるのである。

総じていえば筆者は、「アイデンティティの政治」を、三節で論じた「あの子は特別」という一文の反転の例のように、社会から貼られた否定的な価値判断のスティグマを積極的に受け止めた上、価値判断をひっくり返す行為と定義してみたい。そうすることで、「文化的本質主義」を活かす時にはマイノリティ・マジョリティグループを対立させやすいという弊害があることに気づかせ、アイデンティティの流動性を保ち、本質主義の硬直化に陥るのを避けることを常に意識することになる。こうして、アイデンティティの強調と否認に拘らず、同時かつ戦略的に主流と相互の「混雑」化を進めることで、「他者表象」に「自己表象」を投影することも、社会が期待する「他者性」と交渉し対抗する過程になる。

四・二　自己表象と他者表象が連動するメカニズム

ジル・ドゥルーズ（Gilles Deleuze）とフェリックス・ガタリ（Félix Guattari）の名作『カフカ　マイナー文学のために』は、かつてチェコのユダヤ人のカフカがドイツ語で創作したことを例証として、「マイナー文学」の三つの特徴を要約した。それは「言語の脱領土化、個人的な事項がじかに政治的事項につながるということ、言表行為の集団的アレンジメント」[25]となる。『空港時光』に即していえば、その多言語使用が国の領土を超え、集団の記憶としての言語を引用し、異種言語共存の力学を再構築したことは、一点目の実践に相当する。

そして、二つ目の特徴を表す例は、「到着」という短編における、「中華民國籍の男子には兵役の義務がある。咲蓉と笑美のどちらかが男の子だったのなら、父は日本国籍の取得を決意したかもしれない。日本で育った我が子が台湾で兵隊に行かずに済むように。娘しかいないから、父と母は帰化しそびれた」（二二）という表現が当たる。これは、家庭内の個人的決定でありながら、台湾の政治と直接係わる。その力学はアイデンティティの差異と平等をめぐる政治的かつ戦略的な「混雑」化する意思決定の過程を再現した。

そして三点目についてだが、ドゥルーズらは「言表行為の集団的アレンジメント」を、「たとえ作家が周縁にあり、脆弱な共同体から孤立していようとも、この状況のせいで彼はなおさら別の潜在的共同体を表現」[26]することと解釈している。

では、この作品はいかに「言表行為の集団的アレンジメント」をしているのだろうか。日比嘉高は、かつて在日の外国籍を持つ作家温又柔、リービ英雄、そして、海外在住の日本人作家水村美苗、多和田葉子などの越境作家を比較し、言語の「開放性」[27]を強調し、「過去の重荷や抑圧の記憶から言語的冒険を切断しようとする方向」[28]が、彼らの共通点だと指摘している。現に日本文学と比較される「抑圧の記憶」と切断しつつ、この潜在的な共同体は、「内なる外地」として、または置き換え可能の複数のルーツを持つ別の共同体として表現されてきた。

総じていえば、旅行文学での異文化接触による目新しさなどによって他者に向けた視線は、観察者（自己）の主体性と重なることがあることを提示し、互いに峻別されるものではないことが示されている。これこそが、ドゥルーズが言った「言表行為の集団的アレンジメント」である。

温又柔の自己表象の形成過程において、「特別」という言葉は、重要なしるしである。例えば、彼女は二〇一八年『聯合文學』の三九九号のコラムで、「幼い私の中に芽ばえた自尊心は、ようやく自分と他の子どもたちと違う確実な証拠を見つけた。私は、台湾人。だから特別だ」として過去を吐露している。重層的なアイデンティティを持つ温又柔は、この創作の姿勢により、『空港時光』ではたとえ「他者表象」をしても、「代弁者」に足るだけの「自己表象」の色を反映させている。そして、この「互恵的に調整する」ための、「自己表象」と「他者表象」が連動するメカニズムが、彼女が創作する上でのもう一つの「特権」となる。

例えば、「台湾は、日本にやさしすぎる。」と類似する感慨は、吉田修一もかつて台湾高速鉄道の物語『路《ルウ》』を書く時、日本人作家としての立場から触れたことがある。但し、吉田の「純正」なる日本人の立場により、彼が描く「湾生」葉山勝一郎老人は、戦前台湾で親しかった友人呂燿宗を貶し、そしてその愛する女性を奪い取った。戦後、葉山が台湾を訪ね、呂燿宗に謝って、こう言った。「俺たちの友情を裏切った。自分たちの友情を踏みにじった。どんなに詫びても許してもらえるようなことじゃない。でも、この六十年の間ずっと後悔しながら生きてきた」（四二四）。そして呂燿宗は葉山を慰め、「俺たち台湾人ってのは、つらかったことより、楽しかったことを覚えているもんなんだ。」（四二五）と言った。男涙を流した葉山を見ながら、続いて、「……でもな、勝一郎、それを教えてくれたのは、あんたら日本人なんだぞ」（四二五）と返事した。

ところが、こうした描写は、当時、日本人評論家の新井一二三から「宗主国の姿勢の嫌い」[29]があると批判された。だが、吉田の描写は多かれ少なかれ、一部の台湾人の寛大さを描き出しており、それは一部の事実を反映しているが、やはり吉田が日本人であるがゆえに、「他者を表象する」正当性が疑われ、「他者による表象」としか認められなかったといえよう。

そこで、ここで言えるのは、「言語」はパスポートのようなものだということだ。テクストにおける異種言語共存（Heteroglossia）の言語使用は、恰も多重国籍者が複数のそれを持つように、「空港」という第三空間であれば、異なる人物に自由に感情移入しやすくなる。しかしながら、「パスポート」も「言語」とまた同じく、ある種の法律の規則、或いは暗黙の了解で境界線を作りえるものだが、いずれも期待されている「他者性」そのもので、当事者の感情の自由な流れを制限することはできない。

『空港時光』に収められたエッセイ「音の彼方へ」の中で温又柔はこう言った。一旦、パスポートという「生命線を絶たれたその旅行者は、通行権を与える権限を国家が独占する世界のなかを、あてもなくさまようしかない」（一三四）。ところが、中華民国のパスポートを持つ咲蓉が「日本は、わたしにとって、外国じゃありません」（一二九）と思うように、気持ちは国籍を凌駕する存在で、パスポートによって定義されるものではない。「自分と翠蓉は、逆だったかもしれない。台湾で育ったわたしと、日本で大きくなったあの子」（一三〇）の二人が共鳴し合う可能性、そして人生は置き換え可能だと想像する自由は、「言語」と「パスポート」に制限されることはないだろう。「他者」への関心を高めること自体が、自・他表象を連動させるだけでなく、両者の境界線、また「他者性」とも言えるものをも再構築させるのである。

五．終わりに「他者性」から「相互主体性（intersubjectivity）」へ

本稿は、「空港」を、国籍や各国語の不断に接触・隣接関係を生み出す「内なる外地」と見なすことによって、それが言語的・民族的な「区別運動」のバランスの取れない「第三空間」に変じたことを指摘した。この空間で展開された「移動文学」は、「瞬時に顕在化」した他者との「類似性」を描くことによって、自我と他者に双方向に「他者性」と「特別性」を賦与したと分かった。こうした、自らを「まるで他者が見る通り」に見る表現や、異種言語共存のテクストが齎した衝撃は、「自己表象」と「他者表象」を連動させるメカニズムを創り出した。

やがて、そこでは、フッサール（Edmund Husserl）が言う「相互主体性（intersubjectivity）」[30]が生まれ始め、即ち「世界経験は、私のまったく私的な経験なのではなく、共同体経験である」[31]という置き換え可能な「言表行為の集団的アレンジメント」に繋がる。

付記：本稿は、二〇二〇年五月三一日、早稲田大学とオンラインで開催された「日本台湾学会第二二回学術大会」で発表した内容に基づいてまとめた「在日台湾人作家温又柔『空港時光』研究：「内なる外地」と自他表象の連動」（『立命館言語文化研究』三三巻一号、二〇二一年）を更に加筆、修正をおこなったものである。コメンテ

ーターの川口隆行氏から多数の貴重なご助言をいただいた。なお、本成果の一部は台湾科技部研究計画（MOST 108-2410-H-160-003-）の助成を受けたものです。ここに記して合わせて感謝の意を表したい。

注

（1）西成彦「外地巡礼――外地日本語文学の諸問題」『外地巡礼――「越境的」日本語文学論』（みすず書房、二〇一八年）、二六四頁。

（2）二〇〇二年六月一九日、台湾交通大学主催の「文化研究国際キャンプ」でHomi K. Bhabhaが講演した「The Question of Solidarity Today: Rethinking Albert Memmi」という内容は、その後、霍米・巴巴（Homi K. Bhabha）著、蘇子中訳（2006）「探討梅密及後殖民之協力問題」、劉紀蕙編『文化的視覺系統Ⅰ：帝國―亞洲―主體性』（麥田出版、一三八-三九頁）に収録されている。原文は「將「相似性」的權利作為對平等中含有差異的要求，包含兩種雙重身分認證。首先，這裡有對於帶有文化價值的不完全的（或具間隙的）身分認證要求――我們的與對方的――這要求不允許我所描述的「分辨運動」達到平衡。……「看起來像」――它必須容許地位、階級與權力層級化所產生的曖昧、矛盾與反抗，為了創造互相與互惠的斡旋機制而必須發言與調整。……不用說，雙重性不是關於想像領域中的「配對」。我在這裡建構的雙重性，其中主體視他自己「如同他者所見」，是一種團體效應的過程。是「不確定性」令人不安的那一刻挫敗了「二元」的肯定確認，而超越了自己自足「配對」的不斷重複之外，而朝向對談的「第三空間」。這就是相似性在論述的符號中「瞬間顯像」的空間」。日本語訳は筆者による。

（3）大原一城「Interview: 温又柔さん　空港の興奮から着想　日本と台湾、多角的視点で描く」『毎日新聞』東京夕刊、二〇一八年七月一八日、四面。

（4）西、『外地巡礼』、二九四頁。

（5）謝惠貞「互相註解、補完的異語世界――論東山彰良『流』中的文化翻譯」『臺灣文學學報』二九号、二〇一六年、一三八―四四頁。

（6）ホミ・K・バーバ『文化の場所――ポストコロニアリズムの位相』本橋哲也訳（法政大学出版局、二〇一二年）、三七八頁。

（7）バーバ、前掲書、三七九頁。

（8）例えば「婊子」は私生子を罵る言葉ではなく、性生活が乱れている女性を指すので、「息子」という作品の男性主人公の冠字に使用するのは的確ではない。

（9）例えば「到着」で「箸を持つ手がとまった咲蓉にむかって、――ウ・パー・ボ？祖母がたずねる。咲蓉が、チョ・パア、と祖母にむかって笑ってみせる」（一二八）という表現は、その片仮名の部分は、台湾語か中国語か、何の意味かはまったく説明されていない。

（10）土屋勝彦は、かつて『越境する文学』（水声社、二〇〇九年）で、「移民文学と「国民文学」との境界付けは、文学規範との境界付けにつながる。……文学のナショナルな価値付けは、論理的に考えればたんにナショナルなものに過ぎず、文学的とはいえない」（一二一頁）と批判した。

（11）西成彦『バイリンガルな夢と憂鬱』（人文書院、二〇一四年）、一四九―一五〇頁、二六九頁。

（12）西、『バイリンガルな夢と憂鬱』、二六九頁。

（13）西、『外地巡礼』、一六一頁。

（14）西、『外地巡礼』、一六二―一六三頁。

（15）荷米・巴巴（Homi K. Bhabha）著、蘇子中譯「探討梅密及後殖民之協力問題」、劉紀蕙編『文化的視覺系統Ⅰ：帝國―亞洲―主體性』、（麥田出版、二〇〇六年）、一三二―一三三頁。原文は「倫理上的衝擊並不是來自他者的「差異」，相反地卻是來自突然，憑藉著突然「相似性」或是某物或憖人的近似，「看起來像」，卻又不實質「相像」，在日常生活占據了一個空間。……――種族主義者仍抱持他的信仰――至少倫理約定的條件……一種存在的衝擊開啟了倫理的「對談」」。日本語訳は筆者による。

（16）謝惠貞「「国語」への質問状――在日台湾人作家温又柔「真ん中の子どもたち」を中心に」『台湾日本語文学報』

四二号（二〇一七年）、四九頁。
(17) 温又柔は「「中間的孩子們」的特權」（台北：『聯合文學』四〇六号、二〇一八年八月）で、「過去に、こうするように考えた自分のために、私は「真ん中」で書く。……「両者とも是なり」と「両者とも非なり」の間で揺れる私は、最大限に私に付与された「特権」を生かす」（六三頁）と自らの創作意図を吐露している。
(18) 多和田葉子「8　ソウル　Seoul　押し付けられたエクソフォニー」『エクソフォニー——母語の外へ出る旅』〈岩波現代文庫〉（岩波書店、二〇一二年）、七一頁。
(19) 多和田、前掲書、七一頁。
(20) スーザン・ソンタグ『良心の領界』木幡和枝訳、（NTT出版、二〇〇六年）、二五四頁。
(21) 川村湊『戦後文学を問う——その体験と理念』〈岩波新書〉、（岩波書店、一九九五年）、二三七頁。
(22) 塩原良和『共に生きる：多民族・多文化社会における対話』（弘文堂、二〇一二年）、一〇二頁。
(23) 朴鐘碩・上野千鶴子ほか『日本における多文化共生とは何か——在日の経験から』（新曜社、二〇〇八年）、二一五‐一六頁。
(24) 謝、「「国語」への質問状」、三一頁。
(25) ジル・ドゥルーズ、フェリックス・ガタリ『カフカ　マイナー文学のために』宇野邦一訳、（法政大学出版、二〇一七年）、三二頁。
(26) ドゥルーズ、ガタリ、前掲書、三〇頁。
(27) 日比嘉高「越境する作家たち——寛容の想像力のパイオニア」『文学界』六月号（二〇一五年）、二二四頁。
(28) 日比、前掲論文、二二五頁。
(29) 原文は「宗主國心態之嫌」。新井一二三「新井一二三：新時代日台文學」『名人堂電子報』二〇一二年一二月一三日。https://paper.udn.com/udnpaper/PID0030/228582/web/（二〇二〇年九月二四日確認）
(30) フッサールなどの現象学者が提唱した概念。相互主観性や、共同主観性ともいわれる。『ブリタニカ国際大百科事典 小項目事典』によれば、「純粋意識の内在的領域に還元する自我論的な現象学的還元に対して、他の主観、他人の自我の成立を明らかにするものが間主観的還元であるが、それは自我の所属圏における他者の身体の現出を介して自我が転移・移入されることによって行われる」となる。https://kotobank.jp/word/%E9%96%93%E4%B8%BB%E8%A6%B3%E6%80%A7-48882（二〇二〇年四月二五日アクセス）

（31）浜渦辰二「他者と異文化――フッサール間主観性の現象学の一側面――」『哲学年報』第四九輯、九州大学文学部紀要（一九九〇年）、一〇一頁。

表一（括弧内の数字はページ数）

<table>
<tr><td rowspan="10">音訳</td><td>(1) 中国語の漢字に中国語の音声を日本語で表記</td></tr>
<tr><td>爸爸《ババ》（73、76、77、78）、媽媽《ママ》（73、76、77）、大哥《ダアグエ》（73、74、78）、迪化街《ディーホアジェ》（84）</td></tr>
<tr><td>(2) 中国語の漢字に日本語の音読みを表記（漢字訓読）</td></tr>
<tr><td>閩南《びんなん》（101）、咲蓉《しょうよう》（108）、台鉄《たいてつ》（170）</td></tr>
<tr><td>(3) 中国語の漢字にピンインで漢字の音声を表記</td></tr>
<tr><td>成龍《ChéngLóng》（8）、詩婷《Shītíng》（16、24）、怡婷《Yítíng》（17）、阿伯《apeh》（17）、不知道《bùzīdào》（20）、阿姆《àmǔ》（25）、雅鈴《Yālíng》（26）、怡君《Yíjūn》（26）、再見《zàijiàn》（27）、拜拜《byebye》（27）、進《jìn》（28）、護照《hùzhào》（36）、兪涵《yúhán》（38）、圓山大飯店《Yuánshāndàfàndiàn》（39）、文健《Wénjiàn》（47）、文誠《Wénchéng》（49）、咖啡《kāfēi》（66）、冠宇《Guānyǔ》（71）、役男《yìnán》（75、78）、翠蓉《Cuìróng》（110）、千晴《Qiānqíng》（117）、貴族《guìzú》（118）、單身貴族《dānshēguìzú》（119）、志豪《Zhìháo》（119）、我們國家《wǒmengguójuā》（121）、温柔《wenrou》（152）、西班牙《xībānyá》（153）、同胞《tóngbāo》（155、156）、娜路彎《nàlùwān》（158）、芭樂《bālè》（160）、番石榴《fānshìliù》（161）、臺鐵《táitīe》（170）、金針花《jīnzhēnhuā》（171）</td></tr>
<tr><td>(4) 日本語で台湾語（閩南語）の音声を表記</td></tr>
<tr><td>鳳梨酥《オンライソー》（目次、81、87、89、90、92）、阿姑《アゴー》（48）、米粉《ビーフン》（59）、魯肉飯《ローバーペン》（59、116）、牛肉麵《グーバーミー》（59）、婊子《ピアウギャア》（74）、寛臣《クワンシン》（95）、阿梅《アーメイ》（114）</td></tr>
<tr><td>(5) 日本語の片假名のみで台湾語（閩南語）の音声を表記</td></tr>
<tr><td>リン・シ・タイワンラン、アイ・ゴン・タイワンウェ（105）、ウ・パー・ボ？（128）、チョ・パア（128）、シアンナ・エタンアネ？（129）</td></tr>
</table>

<table>
<tr><td rowspan="4">意
訳</td><td>(6) 中国語の漢字で日本語の解釈を表記</td></tr>
<tr><td>姐 姐《おねえちゃん》(17、19、20、21、22)、阿 公《おじいちゃん》(19、21、22、23、32)、涼台《ベランダ》(18)、哥哥《にいさん》(20、21、24、51、56)、不知道《知らない》(20)、爸爸《とうさん》(20、22、50)、阿伯《おじさん》(20)、姑姑《おばさん》(20、22、125)、好久沒見《おひさしぶり》(21)、歡迎《ヨウコソ》(25)、你 好《コンニチハ》(27、34)、謝謝《アリガト》(27、34)、明白了《ワカッタ》(27、34)、原來如此《ナルホド》(27、34)、公 寓《マンション》(28)、餐 廳《レストラン》(29)、母 語《ちゅうごくご》(38)、真夜中だよ！《バンイェーネ》(47)、大舅《おじさん》(50、51、55、59)、我們《ぼくたち》(51)、弟弟《おとうと》(51)、狗 去 豬 來《犬が去ってブタが来た》(54)、內 公《父方の祖父》(55)、媽媽《かあさん》(56、115、125)、舅媽《おばさん》(59)、多桑《とうさん》(73、80)、男朋友《かれし》(76、77)、我曾經非常幸福《すごく幸せだったんだから》(79)、內 公《おじいさん》(101)、飛機《ひこうき》(108)、大姑公夫妻《おおおじ》(109)、姑姑《おば》(110)、叔叔《おじ》(110)、小叔叔《おじ》(110、119)、小姑《おば》(110)、小阿嬸《おば》(119)、捷運《ちかてつ》(112)、翠容《ミドリ》(112、118、129)、堂兄弟姊妹《いとこたち》(1123)、阿姨《おばさん》(114)、一個人？《ひとり》(114)、晚飯準備中《ごはんじゅんびちゅう》(114)、不 用《いりません》(114)、小叔叔《おじさん》(122)、姑姑《ねえさん》(125)、你幾歲？《いくつ》(144)、不要哭。《泣かないで》(144)、乖孩子《おりこうさん》(114)、台湾《ここ》(149)、奇怪，哪兒有問題《なんてこった。何がいけないんだ》？(155)、您有沒有戴手表等？《腕時計など、所持していませんか》(155)、用筆來歌《ペンでうたう》(158)、誒、你說的是台語！《やあ、台湾語だぞ》(161)、温又柔、你說這個是什麼？《おい、温。これはなーんだ》(162)、多麼無聊、當然是芭樂阿！《うるさいわね、バラァに決まってるでしょ》(162)、我 要 畫 畫！《わたしはお絵かきがしたいの》(172)</td></tr>
<tr><td>(7) 台湾語の漢字表現に日本語で解釈をつける</td></tr>
<tr><td>阿姑《おば》(48、49)、阿伯《おじ》(109)、阿公阿媽《そふとそぼ》(109)、阿嬸《おば》(110)、姑婆《おおおば》(124、125)、阿媽《そぼ》(126)</td></tr>
</table>

<table>
<tr><td rowspan="4"></td><td>(8) 台湾語（閩南語）の音声に日本語で解釈をつける</td></tr>
<tr><td>ナ・ウ・ゴーリン！《冗談でしょう》（31）、アヒァ《にいさん》（48）、ボーアンナ《なんでもないの》（48）、
ビェン・ファンロー《心配しなくていいよ》（48）、ワ・シーザイヤ《おれがいったい》、ワ・ゾン・シャメ！《なんの罪をおかしたという》（49）、
パイミャアエギンナァ《かわいそうな子ども》（49）、
リーリゴン、ベ、リゴン、ベ、ツァア・ワ・キ・グァ・フジサン？《おまえ、このおれを富士山に連れていってくれるといってるのか》（54）、
エイ、リ・アンナァ《あら、お父さんどうしたの》（58）、ナア・アネ・ゴン《何てこと言うのよ》（99）、イ・ゴン・デョー《この子の言うとおり》（100）、
グン・シン《おれたちの神様》（102）、リップンラン・ドゥイ・グン・チンホウ《すごくよくしてくれるわ、わたしたちにも》（104）、
リン・シ・タイワンラン《おまえたちも台湾人なら》、アイ・ゴン・タイワンウェ《台湾語を話せ》（105）、
ベヤウキン《だいじょうぶ》（115）、イン・チョ・コーレン《かわいそうよね》…（128）、
ナ・ウコーレン？《かわいそうなものか》（128）、アネホーボ？《そうではないでしょうか?》（144）、
レ・リップン、ベータンチャアバラァ！《日本では、バラァは食べられないのよ》（160）</td></tr>
<tr><td>(9) 中国語の漢字に中国語の音声と注釈（または註解のみ）をつける</td></tr>
<tr><td>台湾式の料理（清粥＝お粥、油條＝塩味をつけた小麦粉で作った揚げパン、鹹菜＝台湾風漬物、などなど）（159）</td></tr>
<tr><td rowspan="4">二重翻訳</td><td>(10) 西洋の概念の中国語に日本語の翻訳を併記</td></tr>
<tr><td>帥哥《ハンサム》（32）、白色恐怖《テロ》（54）、護照《パスポート》（57、59）、登機證《ボーディングカード》（57、59）、
珍珠奶茶《ボールミルクティー》（66）、水果茶《フルーツティー》（66）</td></tr>
<tr><td>(11) 日本語にある外来語に、英語で解釈する</td></tr>
<tr><td>中国語《Chinese》（37）、纖細《sensitive》（39）</td></tr>
</table>

戦争と「同志」叙事
――大島渚『戦場のメリークリスマス』から明毓屏『再見、東京』へ

三須　祐介

はじめに

（1）「同志文学」と戦争

「同志文学」[1]すなわち同性愛を始めとしたセクシュアル・マイノリティを表象する文学は、一九九〇年代の台湾文壇においてようやくその存在感を示し始めたようにみえるが、しかし視線を中国大陸へと向けてみれば、一九二〇年代以降、例えば創造社の郁達夫（一八九六―一九四五）や葉鼎洛（一八九七―一九五八）などの作品[2]に、少なからぬ「同志」叙事[3]を見出すことができる。しかし戦争の時代に入ると、とりわけ四〇年代になると、管見の限りそのような小説は目立ってすくなくなっている[4]。戦争という非常事態のもとでは、文学はたやすく戦争や国家（ナショナリズム）に動員される。国家制度とその中核

となる家父長制を強化するためには、異性愛を逸脱する叙事が排除されてしまうということなのかもしれない。

しかし一方、とりわけ男性あるいは女性のみが閉鎖的な空間に置かれるとき、そこには同性間の曖昧な関係性が顕現しやすくなるということもあろう。たとえば、軍隊や学校といった空間における男性同士のホモソーシャルな関係において、ホモソーシャルの表面的な絆を強固にするためのホモフォビア（同性愛嫌悪）は、ホモエロティシズムとの微妙な共犯関係を結んでいることは夙に指摘されている。[5]しかも、このような状況下における「同志」叙事は少なくない。言い換えると、軍隊という閉鎖空間における「同志」叙事あるいはそれに類似した叙事は実体としての戦争描写を必ずしも必要としない。たとえば、履彊の自伝的小説集『少年軍人紀事』（一九九九）や詩集『少年軍人之恋情』（二〇〇五）のなかには同性間の親密な感情や情欲を読み取ることが可能だが、しかし戦争そのものとは相当に距離がある。[6]

（2）見えざる「他者」との邂逅

さらに指摘すべきことは、戦争そのものとの距離が遠いだけではなく、「敵」の表象が存在しないか曖昧であることであろう。たとえば、日本映画『男たちの大和』（佐藤純彌監督、二〇〇五）においては、生死を共にしようとする見習士官同士の親密な感情が読み取れ、戦争そのものの残酷さも描写されている。しかしここには「他者」としての「敵」が不在であり、生身の「敵」の身体や表情といったものが捨象された、冷酷な戦闘機による攻撃があるのみである。このように戦争とのつながりをもつ「同志」

叙事は、往々にして「他者＝敵」の姿が見えない状況下で描写される。しかし、戦争からは遠く離れたホモソーシャルな閉鎖空間という条件で、「他者」の介在を必要としない「同志」叙事が存在する一方で、「他者＝敵」との邂逅とその緊張関係のなかにホモエロティックな情欲は表現されうるだろうか。そしてそのような「他者＝敵」との関係性は、「同志」叙事にどのような影響をもたらすものなのだろうか。

この問題について考えるとき、大岡昇平の作品『俘虜記』を参照することができるのではないだろうか。大岡は一九四四年（昭和一九年）に召集され、フィリピンのミンドロ島に出征し、翌年米軍の捕虜となった。その経験を一九四八年のデビュー作『俘虜記』として世に問うことになる。

ここでは、俘虜生活における余興の女装（女形）について描写された「演芸大会」ではなく、冒頭の「捉まるまで」について考えたい。[7] ここでは、主人公であり語り手の「私」が日本の部隊の一員としてミンドロ島を巡邏する様子が描かれる。昭和一九年一二月、米軍が上陸するが、すぐには追撃を開始しなかったため、「私」の所属する部隊は「絶望的状況ではあっても」、「比較的呑気で」[8] あった。しかしマラリアの流行が部隊の戦力を消耗させてゆく。米軍に包囲された部隊は瓦解し始めるが、マラリアに罹患した「私」は部隊とともに退却することが叶わず、ひとり山中を徘徊する。死が近づいていることを覚悟しながら、だからこそ米兵に遭遇しても殺さないと考えたのだった。

私が今ここで一人の米兵を射つか射たないかは、僚友の運命にも私自身の運命にも何の改変も加えはしない。ただ、私に射たれた米兵の運命を変えるだけである。私は生涯の最後の時を人間の血で汚したくないと思った。

米兵が現われる。我々は互に銃を擬して立つ。彼は遂に私がいつまでも射たないのに痺れを切らして射つ。私は倒れる。彼はこの不思議な日本人の傍に駆け寄る。この状況は実にあり得べからざるものであるが、その時私の想像に浮んだまま記しておく。私のこの最後の道徳的な決意も人に知られたいという望みを隠していた。(9)

『俘虜記』はこのような生と死のはざまでの「殺さない／殺したくない」というある種のっぴきならない思考のなかに見える冷徹な自己省察そのものが注目されることが多い。ここでは「私」がじっさいに米兵に遭遇し、「薔薇色の頬を見た時」、奇妙な思いにとらわれることに注意したい。

それはまず彼の顔の持つ一種の美に対する感歎であった。それは白い皮膚と鮮やかな赤の対照、その他我々の人種にはない要素から成立つ、平凡ではあるが否定することの出来ない美の一つの型であって、真珠湾以来私の殆ど見る機会のなかったものであるだけ、その突然の出現には一種の新鮮さがあった。(10)

三五歳の「私」は、米兵に対する「感歎」のなかに父親としての感情があることを否定しないが、それを射たない理由にするのは「牽強付会」だとも考察している。その上で、次のように述懐する。

人類愛から発して射たないと決意したことを私は信じない。しかし私がこの若い兵士を見て、私の個人的理由によって彼を愛したために、射ちたくないと感じたことはこれを信じる。(11)

結局、「私」は米兵を射たず、米兵も「私」に気づくことなく去っていく。米兵との邂逅についてのこのように複雑な省察のなかに、「私」の米兵に対する名状しがたい欲望を読み取ることは可能であろうか。「私」の自己省察は、父親としての感情や人類愛の間を逡巡しつつ、核心にあるはずの名前のない感情の輪郭をなぞろうとしているようにも感じられる。それは、次のような確信犯的なエピソードの巧妙な挿入とも関係しているようだ。「私」の友人である「放蕩者の画家」は中年になって娘を持つ父親となるが、「以来二十歳前の少女に情欲を感じ」なくなり、「彼が認めた感覚的な美に対して正常な情念が起きなく」なったという。(12)このエピソードは、親としての愛情と性的欲望の間の境目が不明瞭であること、言い換えれば、その二つの情感が連続している可能性を示している。わざわざわかりやすい異性愛の事例を挙げて、「私」の米兵に対する感情がなんであるかを示唆しているといえないだろうか。

大岡の『俘虜記』は、戦争という非常時における「他者＝敵」との邂逅がどのように同性間の感情や情欲あるいは「同志」叙事をうみだしているかを考えさせる小説作品といえよう。

「他者＝敵」との邂逅と「同志」叙事というモチーフについてさらに検討するために、続いて大島渚監督の『戦場のメリークリスマス』（一九八三）を取り上げたい。この映画作品は、日本軍によって捕虜となった英国軍少佐と日本軍大尉（収容所長）の間の奇妙な関係性を中心に描いている。この二人の敵同士の関係性を通して、その叙事と「同志」あるいは「同志」表象の描写がどのように関係しているのかについて検討する。さらに、台湾の歴史BL小説である明毓屏『再見、東京』(二〇一〇)も取り上げ、叙事のなかに現れる明確な「同志」の表象と戦争がもたらした国境を越えた情愛、そして戦争(状態)と「同志」叙事の関係性について検討していく。

一．大島渚『戦場のメリークリスマス』におけるクィアな感情

大島渚(一九三二―二〇一三)は、性や暴力、社会問題にも鋭く斬り込む映画監督として知られているが、台湾の文学とりわけ「同志」文学の周辺においてもその存在感は小さくない。アメリカで生まれたクィア概念を「酷児」と翻訳し台湾への導入に貢献したのは、作家の紀大偉や洪凌らであるが[13]、紀大偉のデビュー作である小説集『感官世界』(一九九五)は、大島渚の『愛のコリーダ』(一九七六)の中国語名である。台湾を代表する映画賞・金馬奨の国際影片観摩展での限定上映が行われたのは一九九二年一一月である。この前後、ポルノか芸術かという議論も行われている[14]。紀大偉は『感官世界』の跋で、高校三年の時に『愛のコリーダ』を観た思い出をつづり[15]、また中学生の時に『戦場のメリークリスマス』にのめり込んだという思い出も語っており[16]、紀大偉と大島渚作品との関係の深さは広く知られている。

『戦場のメリークリスマス』は、ロレンス・ヴァン・デル・ポストの小説『影の獄にて』(一九五四)を原作としている[17]。ここでは、原作との対照は措き、映画作品に絞って検討する。

映画の叙事の「現在」にはふたつの時点、一九四二年と一九四六年が設定されている(正確には、セ

リアズが回顧する少年時代も挿入される)。物語は、日本軍がインドネシアのジャワ島に設置した捕虜収容所における日本軍と外国人捕虜との間の支配と被支配の関係性だけではなく、文化や宗教観などにおける衝突や奇妙な友情を描いている。とりわけ重要なのは、捕虜収容所長・ヨノイ大尉と英国人少佐の捕虜・セリアズの間の曖昧な関係性であろう。物語の大半は一九四二年の収容所において進行し、ヨノイとセリアズの関係のほか、通訳のローレンスとハラ軍曹など、収容所における支配と被支配の人間模様が丁寧に描かれていく。映画の終幕は、一九四六年、処刑を翌日に控えたハラ軍曹を、立場が逆転したローレンスが訪問するというシーンであり、そこではヨノイの刑死も語られる。

垂水千恵は、原作にはない「同性愛」の可能性を喚起するエピソードの挿入によって、大島の映画作品において「ヨノイのセリアズへの関心が同性愛的な感情に拠るものであることを強調している」と指摘している[18]。付加されたもので重要なのは、朝鮮人軍属のカネモトとオランダ兵捕虜デ・ヨンとの間の性的交渉の発覚、カネモトの切腹と同時にデ・ヨンが舌を嚙み切って自殺するというエピソードだろう。当初は性暴力の加害者と被害者のようにも見えた二人の関係は、カネモトとの心中のようなデ・ヨンの自殺によって「同性愛」的感情の結びつきが示唆される。このような日本軍属と外国人捕虜との関係性は、ヨノイとセリアズの関係性を暗示するのにじゅうぶんであろう。

このエピソードも踏まえ、ヨノイとセリアズとの間の曖昧な関係性について検討してみたい。映画の冒頭から、同性間の性的交渉に及んだカネモトを侮辱し切腹させようとするハラの横暴な振舞いとそれに戸惑う通訳のローレンス他、捕虜たちとの間の対照的な関係性が浮き彫りにされる。ハラの横暴さのなかに見え隠れする同性間の性的交渉を揶揄う態度は、ハラじしんの性的関心がそれと地続きであることを暗示しているが、はっきりとした形で可視化されはしない。しかし、軍隊というホモソーシャルな空間において同性に欲望することが禁止されているからこそ残酷な横暴さとしてそれが発露されているともいえよう。むろんそれも、ヨノイとセリアズの関係を暗示させるものだ。

カネモトの切腹を阻止したのは、騒ぎを聞きつけてやってきたヨノイ大尉である。この同性愛的行為の「嫌疑者」を一旦は救うヨノイが、続くシーンで出会うのがセリアズだという点も象徴的である。軍事法廷におけるヨノイの、セリアズに対するまなざしは尋常ではなく、音響効果や、肌脱ぎになるセリアズのショットも加わり、ヨノイの心がかき乱されていることは容易に想像がつく。カネモトを「救った」ように、空砲で処刑を演ずることでセリアズを「救った」ことも、ヨノイのセリアズに対する同性愛的感情を補強するだろう。

セリアズの美しさがヨノイの心をかき乱したように、彼の反逆的な態度もまたヨノイを混乱させる。結局はカネモトの切腹を命じたヨノイだが、その後、捕虜たちに命じた「行」(これはヨノイじしんも実践した)に従わぬセリアズを監禁する。ヤジマ上等兵は夜間、ひそかにセリアズを殺しに向かうが、逆に反撃されてしまう。セリアズは同じく監禁されていたローレンスを救出し逃亡を図るが、ヨノイに見つかり、二人は対峙する。セリアズはヤジマから奪った刀剣を地面に突き刺し、ヨノイとの闘いを放棄する意思を示す。ヨノイも、駆け付けたハラがセリアズを銃殺しようとするのを制止する。二人の感情をそれぞれ代替するように、ローレンスはセリアズに対して「彼(ヨノイ)は君のことが好きなようだな」と言い、(切腹の間際に)ヤジマはヨノイに対して「この男(セリアズ)は大尉を破滅させる悪魔です」と呟いて死ぬ。ローレンスはさらに、ヤジマの葬儀に際して、ヨノイが「君の友人(セリアズ）には失望した」と語るのを耳にする。そして、なぜ「失望」するのかと奇妙に感じるのである。なぜヨノイはセリアズに失望するのだろうか。もしもヨノイがセリアズになにも期待していなければ、失望することもないはずである。「失望」というヨノイの言葉とは裏腹にある「期待」こそが、ローレンスが感じる「奇妙さ」として示される、不可視化されたヨノイの欲望なのである。

ヨノイとセリアズの関係がクライマックスを迎えるのが、儀式のような接吻のシーンであろう。ヨノイは、非協力的な捕虜たちの態度に激怒し、広場で捕虜長を殺そうとする。この時セリアズがゆっくりとヨノイの元に近づき、ヨノイの両頰にそっと接吻する。ヨノイはその場で気を失って倒れ込んでしまう。

ヨノイが一貫して秩序の守護者たろうとする一方で、セリアズは終始反逆者として振る舞い続ける。セリアズのとった重要な反逆的行為のひとつは、絶食の「行」をヨノイが命じた時である。彼は捕虜たちのために赤い花を採ってくるが、花の下には饅頭が隠されていた。詰問をされたセリアズは花を食べてしまう。(19) さらに、ヨノイの前でもその花を口に頰張る。ここで花は、ヨノイの命令に背いて口にした「食物」から、ヨノイの心をかき乱す「感情的誘惑」という象徴性を帯びる。(20) もうひとつの反逆的行為は、上述の接吻のシーンである。それは仲間の捕虜長を処刑しようとするヨノイへの抗議であると同時に、あからさまな愛の儀式ですらあるからだ。この二つの反逆的行為において、セリアズは主体となり、ヨノイは客体化する。捕虜収容所の秩序を顚倒しているのである。スザンネ・シェアマンがいうように、二人は「誇り（プライド）、自尊心や野心において（中略）双子の兄弟のよう」であり、「自文化の価値観に固執し、それゆえ、互いに惹かれながらも、常に衝突してしまう」のは、その通りだろう。

しかし、同性間の感情あるいは情欲という視点からみれば、この挑発的な行為と衝突の発端は、軍法会議での二人の邂逅に遡れるのではないだろうか。その邂逅は、ヨノイがセリアズに向けた欲望のまなざしと、それを察知したセリアズのまなざしの交錯でもあったのである。[21]

ヨノイとセリアズの例は、捕虜をめぐる支配と被支配の非対称的な権力関係のなかで、同性間の感情や情欲は、その権力関係を顚倒させる可能性を孕んでいることを示している。ここでいう「関係性の顚倒」が意味するのは、固定されたかにみえる権力関係が不安定であること、あるいは固定した権力関係に対する懐疑であり、この映画作品のテーマとも繋がるものだろう。作品の終幕でのハラとローレンスの立場の逆転も、変わらない人間的な絆とともに顚倒しても依然として存在する権力関係を示している。さらに、秩序（ヨノイ）と反逆（セリアズ）の間の拮抗について考えるとき、このようなクィアな反逆性が異性愛主義の世界秩序を瓦解することも容易に想像できるだろう。

上述のように『戦場のメリークリスマス』においても、戦争における「他者」との邂逅が、同性間の感情や情欲を如何に醸成していくかを見出すことができた。次節では、台湾の小説を例に、戦争における「他者」との邂逅がもたらすものを検討してみたい。

二．明毓屏『再見、東京』とクィアな「ファミリー（家）」構築の可能性

近年、台湾において日本統治時代を描く文芸作品が次々と生み出されているが、それらは日本統治時代も含めた自ら（と家族）の記憶をさかのぼることで「台湾人」としてのアイデンティティを確認する

営為のように映る。大ヒット作となった魏徳聖監督の映画『海角七号　君想う、国境の南』（二〇〇八）はその代表例であろう。ここでは、日本敗戦によってもたらされた「他者」との別れを起点とした異性間の愛情が描かれている。

一方、明毓屏のボーイズ・ラブ小説『再見、東京』（二〇一〇）では、戦争における「他者」との邂逅とそれがもたらす男性同性愛の物語が紡がれていく。本節では、この作品について分析してみたい。

明毓屏は学生運動世代の台北人女性であり、テレビ局でテレビドラマのシナリオを手掛けた後、青少年向けの小説を書いているという作家である。「教科書では学べない台湾史の深さや温度、この土地とそこに暮らす人々のすばらしさ」を伝えたいという立場が示すように、「台湾人」アイデンティティが創作活動にも反映しているとみてよい。「学生運動世代」とは、政治改革を求めた一九九〇年の三月学生運動（野百合学生運動）に参加した世代ということであり、国民党によって行われてきた抑圧政治に対して批判的な立場であることを示している。

明毓屏による後記によると、全四巻の小説である『再見、東京』は、『高雄故事』の第一部であり、第二部はまだ完成していない。『高雄故事』はもともと映画製作補助金を得て創作したシナリオだったが、創作のための調査で台北と高雄を往復するなかで様々な感情が込み上げてきて最終的に小説として完成したのだという[22]。

物語は、日本時代の最末期一九四五年から国民党時代の一九五〇年まで、日本統治期の終わり、二・二八事件、国共内戦、朝鮮戦争などを背景として、日本海軍の少佐・児玉京智（こだま・けいち）と台湾人労働者・薛東興の間の恋愛関係を主軸に紡がれる。章題に年月日を用い、クロニクル（編年史）の印象を与えるものだが、そこからはオルタナティブな台湾現代史を描こうとする作者の意図を想像できる。

（1）物語の概要

続いて四巻の内容を紹介していく。

第一巻は、一九四五年五月一二日から一九四六年六月二〇日までであり、六つの章で構成されている。日本海軍少佐の児玉京智が旗尾（現在の高雄市の東南部に位置する）の製糖工場に現れると、真っ黒に日焼けした多くの労働者が興味深げに彼を見つめる。そんな労働者たちに対して薛東興は、「口では仕事をしろと怒鳴りながら、自らも我慢できずに美しい日本の将校を何度も見てしまうのだった」[23]。児玉家は山口県の名家であり、製糖工場も児玉家の息がかかった企業であった。この時、工場が米軍によって空襲され、避難中の京智と東興が偶然一緒に倒れ込んでしまう。これが二人の「邂逅」である。ここで東興は京智への性的欲望に気づく。米軍の空襲による被害は甚大で、東興の祖母以外の家族（妻子を含む）も亡くなってしまう。日本の敗戦後、東興と京智は祖母とともに高雄警備府の海軍宿舎で同居生活を送るが、中華民国政府の接収が始まると、京智は捕虜となり行方も分からなくなる。東興はようやく見つけた療養中の京智に対して、「強制送還されてしまうのはわかっているが、君にはどうかここに残ってほしい、そうすれば遠くから君を寂しく思わなくて済むから」[24]と告白するが、京智ははっきりと返事をしない。京智の送還が近づくなか、妻の鈴子（共産主義者）が見舞いに来るが、京智はすでに妻を愛してはいなかった。しかし京智はそれが東興を愛してしまったからだとは、東興に伝えることができなかった。東京帝国大学造船科を卒業した京智の技術を必要とした中華民国海軍によって帰国は許されず、その後、収容施設を脱走した京智は東興に救われ、祖母とともに同居生活を開始する。この時点から、京智は東興の弟、「薛景知」（日本語読みでは京智と同じ発音となる）として生きることになる。京智は中国語も台湾語も話すことができないため、聾唖者という設定となった。祖母は亡くなる前に、京智に対して、彼と東興の間の感情に気づいていたことを暗示する。祖母が亡くなった後にようやく真意を知った京智は、東興に告白することを決意する。

第二巻は、一九四六年八月三日から一九四七年三月二〇日までであり、五つの章で構成されている。京智の行方を追う官憲に見つからぬよう、元の勤務先である唐栄製鉄場に戻ることができずにいたが、祖母の他界後、二人だけの生活となり、彼らはようやく仲睦まじい生活を送れるようになる。警備総部は京智の居場所を突き止めると、製鉄場の密輸事件に関わったことを認めるように迫った。認めれば日本に帰してやるという条件であったが、さらに鈴子が妊娠したことも伝える。結局、京智は中華民国海軍へ協力することになり、鈴子と娘（雪子、中国語名は沐慈）を連れて山口県の実家へと帰ってゆく。しかし、その後鈴子と離婚した京智は、娘と共に台湾に戻り、東興との三人での生活が始まる。京智は中国語を学び、高雄中学の日本人クラスの教師となり、東興は高雄港で船舶解体業に従事する。

第三巻は、一九四七年四月一八日から一九四九年七月一三日までであり、八つの章で構成されている。一九四七年の二・二八事件後、戸籍調査によって京智の戸籍謄本に問題があることが発覚し、日本に強制送還される。東興も逮捕され、沐慈は唐栄製鉄場で養育されることになる。日本に帰国した京智は、鈴子（日本共産党所属議員の秘書となっていた）に東興と娘の行方を捜す協力を求めるが、東興と京智の同性愛関係に気づいた鈴子は、それを京智の家族に暴露する。東興は後に釈放されて沐慈を引き取り、唐栄の援助で船舶解体業の「華興行」を創業すると、東興を熱心に支える女性・瑞珠が出現する。京智と東興はそれぞれ互いに手紙を送るが届かず、連絡がつかない状態が続く。瑞珠は東興宛の京智の手紙を偶然見つけ、二人の同性愛関係を知るが、ますます東興を愛するようになる。仕事で上海に向かった東興は、その帰りに山口県の児玉家を訪ねたがそこは荒れ果てており、京智に会うこともできなかった。京智の同性愛が暴露された後、一家は散り散りとなり、京智は母親とともに東京に出て細々と暮らしながら東興の行方を探し続けていたのである。台湾に帰った東興は、病気の際の瑞珠の手厚い看護に感激し、沐慈の将来を考え、京智の行方も分からないことから、瑞珠との結婚を決意する。

第四巻は一九四九年一一月一二日から一九五〇年六月二五日までであり、七つの章で構成されている。京智は高雄中学の卒業生・小野と再会し、小野の父親が東興の婚礼の席で、雪子（沐慈）を見たことを知る。衝撃を受けた京智は小野に、自分と東興との関係を伝えた。小野は早くからそれには気づいていたといい、京智にとって胸襟を開ける数少ない友となる。東興は、瑞珠の出産の希望に沿うことができず、関係もぎくしゃくとしてくる。京智は、中華民国海軍への協力を条件にようやく台湾への渡航が許されるが、ほとんどの時間を台北で過ごさねばならず、高雄の東興に会いに行くことができずにいた。東興と瑞珠は、従業員と取引先が共産党員だという理由で逮捕され、瑞珠は冤罪にもかかわらず処刑されてしまうが、東興は死刑を免れ釈放された。朝鮮戦争が勃発したため、京智は帰国することになるが、東興が結婚していることは知っていたので、娘を引き取りに高雄に行き、そのまま日本に帰国するつもりであった。沐慈は、実の父親の京智とは疎遠であったため、東興と別れるのを嫌がる。沐慈と京智との関係は落ち着くものの、京智は娘とともに東興のもとに帰り、高雄で共に暮らすことを決意する。

（2）「他者」との邂逅をめぐるテンション

この小説は、戦争の時代を描くとともに、捕虜と同性愛の関係性についても言及している。戦争がもたらした非常事態のなかで、主人公の二人は互に「他者」として邂逅し、情感と情欲の関係を醸成していくのである。しかし、すでに紹介した小説『俘虜記』と映画『戦場のメリークリスマス』と違うのは、戦争の描写がより少ない点と、叙事の重点が将校（後に捕虜の身となる）と庶民との関係性に置かれている点だ。京智が捕虜とされる時間は確かに長くはないが、日本敗戦後の台湾そのものが、京智にとって二重の意味での「収容所」だと仮定する場合、その「（疑似）捕虜」としての時間も長くなるだろう。「二重の意味」とは、『戦場のメリークリスマス』でも確認したように、支配と被支配をめぐる監禁空間である点と、ホモソーシャルとホモセクシュアリティが連続するような情欲空間である点である[25]。

空間だけではなく、さらに時間についても補足する必要がある。確かに物語において、日本との戦争の時間は短く、三か月ほどしかない。しかし、日本にとっては「戦後」になってしまう小説の時間は、台湾や中国にとっては国共内戦の時間であり、中華民国が台湾を接収する横暴なプロセスの時間でもある。まさしく「戦争」の時間が全編に流れているといって過言ではなかろう。

さらに注意すべきなのは、京智と東興の関係性の複雑さである。日本統治期の最終盤とはいえ日本の植民地における「内地人（京智）」と「本島人（東興）」という関係であり、そのすぐ後には「日本（京智）」と「中華民国（東興）」という関係に変化する。前者は、植民者と被植民者という非対称的な関係性とはいえ、「他者」というよりは「（内なる）他者」というほうが妥当であろう。一方後者については「他者」の関係性と言えるが、「他者であって他者ではない」という植民地時代の関係性を内包する捻じれた状況が、二人の関係性の複雑さを物語っている。

関係の複雑さはこれにとどまらない。上記のように叙事の時間設定は日本の敗戦後が主になっているからである。一九四五年の日本の敗戦は、京智を米国（連合軍）の「捕虜」とし、東興を中華民国政府（国民党政権）の「捕虜」にしたということである。日本の敗戦までは、「支配者」と「被支配者」の関係であったものが、その後に「被支配者」と「被支配者」の関係に変わったとも言えるのではないだろうか。京智と東興双方が「被支配者」となる「捕虜」イメージは、順調にはゆかない同性愛の関係性を暗示してもいよう。

叙事の構造からみると、第一巻のテンションは相当に高い。二人が邂逅し、東興が京智に惹かれたことを起点に愛情の物語が展開するはずだが、順調にはいかない。東興が病院で京智に対して（曖昧に）告白するため、読者は容易に東興の京智に対する感情あるいは情欲を想像できるものの、京智ははっきりとした態度をとらず、東興はどう接してよいかわからない。京智の感情は、東興の祖母が他界した後にようやく謎が解き明かされるように可視化される。そのため、第一巻の最後まで一定のテンションが維持される仕掛けとなっているのである。

第二巻以降はこのテンションが消失し、「同性愛関係の暴露」をめぐるテンションへと取って代わる。

しかも、興味深いのは「秘密を暴露（アウティング）」するのは、二人の男のそばにいる二人の女（鈴子と瑞珠）であるという点だ。この他、二人の男の間の物理的な「コミュニケーション不全（届かない手紙、見つからぬ行方）」と、背景となっている政治的な要素がもたらすテンションが物語を推進していく。

京智と東興の関係を理解し、さらに救いの手を差し伸べる登場人物も存在するが、その代表が東興の祖母である。父母と比較して、祖母と孫の関係はやや遠く、（家父長制を象徴するような）祖父ではなく祖母（女性）である点も、援助者としての機能に一定の影響を与えていると思われる。一方で、京智の実家、児玉家は異性愛規範に基づいた保守的な日本の「家制度」の象徴であり、「（京智の）同性愛という秘密の暴露」すなわち「逸脱するエネルギー」によって崩壊してしまうのも当然の成り行きのように思える。

（3）二人は通じ合えるのか？：コミュニケーション不全の効果

言語はこの小説の問題の一つである。と同時に小説の形式ゆえ、言語の問題に直面せざるをえないのもまた事実である。国家間（あるいは地域間）の戦争は、敵対する（あるいはせざるを得ない）人間同士の言語によるコミュニケーションに影響を与える。京智と東興（日本語）、東興と祖母（台湾語）、東興と外省人（中国語）、米軍と京智（英語）、そして京智と沐慈（台湾語と日本語の混淆）、それぞれの言語コミュニケーションは一様ではないが、小説でそれを細かく処理することは難しい。

実際に言語のコミュニケーションは必ずしもうまくいかないが、しかしその順調にいかないコミュニケーションが小説じたいを豊かにする可能性もある。この点からいえば、東興の祖母が死を前にして、京智とのコミュニケーションを図ろうとする場面は注目に値する。


「おまえじゃない、京智に話してるんだ」祖母は東興の顔を押し戻そうとした。

薛東興は意表をつかれたようにそっと首を振った。「京智には理解できないよ」

(中略)

京智が近づくと、祖母は笑った。彼女は笑いながら京智の耳元で糸のような息をそっと吐きながら、「昔嫁いだばかりのころ、お前みたいな海軍さんをこっそり好きになってしまったの、おじいさんは知らないことよ」祖母はいつもと同じような明るい笑顔を見せようとしたが、病による憔悴は隠すことができない。「もうおまえを好きになるには年を取りすぎてしまった、東興に譲ることにするわ」(26)


このシーンにおいては、京智は祖母の言葉を理解することができず、東興は祖母の言葉が耳に入らない。このコミュニケーションの不可能性は実際には彼らの関係性を促す契機となっている。祖母は京智に台湾語の歌を教えようとするが、京智は結局覚えることができなかった。祖母の死後、京智は歌詞の内容を東興に尋ねるが、東興はどうしても日本語に翻訳することができず、大意を伝えることしかできなかった。しかし京智はその歌に込められた恋慕の情を知り、祖母が二人の関係を知っていたことに気づくのである。

コミュニケーション不全による謎の生成が、恋愛物語を推進するひとつの鍵になっていると言えるだろう。

（4）「家」の解体と再構築

京智と鈴子の間に誕生した娘・雪子（沐慈）はこの小説のなかでどのように機能しているだろうか。小説の終盤における大団円は、紆余曲折を経た京智と東興の関係性の再構築を意味していると言えよう。それは言い換えれば、同性間のオルタナティブな家庭の構築を意味している。この小説を単純な同性間の恋愛物語と見なすのであれば、京智と東興の物語で充分なはずであり、雪子は余計な存在となってしまう。しかし、雪子も含む三人の関係からみれば、この小説の主題は「恋愛の情」だけに収まらず、「親子の情」の重要性が顕在化する。

実際、彼ら三人が新しい家庭を構築する条件は、すべて巧妙に処理されて整っている。東興の家族は米軍の空襲により死亡し、その後祖母も死去した。東興と結婚した瑞珠も刑死している。京智は鈴子と離婚して長い時間が経ち、その鈴子によって同性愛を暴露されたことが原因で実家の児玉家からも放逐されている。すなわち、二人のもともとの「家」はすでに徹底的に解体され失われているのである。物語の終盤で、京智は「家に帰りたい」と東興に言うが、東興は「京智は日本（の家）に帰りたいのだ」と当初誤解してしまう。しかし、その「家」とは、三人が共に新たに構築する「家」のことだったのである。

物語が終盤を迎える一九五〇年六月の小説の時間では、同性婚はファンタジーである。もちろん、この作品における大団円は、三人が「家」を構築しようとするところで終わっており、その後の三人と新たな「家」の行く末は想像するほかはない。だが、戒厳令下の台湾では、現実的にはこの「家」の存続は難しいだろう。一方で、一九八七年には戒厳令が解除され、一九九六年に初の総統選挙を経て二〇〇〇年には政権交代を実現するなど、民主化プロセスのなかでセクシュアル・マイノリティの人権をめぐる社会運動も存在感を示すようになった。同性婚が合法化された二〇一九年時点から振り返れば、二〇一〇年という本小説刊行時には、京智と東興のオルタナティブな「家」の想像を、もはや単純なファンタジーとして片付けることはできない社会的状況が醸成されていたといえる。

雪子が話すのは「日本語と台湾語が混じった言葉」(27)だが、その不完全な言葉として象徴的なのが「一起家」である。「一起」は「いっしょに」という意の副詞であり、「家」は名詞なので組み合わせとしては誤用となる。雪子が、「おじさん(阿伯)」と慕う薛東興に対して、実の父である京智が「家に帰る」とはどういうことなのか、「つまりあたしたちのおうち(我們家)がいっしょのおうち(一起家)になるってこと?」と尋ねる。(28)ここでは「家」は動詞化する可能性、「一緒に家(族)を構築していく」というハイブリッドな可能性を孕んでいる。そのたどたどしい誤用は、一方では、生みの親(京智)と育ての親(東興)との間の尋常ならざる逸脱した関係性を、しかしもう一方では、オルタナティブな「家」の構築を模索する関係性を、二重に象徴しているとも言えるのではないだろうか。

さらにその二重性は、小説タイトルの『再見、東京(さようなら、東京)』の両義性とも響きあっていることも付け加えておこう。一つには、日本を離れて台湾に留まり、新家庭を築こうとする登場人物の意思が表現され、二つには、「東京」が「東興」と「京智」のメタファーであり、二人の再会を象徴する意味で「再見」が機能していることである。

アジア太平洋戦争の最末期から国共内戦、朝鮮戦争と続く台湾の戦時を背景として、植民者と被植民者の「邂逅」に端を発する二人の関係性が複雑に顚倒しながら進行していくこの小説は、同性間のホモエロティックな絆に留まらず、その絆にとって最も厄介で敵対的な「家」の解体と、オルタナティブな「家」（クィア・ファミリー）の再構築までを展望している。(29) そこでは、この小説が想定する台湾の読者とその社会的文脈が意識されているといえるだろう。

おわりに

『再見、東京』の京智と東興の関係性は、まず最初の「邂逅」において、植民者と被植民者の関係であり、同時にまた、美しさ（京智は作中で何度もその美が強調される）と野性の関係であった。後には、弟（薛景知）と兄（薛東興）の関係にもなったが、それは最初の植民者―被植民者の関係性が顚倒しているとも言えよう。これは、同性愛の関係におけるジェンダー役割を、女性性と男性性という単純な構造に置きかえており、わかりやすさはあるにしても、異性愛規範をなぞっているともいえるだろう。いわゆる「攻め―受け」というボーイズ・ラブの典型的な役割分担ともいえる。作品の中では具体的な性愛表現は非常に抑制されているが、それによって読者にとってはイマジネーションの余地が残されているといえるだろう。

植民―被植民の間の恋情といえば、上述した魏徳聖監督の映画『海角七号』が挙げられよう。この作品で描かれるのは異性愛の恋情ではあるが、(『再見、東京』と重なる)日本統治期最末期と現代の二つの時代設定がなされている。前者は、まさしく植民者としての日本人男性教師と被植民者としての台湾の女学生であり、後者は、台湾人の男性と日本人の女性を軸とした物語であるが、男性と女性の関係性を顚倒させているところに監督の巧妙な意図を読みとることも可能である。多田治は、日本人男性教師と台湾人女学生という設定について、当時の「日本と台湾の主従の力関係は歴然で」「男女の固定的な力関係も対応して」いたため、その設定は「自然」だったと分析している(30)。

日本統治期とその後の権力関係が逆転するという『海角七号』の設定は、『再見、東京』における京智と東興の関係性にも通じるだろう。

このような視点で考えると、『戦場のメリークリスマス』における同性間の曖昧な情欲関係は、異性愛規範そのもの(といわゆる軍隊における秩序)を動揺させるだけでなく、ヨノイとセリアズにおける個と個の関係が、国家間の権力関係をも瓦解させるようないわば不埒なエネルギーに満ちているといえる。では『再見、東京』の同性愛の物語においてはどうであろうか。

京智と東興の関係性は、異性愛規範を逸脱しているだけでなく、植民—被植民というコロニアルな関係性とその顚倒というプロセスのなかにあり、それじたいが国家間の歴史的権力関係に一定のインパクトを与えるものである。一方では、恋愛の成就には紆余曲折があったものの、ボーイズ・ラブによくみられるような比較的単純な関係性でもあり、しかも同性愛的な感情そのものに対する明確な苦悩も見られない。仮に男女の関係に置き換えたとしても、物語は大きく破綻することはないだろう。二人の関係は時代や社会の荒波に呑まれることはあっても、『戦場のメリークリスマス』のような強烈なあるいはクィアな破壊力には欠けている。[31] しかしだからこそ、クィア・ファミリーを構築するというイマジネーションを喚起する物語になり得たとも言えるだろう。

大岡昇平『俘虜記』においては、米兵との不完全な「邂逅」が喚起した曖昧な感情と複雑な思考が独白され、相手との関係性が構築されずに終わったが、大島渚『戦場のメリークリスマス』においては、ヨノイとセリアズが「邂逅」し、支配―被支配の関係性のなかで、ホモエロティックな情欲が、捕虜収容所における秩序や異性愛規範に対する脅威として顕在化するが、当事者の死（まずセリアズが刑死し、戦後ヨノイは戦犯として刑死する）[32] によって関係性は潰えてしまう。『再見、東京』においては、京智と東興の「邂逅」は、時代に翻弄されながらも、関係性は持続し、最終的にはクィア・ファミリーの構築へと向かうことになる。

戦争がもたらす「他者との邂逅」は、ときに同性愛的な感情や関係性を生みだすことがある。それは、コロニアルな権力関係や異性愛規範と対峙しあるいは妥協しながら物語を紡ぎだしていくのである。台湾における「同志文学」において、戦争や軍隊といった概念との関係はたやすく見出すことができるものの、現実の戦争からはやや距離があり、それはもっぱら軍隊における同輩や同僚間といったホモソーシャルな空間の物語であることがほとんどで、敵＝他者の存在は不可視化されている。[33]

本論で述べてきた「他者（＝敵）との邂逅」によって切り結ばれる同性愛的な関係性を描く文学は、歴史化された物語のなかにしか存在し得ないとしても、一定の強度を孕みつつ、現在と響きあいながら、現在に問いかけ続けているのである。

注

（1）「同志」は一九九〇年前後から同性愛者という新義としても中国語圏で流通するようになり、現在では性的少数者一般を広く指す言葉である。九〇年代は台湾において「同志文学」が認知されていく時期である。台湾文学においてはひとつのジャンルとしての存在感を放っている。近年の研究書には紀大偉『同志文学史：台湾的発明』（聯経出版、二〇一七年）がある。

（2）郁達夫には「茫茫夜」（一九二二）、「秋柳」（一九二四）など、葉鼎洛には「男友」（一九二七）などが男性間の情愛を描いた作品として挙げられる。この男性同性間の情愛関係について、禹磊「同性欲望叙述中的他者与界限：論郁達夫小説『茫茫夜』『秋柳』」（『中国現代文学研究叢刊』二〇一七年七期）はそれが孕む政治性について論じ、許維賢『従艶史到性史：同志書写与近現代中国的男性建構』（国立中央大学出版中心・遠流出版、二〇一五年）の第三章では「友愛」の修辞学によってそれがあくまでも周縁化されていたことが指摘されている。

（3）本論文では、新義の「同志」が流通する以前の同性愛ひいてはセクシュアル・マイノリティを表象した物語についても、さしあたり「同志」叙事とする。

（4）たとえば四〇年代初期、日中戦争期に上海を風靡した小説『秋海棠』は京劇の女形を主人公とした作品であり、同性愛的描写はあるが、それは嫌悪すべき邪悪なものと位置づけられ、むしろ邪悪なもの（同性からの性暴力）に抗うロジックが、愛国の表象へと変換される。女形の主人公が、同じく性暴力の被害に遭う女学生との異性愛ロマンスによって男性性を回復することにも注意したい。拙稿「『秋海棠』から『紅伶涙』へ：近現代中国文芸作品における男旦と〝男性性〟をめぐって」『立命館文学』六六七号、二〇二〇年、参照。

（5）イヴ・K・セジウィック著、上原早苗・亀澤美由紀訳『男同士の絆：イギリス文学とホモソーシャルな欲望』（名古屋大学出版会、二〇〇一年／原書は Sedgwick, Eve Kosofsky. *Between Men: English Literature and Male Homosocial Desire.* New York: Columbia University Press, 1985）などを参照。

（6）履彊の軍人作家としての同性愛嫌悪の態度と作品中の同性愛的欲望がない交ぜになった矛盾した状況について

は、拙稿「林懐民「逝者」論：「同志文学史」の可能性と不可能性をめぐって」(『ことばとそのひろがり』(『立命館法学』別冊) 第六号、二〇一八) も参照されたい。

(7)「演芸大会」で描写されるのは、俘虜同士の関係性であることから議論の対象からは外すが、もちろんここにおける語り手の意識が「捉まるまで」と潜在的に繋がっている可能性は否定しない。しかし、演芸大会における男性俘虜の女装への欲情は異性愛の代替とも読める。女性になりきった俘虜に対して語り手は「我々が普段見ている女とは、実は女でも何でもないのではないか」(大岡昇平『俘虜記』新潮社、一九六七年、四五八頁) と疑い、イメージとしての「女」をそこに見ていることがわかる。同時に俘虜たちを慰めるものとして挙げられるのは米国の雑誌から切り抜かれた「ピンナップ・ガール」(四七三頁) であることからも、イメージされた非実在の「女」に欲情していることを示しているのではないかと思われる。

(8) 大岡、前掲書、一〇頁。

(9) 大岡、前掲書、三三頁。

(10) 大岡、前掲書、四一頁。

(11) 大岡、前掲書、四三頁。

(12) 大岡、前掲書、四二頁。

(13)「酷児」がクィアの訳語として定着する契機になったのは、『島嶼邊緣』第一〇号 (一九九四年一月) の「酷児Queer」特集と言われており、この特集に関わったのが紀大偉、洪凌らであった。

(14)「〝感官世界〟色情乎藝術乎 若公開上映怕惹起爭議 新聞局決定讓專家學者 關起來門看」『聯合晚報』一九九二年一一月七日、等参照。

(15) 紀大偉「後/感官世界」『感官世界』皇冠叢書、一九九五年、二五九–二六一頁、参照。

(16)「作家十日譚　赫譽翔&紀大偉　第六日対話」『聯合報』一九九七年八月一日、聯合副刊、参照。

(17) 邦訳は由良君美・富山太佳夫訳、思索社、一九八二年。

(18) 垂水千恵「紀大偉は如何に大島渚を受容したか：儀式を中心として」『横浜国立大学留学生センター教育研究

論集』二一号、二〇一三年、六三頁。紀大偉の小説作品「儀式」が大島作品をどのように受容しているかについて論じており、台湾文学作品と大島作品の繋がりの深さが明らかにされている。一方、四方田犬彦は、カネモトとオランダ人捕虜とのエピソードは、物語が「ホモセクシュアリティの禁忌を前提とした空間での出来事」であることを示しているとし、「セリアズとヨノイの間の関係は優れてホモソーシャルなものであって、ホモセクシュアリティを頑強に拒絶する性格」を有していると分析する（『大島渚と日本』筑摩書房、二〇一〇年、一二七頁）。しかしむしろ、二人の間の関係性のなかに、ホモソーシャルとホモセクシュアリティの連続性こそを見出せるのではないだろうか。

(19) その際、日本兵が「Are you crazy?（狂ってる）」と呟くことにも注意したい。

(20) ルイ・ダンヴェール、シャルル・タトムJr著、北山研二訳『ナギサ・オオシマ』風媒社、一九九五年、三二六頁。

(21) 文芸作品における視線（まなざし）と欲望の関係については、廣野由美子『視線は人を殺すか　小説論一一講』（ミネルヴァ書房、二〇〇八年）に詳しい。これを参照しつつ台湾小説における視線と同性への欲望を論じた拙稿「クィアな、蝉の、声：林懐民の「同志小説」を読む」（『未名』第二八号、二〇一〇年）も参照されたい。

(22) 明毓屏及びその作品についての先行研究はほとんどなく、作者による「後記」（『再見、東京』第四巻、二六三―二六五頁）や小説の表紙裏に付された「作家プロフィール」に拠った。明毓屏の生年は不詳。

(23) 『再見、東京』第一巻、一一頁。引用文の日本語訳は断りのない限り筆者による。以下同。

(24) 『再見、東京』第一巻、一一二頁。

(25) 陳千武『生きて帰る』（丸川哲史訳、二〇〇八年、明石書店）は特別志願兵の台湾人青年の視点で、日本軍というホモソーシャルな空間における、コロニアルな権力関係と同性への性的欲望の交差を描いており、この点は西成彦「元日本兵の帰郷」『外地巡礼――「越境」的日本語文学論』みすず書房、二〇一八年）も指摘している。

(26) 『再見、東京』第一巻、二五二―二五三頁。

(27) 『再見、東京』第四巻、二六一頁。原語「臺語日語夾雜不清的話」。従って、実父である京智にも理解できない場合が多い。

(28)『再見、東京』第四巻、二六二頁。

(29)紀大偉は、一九九七年の論考において台湾の小説における男性同性愛の叙事を「放逐」というキーワードで論じ、病理化するなどで周縁化されてきた状況を分析している(「台灣小説中男同性戀的性與流放」林水福、林燿德編『蕾絲與辮子的交歡:當代台灣情色文學論』時報出版、一九九七年/邦訳は久下景子訳「台湾小説中の男性同性愛の性と放逐」垂水千恵編『クィア/酷児評論集:父なる中国、母(クィア)なる台湾?』作品社、二〇〇九年所収)。団円に近い結末に至る作品は歴史的にみても少なく、『再見、東京』の新奇性を読み取ることも可能である。

(30)多田治「台湾映画と沖縄映画を照らしあう――『海角七号』と『悲情城市』、『ナビィの恋』と『ウンタマギルー』のアナロジー論」星野幸代他編『台湾映画表象の現在――可視と不可視のあいだ』あるむ、二〇一一年、参照。他にもたとえば李香蘭主演の松竹映画『サヨンの鐘』(一九四三)においても、日本人男性教師と原住民の教え子(李香蘭)という関係性は、植民地における権力関係と男女の権力関係が二重に投影されていると言えるだろう。

(31)ボーイズ・ラブがナショナリズムとも複雑に関係していることは、金孝眞「BLとナショナリズム」(堀あきこ、守如子編『BLの教科書』有斐閣、二〇二〇年、第一四章)などに詳しい。

(32)もう一組の同性愛を象徴するカネモトとオランダ人捕虜についても、カネモトは切腹し、オランダ人も舌を噛み切って自殺を図り、関係性が潰えることも付記しておきたい。

(33)台湾は二〇一八年一二月に最後の義務役士兵(一年間)の除隊を以て徴兵制から志願制へと事実上移行したが(中華民国国防部は、二〇一八年一二月一七日のプレスリリースで、一九九四年生まれ以降の男子については四か月間の軍事訓練を課すことになり徴兵制と志願制の併用になるとし、「徴兵制が歴史化する」とのメディアの報道を訂正している。https://www.mnd.gov.tw/Publish.aspx?p=75839&title=%E5%9C%8B%E9%98%B2%E6%B6%88%E6%81%AF&SelectStyle=%E6%96%B0%E8%81%9E%E7%A8%BF)、多くの男性にとって兵役は、青年期の通過儀礼として記憶されている（覃事成「吃苦耐操 難忘當兵歳月」『聯合報』二〇一八年一二月一八日）。このため、兵役中のエピソードが「同志文学」のなかで取り上げげられることも多くなっている。例えば、陳弘輝『水兵之歌』（寶瓶文化、二〇〇二年）、皮卡忠『G兵日記Ⅰ〜Ⅲ』（基本書坊、二〇一六年）、陸坡『三三五日軍中手札』（留守番工作室、二〇一九年）などがある。

コリアン・アメリカン文学と日本語の場所

西　成彦

一．サンパウロ市ボン・レチーロ地区

たった三ヶ月ではあったが、南半球は秋から冬にかけてにあたる五月から七月まで、サンパウロ大学の日本文学科に客員講師として招かれ、「浦島太郎と日本」というテーマで授業を担当させていただいたのが、二〇〇二年。ちょうど日韓ワールドカップが開催されていた時期に重なった。

そんなブラジル滞在期に驚きとともに受け止めた知見の数々は、何本手があっても足りないくらいだったが、日韓ワールドカップで韓国が三位になったこともあり、サンパウロ市内の韓国人のプレゼンスを実感したというのは、その数あるなかのひとつだった。

かつて「日本人街」と呼ばれ、ハイウェイの上にかかった陸橋がいまでも「大阪橋」の名で呼ばれているリベルダージ界隈も、いまでは「東洋人街」と通称も改まり、中華料理店や焼き肉ハウスなどがあ

ったり、台湾人が経営する菓子パン屋があったり、中国人が鉄板の上で焼きそばを焼いて、屋台気分を味わえたり、にぎやかさはいまだ健在である。

しかし、知人から聞いたところによると、李承晩時代の一九五九年に外交協定が結ばれ、朴正熙クーデタ後の一九六三年には、貿易協定に加えて、移民協定もまた結ばれた結果、続々と集まり始めた韓国系移民の多くは、サンパウロ市内でもリベルダージではなく、ルース駅北側のボン・レチーロ地区に住みついたとのことだった。

そこはフォードのブラジル工場ができてから一気に発展したと言われ、二〇世紀に入って急増した東欧系ユダヤ人が、いわゆる「スウェット・ショップ」を稼働させて、ブラジル国内の服飾産業の拠点を形成したのがこの一帯で、いまでもウェディングドレス専門店などが軒を連ねる華やかな市街地を形成している。

二〇世紀ブラジル・モダニズムの巨匠で、一九二八年の「食人宣言」Manifesto Antropófago でも有名なオズヴァルド・ジ・アンドラージの名を冠した文化センターが、今ではそこにあり、まさにサンパウロの近代化を支えた地区のひとつが、ボン・レチーロ界隈だった。要するに、そこはニューヨークで言えば、ロワー・イーストサイドやグリニッジ・ヴィレッジ、あるいはハーレム地区に相当する場所だった。

しかし、そんな東欧系ユダヤ人が現地で成功をおさめ、世代交代を進めると、彼らはペルディーセス区の高級住宅地に移り住み、そこに新しくやって来た韓国人が、ユダヤ人の経営する「スウェット・ショップ」で働くようになったとのことだ。その結果として、ボン・レチーロには、コシャー料理を食べさせるユダヤ・レストランもあれば、コリアン・レストランも並ぶという現状がある。

そして、その二〇〇二年以降、何度かサンパウロを訪れているが、そのたびにボン・レチーロには足を向けるようにしている。そして、ここ十年ほどは韓国系のブラジル人が経営する店ではたらいているのは、ボリビア人の労働者だったりするようで、ニューヨークのユダヤ人街がいつの間にかヒスパニックの集住地区になっていったのと同じだなと思った。

二、「セニョール・カイーシャ」こと李箱《イサン》

その二〇〇二年のサンパウロ滞在期、私は渡航費や滞在費に関しては国際交流基金の支援を受けていたから、宿舎も地下鉄〈緑線〉のブリガデイロ駅徒歩三分のウィークリー・マンションを手配していただいていたが、私はブラジルのポーランド人やユダヤ人に関しても興味を持っていた[1]し、その方面をさぐっているうちに、サンパウロには「ペルスペクティヴァ」というユダヤ系の出版社があって、その出店がまさにブリガデイロ街の坂の途中にあったことがわかった。

さっそく出かけてみたら、垂涎ものの本がずらりと並び、ブラジル一のユダヤ系出版社の名にふさわしい本屋だとすぐに理解した。そこでみつけた『イディッシュ短篇』*O conto idiche*（一九六六）は、一九世紀イディッシュ文学の巨匠から、ノーベル賞作家のアイザック・バシェヴィス・シンガー、そしてブラジルを代表するイディッシュ作家、ロザ・パラトニクまで、おもだったイディッシュ作家を網羅しつつも、ブラジル色まで出すように工夫された魅力的な一冊だった。後に私が『世界イディッシュ短

篇選』[2]（岩波文庫、二〇一八）を編むにあたって念頭に置いた何冊かのうちの一冊が、これだった。
　しかも、同アンソロジーには、パラトニクとも親しかったポーランド出身のイディッシュ作家、メイル・クチンスキが長い序文を寄せており、じつはこのクチンスキに関しては、その娘さんがブラジルの治安警察に拘束され、「失踪者」desaparecida となる運命を辿ったことがあり、その娘を家族挙げて助けようと奔走したさまが、作家の息子であるベルナルド・クシンスキーによって「ルポルタージュ」形式で描かれて大きな話題となり、これは『K．消えた娘を追って』[3]として日本語にも訳されている。こうした書籍の日本での刊行は、アムネスティ・インターナショナルなどを通じた人権運動が築き上げた国際的なネットワークの産物とも言えるが、何度目かのサンパウロ滞在中にお目にかかったことのある訳者の小高利根子さんから同訳書を送っていただいたときには、そのふしぎな縁に驚かされもしたのだった。[4]

　しかし、その日、それ以上に驚いたことがある。ペルスペクティヴァの出版物のなかにイーサン（李箱）の『カラスの眼』[5] *Olho de corvo*（一九九九）なる一冊が含まれていたのである。これには、ブラジルが誇る現代詩人、アロルド・ヂ・カンポスが序文を書き、[6]日帝占領期のモダニスト詩人として、あの李箱の代表作が集められて一冊になっていたのだった。日本でもその後、崔真碩《チェジンソク》訳[7]として紹介される李箱の「烏瞰図」が「カラスの眼」と訳されていたというわけだ。

　そして、この出会いから間もなくして、ボン・レチーロ地区における東欧ユダヤ系移民と韓国系移民の深いつながりを私なりに実感することになったのだった。

　私は現地の日系人にもその話をしたが、彼らはこのことにおおむね無関心で、すでにブラジル人の信頼を勝ち得ていた（「ガランチード」garantido という形容詞が広く用いられた）日系人が、新参者の韓国人のために「保証人」garante になってやったことがあるというような、恩着せがましい口調が気にかかった。

三．南米のジャパニーズとコリアン

その後、私はブラジル滞在期にお目にかかることのあった作家・松井太郎さんの主要作品を日本の出版社から刊行できるよう、細川周平さんとともに、国内を奔走したりもして、『うつろ舟』と『遠い声』の二冊[8]を世に出すことができた。それも松井太郎さんの生前に（氏は二〇一七年に他界された。享年九九歳）。

しかし、他方で後の『外地巡礼――「越境的」日本語文学論』[9]でひと区切りつけることのできたプロジェクトとひとつづきのものとして、「南北アメリカ移住地の文学」と「日帝植民地の文学」をともに視野に入れることで、『〈外地〉の日本語文学選』全三巻[10]で編者の黒川創さんが示された「〈外地〉の日本語文学」という枠組みの拡張を試みていた私は、ブラジルやアルゼンチンをはじめとする中南米諸国の韓国人についても、機会があれば、ぜひ知っておきたいとひそかに考えはじめていたのだった。

そんななか、『異郷の昭和文学――「満州」と近代日本』[11]以降、ポストコロニアル批評をふまえた日本語文学研究を牽引してこられ、一九八〇年代に韓国の東亜大学校で日本文学を講じられていたころから培われていた韓国とのつながりを活用しながら、在日朝鮮人の文学を積極的に論じてこられていた川村湊さんが、二〇一一年度から一三年度まで進められた「南米日系移民および韓国系移民による文学の総合的研究」（科研費補助金・基盤研究(c)）の成果として、日本では『増山朗作品集・グワラニーの森の物語』[12]、『ハポネス移民村物語』[13]を世に問われた。そして、これとは別に、同プロジェクトで研究協力者をつとめられた金煥基《キムファンギ》さん（韓国東国大学校）が編者となって『ブラジル・コリアン文学選集』[14]と『アルゼンチン・コリアン文学選集』[15]が全四巻というフルボリュームで刊行された。詩や小説から随筆・評論まで網羅した手の行き届いたもので、そのようなものが政府の助成を得て刊行される韓国と、松井太郎さんのような傑出した文才を持つ移民作家の作品選集を出版市場に乗せて刊行するしか、移民文学の紹介機会が得られない日本とのあいだの差は、なかなか埋められない気がする。日本学術振興会が、こうした国境を越えた共同研究を助成したというだけでも御の字とするよりほかないのだろうか。

ところで、『ブラジル・コリアン文学選集』の「詩・小説」の巻には、金煥基さんの解説文が掲載されていて、ざっと読ませてもらったが、それまで韓国人のブラジル移住が始まったのは、一九六三年以降だと聞かされていた私にとって目を疑うような事実が、そこには書かれていた――「一九五三年に韓国戦争が終わったころ、釈放された反共捕虜五五名（中国人五名を含む）のブラジル行き」[16]と。

そして、まさにこうして目を開かれた直後に、私は米国の韓国系作家、ポール・ユーンの『スノウ・ハンターズ』[17]*Snow Hunters*（二〇一三）に出会った。

ポール・ユーンと言えば、いまでは初期短篇集『かつては岸』*Once the Shore*（二〇〇九）が藤井光訳[18]で簡単に読めるが、当時は、いきなり『スノウ・ハンターズ』に喰らいつくしかなかった。

きわめて切り詰めた言葉の魔力に魅せられるようにして一気に読み通したのが、二〇一四年の二月だったと思う。カーニバルの時期にブラジルを訪問した、ドバイ経由のエミレッツ航空の機内であった。本論では、この『スノウ・ハンターズ』の魅力の一端にも迫りたいと思うが、まずはポール・ユーンが登場する以前のコリアン・アメリカン作家の何人かを、私なりにふり返っておこうと思う。

四　コリアン・アメリカン文学の勢い

現在の韓流小説ブームに比べることはできないとしても、二〇〇〇年代に入ってから、日本では、アジア系アメリカ文学の一翼を担うコリアン・アメリカンの文学への関心が少しずつではあるが高まってきたと言える。小林富久子監修の『憑依する過去――アジア系アメリカ文学におけるトラウマ・記憶・再生』[19]（二〇一四）は代表的なもので、日系作家の場合には、第二次大戦期の収容体験や、原爆被災体験、韓国系であれば、日本軍慰安婦体験から朝鮮戦争体験全般、さらにはロス暴動での被害体験などの「トラウマ的な記憶」に対して文学がどのような「再生」を準備していったのかを論じた読み応えのある論考が並んでいて、そこから多くのことを学ばせていただいた。

日本におけるアジア系アメリカ文学に対する関心は、UCバークレーで教鞭をとられていたエレイン・キムの『アジア系アメリカ文学』[20] *Asian American Literature, An Iroduction to the Writings and Their Social Context*（一九八二）の翻訳刊行（二〇〇二）が、ひとつの目安となるが、同じ二〇〇二年には、一九六三年のソウル生まれで、三歳のときに家族で米国に移住し、一九九五年に『ネイティヴ・スピーカー』*Native Speaker* でデビューしたチャンネ・リー（李昌來）の『ジェスチャー・ライフ』[21] *A Gesture*

Life（一九九九）がまず日本に紹介され、一九五一年のプサン生まれで、朴正熙クーデタにあったあと、国を離れ、家族でハワイなどを転々とした後に、一九六四年にベイエリアに移り住み、UCバークレーでは、映画理論を学ぶなどして、映像作家としても期待されていたテレサ・ハッキョン・チャが三一歳での急死直前に残した『ディクテ』[22] *Dictee*（一九八二）の邦訳刊行（二〇〇三）がこれにつづいた。

　コリアン・アメリカン文学が、金學順《キムハクスン》の名乗り以降、フェミニストのあいだで国際的な論点を提供することになった「日本軍慰安婦問題」に関して、テレサ・ハッキョン・チャはとくに何も語らないまま亡くなったが、その諸作品を受け止める読者の多くは、彼女の提示した問題と「日本軍慰安婦問題」との密接な関連性にそれぞれの形で注目した。

　また『ジェスチャー・ライフ』は、日本軍兵士として従軍したさきで、朝鮮人の軍慰安婦と心を通わせながら、彼女の命を守ってやれなかった過去を背負いながら、渡米した男を主人公にしていたし、論集『憑依する過去』のなかでも、コリアン・アメリカンとして、いちはやく、「日本軍慰安婦問題」をとりあげたノラ・オッジャ・ケラーの『慰安婦』[23] *Comfort Woman*（一九九八）も大きく取り上げられており、「日本軍慰安婦問題」をめぐる日韓の葛藤は、米国在住のコリアン系市民運動家だけでなく、作家たちの深いコミットをも促し、その一部は、順次、日本にも紹介されつつあったのだ。

　ただ、とくに『ディクテ』に関しては、そのフェミニズムに透かし見ることのできるポストコロニアルな観点に注目しつつ、私自身一文を記したことがあるので、[24] そのなかで、「満洲國」の間島《カンド》で学校教師をしていた時代の母親（ホ・ヒョンスン）がハングルで書き残した当時の「日誌」の周囲でざわめいていたであろう日本語や中国語を想起する上で、テレサ自身が、韓国＝朝鮮語を「母語」としながらも、フランス語を身につけた英語表現者であった事実との共鳴という手法を取り入れた点に注目したことだけ、ここでは紹介しておく。

というのは、二〇〇〇年代に日本で紹介されるに至ったコリアン・アメリカンの表現者にとって、日本語は「祖国の隣国の言語」以上でも以下でもないはずなのだが、彼ら彼女らが親世代との関わりを掘り下げていこうとすれば、「外国語」とは言い切れない「日本語」の位置（=「存外」な「地位」というべきか）を無視するわけにはいかないのだ。

ノラ・オッジャ・ケラーの『慰安婦』を読みながら、日本人読者の体が凍りつくとすれば、たとえば次の箇所を読みすすむときだろう。

> 朝鮮人には言葉の才能がある、植民地にされて支配を受けるために生れてきたようなものだと日本人は言う。自分の無能が愉快でたまらないんだね。恐れることも、学ぶべきものも何もないってわけ。でもわたしたちはおかげで救われたんだよ。何を話しても悟られないからね。とはいっても、連中はそんなこと、屁とも思ってなかったんだろうけど。(p. 16)

ところが、主人公の母が、かつて軍慰安所で知り合った仲間のインドクは、「いいかい、お前たち、私の祖国も身体も侵略するな」と「朝鮮語と日本語で」思い切りわめきたて、結局、彼女は「串刺しにされた豚」のように「口から膣まで串を突っ込まれ」(pp. 20-21) て、みせしめのように殺されていった。

主人公の母には、そんなインドクの亡霊（その朝鮮語と日本語）が、戦後も渡米後も、とりついて離れない。

それでも、この母は、何度も死ぬ思いをしながら戦後まで生き延び、白人と結婚して、ハワイで子どもを育てることになる（一九六六年生まれの作者は、ドイツ人の父、韓国人の母とともに、三歳の時からハワイに移り住んだ）。そもそも日朝バイリンガルだった彼女が、解放後は、韓国語と英語の二言語をあやつりながら生き延びる。英語圏で公教育を受けた娘は、そんな母を母としていたわり、思いやりながら生きなければならない。それは、娘のベッカーにとっても針の筵に身を置くような経験だった。

作者がどこまで『ディクテ』を意識していたかどうかは別として、小説『慰安婦』が物語っていることのひとつは、母と娘の言語遍歴だったと言えそうな気がする。何気なく英語で生活をする「アメリカ人」の背後でざわめいている「異言語」の影。

ウィリアム・サローヤンであれ、ジョン・オカダであれ、シンシア・オジックであれ、エドウィジ・ダンチカであれ、米国の移民系作家は、英語を用いながらも、こうした多言語的な環境を描く手段としての英語の活用法にそれぞれの工夫を凝らす。単一言語使用で何不自由なく生きている人々は、そのみずからの「無能が愉快でたまらない」というしかないのだが、そんなお気楽な人々に向けて、複雑な言語遍歴を生き（かされ）てきた人々は、試行錯誤をくりかえしながら、彼ら彼女ら自身の生を懸命に語ろうとする。スキ・キム（一九七〇年韓国生まれで、八三年に米国へ移住）の『通訳』[25] *The Interpreter*（二〇〇三）など、その典型だと言えるだろう。

五．植民地主義と養子縁組

ということで、こんどは、チャンネ・リーの『ジェスチャー・ライフ』を、そこで日本語にあてがわれた役割に注目しながら、読んでみることにする。

チャンネ・リー自身は、精神科医の父に連れられて、三歳で渡米したとのことだが、小説には、「七歳」（新潮社、三二頁）のとき、孤児院から米国にもらわれていった「プサン市生まれの女の子」（八六頁）が登場する。これがどうやら一九六〇年代のことであるようなので、この「戦災孤児」の「少女」は、性別が違いはするが、作家のチェンネ・リーの「分身」のような扱いを受けているとも言えそうだ。

ただ、作家は、家族ぐるみで渡米したのに対して、少女の方は、ひとりぼっちで、しかも米国ではふつうの「アメリカ人」ではなく、「信頼される日本人」として知られる独身の中年男にもらわれてゆく形をとっている。同じ韓国人の渡米でも、境遇はかけはなれている。

しかも、この「養子縁組」の事例は、「養子縁組」なるものが社会的に広く認められている米国においても、かなりの「異例」であったらしく、何より「独身の男性が養子を認められるのはきわめてまれ」（八五頁）だったし、「女の子には母親の存在が何より大切だ」（八六頁）と言われることが多いのに、そうした社会通念に反して、養父は「女の子がいいと言い張った」（同前）のだ。それこそ「養子縁組」の制度を「幼児虐待」のために利用するつもりかと疑われかねない不穏な選択を、養父はみずから下し、社会もまたそれを容認してしまったわけだ。じつは、小説はこの「養父」を話者に据える一人称小説として書かれている。

この血のつながらない父と娘は、「サニー」（それが養女に与えられた名前だ。韓国名は「スニ」かもしれない）がまだ幼かった頃はうまくいっていたようで、「サニー」は養父の希望に応え、ピアノの稽古にも余念のない時期もあった。ところが、高校生になるころから次第に養父を避けるようになった彼女は、とうとう「あなたにはあたしが必要だった。でもその逆は、一度もなかった」（一一一頁）という捨て台詞を残して、家から出て行ってしまう。

その後、彼女は大きなお腹をして戻ってきて、養父に中絶のためのサポートを求めたり、かと思えば、シングルマザーになって、ふたたび養父の手助けを求めにやってきたりで、最後には主人公も「おじいちゃん」気取りで「孫」に接するようになったりもするのだが、まずひとつには、「養子縁組」の物語として抜群に面白い作品だ。三〇歳代の男性が書いた小説だとは思えない老練さがある。

ただ、この小説を「コリアン・アメリカンの文学」として読もうとするなら、ここで終わらせるわけにはいかない。

一九六〇年代に合衆国にやってきて、「この国に留まる決心をし〔中略〕たときには私の国籍の問題はどこかにいってしま」（八頁）ったという小説の主人公は、まわりのアメリカ人からも「どうして日本に帰って余生を過ごそうと思わないのか」（一二三頁）などと首を傾げられながら、老境を迎えようとしている。ところが、じつは彼自身もまた、そもそもが「日本人の養子」として育てられた過去を持つ「コリアン」だった。

かつて彼を「養子」として引き取ったのは、「ギアを製造する工場を営む子供のいない裕福な夫婦」

(八四頁)だったが、もらわれてゆくまで彼が帰属していたのは「動物の皮をなめして脂肪を精製する集団」で、「日本人のように話し、暮らしていたから一見わからなかったかもしれないが、私たちのほとんどはコリアンだった」(同前)という。

小説を読み進めると、彼はビルマ戦線の兵営にいて、そこで朝鮮人慰安婦の女性と「子どものころ使っていた言葉」(二六四頁)を使って話をする場面さえある。要するに、米国にあっては、日本人・日系人の親子としてふつうに受けとめられている二人が、じつは「血」の上ではともに「コリアン」で、なおかつ「ジャパニーズ」としての見かけをかなぐり捨てようとしないまま、いつしか何不足ない「米国人」として生きるようになっていく。

「日系」も「韓国系」も「中国系」もない「アジア系」といった呼称が、過去の歴史的葛藤を乗り越え、集合的に「米国社会」に溶けこもうとしていた一九八〇年代から九〇年代初頭にかけての空気を深く吸収して育ったチャンネ・リーならではの「アジア系アメリカ人ぶり」が、この小説のなかでは野心的に試されていると言ってもいいのかもしれない。

その後、東アジア地域での歴史認識をめぐる葛藤に呼応するようにして、「アジア系アメリカ人」のあいだに「亀裂」が生じ、今日に至っている米国で、またたとえば韓国で、この小説がどう読まれているのか、そこはきわめて興味深いところだが、いずれにしても「日系」であるか「韓国系」であるかどうかは、本人ほどには周囲が関心を抱かない、そういった米国社会の特徴を逆手に取った作品と捉える以外にないのだろう。

ただ、次の一節は、日本人として読めばじつに面白いが、韓国人読者が同じように面白がるものだろうか、私には答えようがない。

一度、ベイエリアから来たという日本人の紳士に〔中略〕会った。〔中略〕ずっと昔ハワイやカリフォルニアに移住した日本人がいたが、彼の祖父母もそうで、本人はアメリカで生まれていた。私たちは互いの存在を知って嬉しかったはずだ。それなのに思いもかけないぎごちなさが生まれた。人種も年齢も職業も似通っているのだから話すことがたくさんありそうなものだが、会話は変に滞りがちでぎくしゃくした。たがいが紹介されたときから、どうしていいかわからない瞬間があって、たとえば握手すべきなのかお辞儀をしたらいいのかとまどった。(二六頁)

ひょっとしたら、ハワイ生まれの日系三世作家、ギャレット・ホンゴウ(一九五一年生まれ)に捧げられているから、これは「日系アメリカ文学」への「なりすまし」を試みた「韓国系アメリカ文学」として読むべきなのかもしれない。

六. トラウマと物神

『ジェスチャー・ライフ』は、韓国系アメリカ人の若手作家が、コリアンの「女の志願者」female volunteer(一八二頁)を正面からとりあげたことで話題を呼んだ経緯があるのだが、今回、この側面について掘り下げることはしない。「若い頃、男女関係で傷ついた男」が、晩年に入ってなお、どこまで過去をひきずるものかを探ろうとした小説として、この作品をまずは読みたいと思うからだ。そもそも「養女」を取るという人生の選択じたいが過去の傷と深く結びついている。

「訳者あとがき」にも書かれていることだが、「この本を読み終えて真っ先に思ったのは、これを書いた時点での著者の若さだった。三十代前半の若さで、どうしてこういう本を書いたのだろう」（三九三頁）――これは、私も同感である。

私は森鷗外の『舞姫』（一八九〇）について本を一冊書いたことがあるが、あの小説を鷗外が書いたのは、まだ二〇代だったから、であればこそベルリンでの後味の悪い女性経験は、その生々しい「心の傷」、そして洗っても洗い流せそうにない「罪責感」（「我は免すべからぬ罪人なり」）をむきだしにする格好で閉じられる結末が説得力を持つ。その物語がどこまで「実話」であったかどうかに、確たる答えはない。ただ、『世界文学のなかの『舞姫』』（二〇〇九）のなかで、私は次のように書いた――「〔読者の〕皆さんには、一度は太田豊太郎になっていただき、その残った人生を生き直して、この読書を躍動的な読書につなげてもらえたらと思いました。[26]」

鷗外の娘であった小堀杏奴《あんぬ》が、『舞姫』のエリスだと確定はしないまでも、「独逸留学時代の恋人ではないかと思われる〔中略〕女の写真と手紙を全部一纏にして死ぬ前自分の眼前で母に焼却させた」という「母から聞いた話[27]」なるエッセイを書きのこしており、『舞姫』が「実話」であろうとなかろうと、子どもをもうけた恋人を見殺しにしてまで、重大な人生の選択をなした青年の「恨《うらみ》」こそが主題である『舞姫』を読む場合には、その男がその「事後」の時間を生きるなかで、どんなふうに「過去をひきずるか」へと想像力を広げることが、読書する人間に課された永遠の課題だと思う。

じつは『ジェスチャー・ライフ』の主人公もまた、太田豊太郎と同じく二〇歳前後の若さで経験することになった「悲恋」(=朝鮮人慰安婦との束の間の交情と、そのあっけない終わり)の記憶をひきずり、この彼は戦後の日本では、どうしても安穏として年齢を重ねることはできず、米国に移り住んでからも、「養女」を育てたきりで、性的関係を持つ女性があらわれても、決して結婚を口にすることはないまま、いつしか「老境」に入ろうとしている。

この「故郷を離れた退役軍人」(九三頁)のうらぶれた姿が、私には、まったく他人事ではないし、そんな小説を「三十代前半」の男性が書いたというのは、じつに驚嘆すべきことだと思う。それこそ森鷗外が『舞姫』を「セイゴンの港」で終わらせず、主人公の晩年にまで筆を進めていたら、こうなったかもしれないというような、腰にズドーンと響く読後感が圧倒的だ。

主人公(=ベンジャミン・ハタと呼ばれている)は、中年を過ぎてから交際しはじめた女性に、その「養女」に対する対し方について批評される——「あなたは、彼女を、前に傷つけたか裏切ったかした人のように、望むことはなんでもしなくちゃならないとでもいうように、ほとんど罪の意識で接している。」(七一頁)

この核心をついたかのような人物評は、さらに「それは相手が誰であろうと絶対にいいことではないわ。とくに子どもにはね」とつづくのだが、それこそ「贖罪」のために「養女」をひきとることにしたとでも言わんばかりの主人公を、交際中の女性(=メアリー・バーンズ)は、どこかで持て余している。「あなたは本当にはかり知れないひとね〔中略〕あなたのような人には会ったことがないわ」(三八一頁)と。

しかし、べつに留学先で「悲恋」を経験していようといまいと、また投入された戦地で「女の志願者」とのあいだに悲恋を経験していようといまいと、「老いた男」は誰だって、所詮は「ベンジャミン・ハタ」のようなものだという気がする。

少なくとも、私はそう思う。

太田豊太郎の場合には、ベルリンの「クロステル街」、ベンジャミン・ハタの場合には「ビルマ戦線」、と違いはあっても、「トラウマ」や「オブセッション」と深く結びついている場所が誰にだってある。そこからどれだけ遠く離れていても、その「過去の名残」は決して体から消えず、心からも遠ざかることがない。

そして、かつてビルマ戦線で束の間の「恋」のまがい物を決定的に生きてしまったベンジャミンは、老いても、その彼女との過去を象徴する「黒い幅広い布」（二四五頁）を後生大事にしまいつづけている。しかも、その「布」を、戦災孤児として韓国からもらわれてきた「養女」が「クローゼットの漆塗りの箱のなか」から見つけ出すという、さりげないエピソードがそこには語られている。戦地で見殺しにした「クテ」Kkutaeh という名の朝鮮人女性の「遺品」のような「黒い布」を、「サニー」という「プサンからもらわれてきた少女」が、わけもわからず手に取るのだ。

私が『ジェスチャー・ライフ』を読みながら、小堀杏奴の書いた鷗外晩年のエピソードを思い起こしたのは、この「黒い布」という「シンボル」に触れた瞬間だった。

かつて日本軍将校であったベンジャミン・ハタが、戦地にあって、思わず「彼女の国の言葉」（二五五頁）で親しく通じ合った朝鮮人女性の思い出が、戦後の日本にあっても、移住後の米国にあっても、彼にはつきまとった。「黒い布」は、その「シンボル」なのだった。それがどういうシンボルだったか、詳しいところは種明かしになってしまうので、ここでこれ以上は触れない。

人間誰しも、老境を迎えると、数多くの「秘密」（数々の「遺品」と言うには早いが「遺物」）を抱えこんで生きるものである。韓国で名乗りを上げた元軍慰安婦ハルモニとの出会いを受けて小説を構想し始めたチャンネ・リーではあったが、この「日本人を名乗る老人」を造形したことで、はじめてこの類を見ない「慰安婦小説」を書き上げることができたのだ。

これは「ジャパニーズ」だとか「コリアン」だとかを抜きにした、言わば「男にしか書けない文学」のひとつなのだと思う。

田村泰次郎や古山高麗雄が、もう少し長生きして、これを読むことがあったとしたら、何だか、してやられたような感覚を味わったのではないかと思う。

七．日本語という伏流水

ところで、コリアン・アメリカンの作家が、コリアンを登場させる小説を英語で書こうとするときに、「日本語」になんらかの役割をあてがわないことには、初志を貫徹できないという共通了解がコリアン・アメリカン作家たちのなかにあったとして、そのもうひとつの例として、これまで取り上げてきた、いわゆる準二世の作家（出生地は韓国）とは違って、すでに「二世」に属するポール・ユーン（一九八〇年、NYC生まれ）の『スノウ・ハンターズ』をもまた読むことができないだろうか。

というのも米国生まれのポール・ユーンが、半島からブラジルに移住したコリアンを主人公にして描いたこと自体が異色なだけでなく、「韓国戦争が終わったころ」、ブラジルに渡った「反共捕虜」のひとりを主人公とし、日帝時代（主人公は一九二九年の生まれ）からブラジル（おそらくサントスと思われる港町）移住後まで、何らかの形で日本語との接触を断つことのなかった（捕虜収容所では英語との接触が濃厚だったが）ひとりとして設定されているという意味でも、注目に値するからだ。なにより、チャンネ・リーが三〇歳代で、米国在住のコリア系の元日本軍兵士を取り上げたように、ポール・ユーンもまた、作家からすれば、父親（場合によっては祖父）の世代にあたる朝鮮人の過去を「再創造」する試みに挑戦している。

そして、これは多少乱暴な言い方になるかもしれないが、「かりに日本語を習得していたとしても、それは外国語として学ばないかぎり、身につくはずがない世代のコリアン」が「その運用能力がどうであれ、「国語としての日本語」を身につけずに生きることの難しかった世代のコリアン」を身近に感じ取るための文学とでも呼びたくなる「移民文学」の一形式を備えた作品なのである。

きわめて詩的抒情にあふれる作品なのでプロットだけを追うのは味気ない気がするが、朝鮮戦争に「北の兵士」として徴集された部隊が空爆で壊滅した後に、連合軍側の捕虜収容所に身柄を拘束される。日帝時代には貧困に苦しめられ、ほとんど学校にも通わなかった主人公（＝ヨーハン）には、むしろ収容所のなかで「アメリカ人の若いナース」（p. 2）の話す英語の方がずっと心を許せる言語であったかもしれない。

そんな彼が「着替えのシャツと数本のズボンをつめこんだリュックと、〔ブラジルに着いてからの〕居住先と雇用願の手紙」(同前)を携えて、単身ブラジルに渡るのだ。道中、船員のなかには韓国人が混じっていた(彼らは軍属として「日本海軍」に所属し、いくつもの海戦を経験してもいた(p. 7))で、意思疎通に不自由しなかったが、いざ船を降りて、栈橋に足をふみだしたとたん、もはや韓国語を話せる相手はいなかった。船のなかで簡単なポルトガル語を教わっていた程度だった(p. 6)。

そして彼が向かったのは、港町に住む「キヨシ」という名前の日本人で、仕立屋だった。

ブラジルに向かう前、彼は「帰国」repatriation の意思があるかどうかを一度だけ確認された(p. 9)が、「北」に身寄りのない彼は「ブラジル行き」を選んだ。そして、ブラジルではまず日本人の世話になるようにと指示されたのだった。

手紙に書かれた番地をさがしながら歩いていくと、「日本語で窓に貼り紙のされた店」(p. 7)があって、それが目的地だった。一九五四年のことだ。

店を覗きこむと、南国らしくシャツ一枚をまとっただけの東洋人が「「開いてるよ」と日本語で話しかけてきた」が、返事をしようとしても、日本語は「遠い記憶のなかを漂っているような言語」でしかなかった(p. 12)。

結果的に、ヨーハンは、キヨシから少しずつ仕立てに関わることや、ポルトガル語の基本用語を教わるのだが、会話は必要最小限で、それでも「ある種の親密感」(p. 29)が生まれていったのだった。

ブラジルの港町での生活に慣れていく日々のなかでも、ロシア(ソ連邦)の沿海州に近い雪の多い朝鮮北部で過ごした少年時代の思い出、捕虜収容所での思い出などが、ヨーハンの脳裏から離れない。

時おり、ブラジルに来るさいに知り合った船員が、寄港するたびに声をかけてくれて、韓国語を話す機会がまるでなくなったわけではなかった。そして、ヨーハンは、その韓国人の船員から「東京や大阪の工場から洋服生地を運んできている」ということや、船員の一人は「息子が二人、娘が一人いて、妻は日本人でホテルの洗濯係をしている」ということなどを知ることにもなる（p. 67）。日本を生活の拠点にして生きているコリアンが日本の敗戦後もなお存在することなど、ヨーハンにとってはこれが初耳だったかもしれない。

八．棄郷者たち

しかし、そんなヨーハンではあったが、ポルトガル語で話すことにも慣れ、ブラジル女性と関係を持ったりする機会もめぐってくるようになる。ところが、驚くべきことに、キヨシが急死してヨーハンが店を継いだ後、彼のなかで日本語はそれまで以上にふしぎな質感を持つようになってくるのだ。

ヨーハンは、町の教会に時々出入りしていたのだが、キヨシの死後に教会の用務員をしている「魚《ペイシェ》」の名前で呼ばれる男から、キヨシが写っている古い写真を見せられる。古い農園の前で「日本人の男女や子ども」が立っている集合写真で、その農園は、「持ち主が死んだあと、空き家になっていた」のが、「第二次世界大戦の時期に収容所の一部」として用いられていたというのだ（p. 109）。

アジア太平洋地域で（朝鮮や台湾の住民をも狩り立てながら）第二次大戦を戦った日本人が、ブラジルでは「敵性国民」として収容されていたということなど、これまたヨーハンにとっては初耳だったろう。

そして、さらに「魚《ペイシェ》」は、キヨシの写った一枚の写真をたいせつにしていて、それをヨーハンに差し出して言うのだった——「彼は第二次大戦にも従軍して〔中略〕軍医だったたんだよ。〔中略〕彼が来たころ、私はまだ子供でね。町のみんなは日本人を「脱走者たち」defectorsって呼んでたな。」(p. 109)

第二次大戦期に、海岸地帯の枢軸国民(および枢軸国系市民)の強制移住がブラジルで行われたのは事実だが、そうした彼らが港町の近くに隔離されていたという話がどこまで真実に基づくかどうか、すこしあやしい(北米の読者は、それを少しもふしぎには思わないだろう)。

また戦前に移住した日本人移民が、当時、ブラジル社会に十分適応できていたかどうかは別にして、第二次大戦期間中に隔離されなければならなかった日本人が「脱走者」と呼ばれる場合がありえたのかどうか、そこも分からない。それこそ、日本人移民社会の内外で、なかには「兵役拒否者」が混じっているという噂はあっただろうし、(28) それとは別に「元兵士=在郷軍人」がブラジルで諜報活動を行っているというような噂がブラジル人のあいだで広まっていた可能性もある。

キヨシが亡くなった後にブラジル人から聞いた話だという前提があってこそ、こうしたキヨシの前歴の不確かさが、かえってリアリティを生み出している。ヨーハンとキヨシとは、それこそ「脱走者=棄郷者」としての経歴を絆として、キヨシの死後、いっそう深く結びつくようになるのだ。

いずれにせよ、『スノウ・ハンターズ』は、キヨシが亡くなった後半部分に入ってから、ますます「英語で書かれたブラジル・コリアン文学」という枠に収まらなくなっていく。

そして、そのことは初期段階の「脱北者」であったヨーハン(捕虜収容所では「北の人」northernerと呼ばれていた)が、そんな彼であったればこそ、「脱走者」と噂されていたキヨシのなかにみずからの分身を見てしまったことと深く結びついている。

その波及効果であるかのように、ヨーハンは、ふとキヨシの声を思い出す。すると、そこから芋づる式に「彼が生まれ〔てから徴兵されるまで〕二十年間暮らした郷里の秋」（p. 160）のことが思い出されたり、「父親が小作人をしていた家の大家が長崎で造船をしていた日本人だった」（p. 132）という記憶が蘇えったり、彼はどこまでも「日本」なるものから自由でいられないことを思い知らされるのである。

また韓国人の船員から、日本で日本女性と家庭を持っているという友人が亡くなったと聞けば聞いたで、「その奥さんは今でもホテルで働いているのだろうか」（p. 162）と、その消息が気になる。

そして、かつてキヨシが使っていた部屋に時々足をふみ入れたりもしたヨーハンは、机の上に積みあげられていた本を「パラパラめくってみたり」したのだった。

> 冒険ものだった。それらは日本語だったが、彼はもう単語を忘れ始めていたから、全部は読めなかった。（p. 161）

こんな彼でも、急死した船員の友人の妻に「一度だけ手紙を書いたことがあった」（p. 162）というから、ヨーハンは、日本語の読み書きがある程度はできたということなのだろう。それは日帝時代の公教育が思うほどはなしとげられなかったことを、ブラジルの日本人移民や、韓国系の船員は自力でなしとげたということであったかもしれない。

そんなヨーハンにも恋人があらわれ、ずっと手を付けないままにしてあったキヨシの部屋もきれいに片づけられてしまうが、ブラジルに来たころ、まだ子どもだった娘（＝ビア）が、ヨーハンの前にあらわれたのだ。兄と二人で浮浪児のような暮らしをしていた彼女らをキヨシは、かわいがってやっていた。

つまり、ヨーハンとビアを結びつけたのはキヨシだった。

そしてビアと親しくなっていくなかで、ヨーハンは過去を思い出す。

ブラジルに来た年のことだと思うが、ある晩、キヨシに体を揺さぶられて目が醒めた。眠りながら叫びをあげていたらしいが自分では気づかなかった。目をあけても視野がぼやけて、目は輝きを失っていた。寝巻は濡れていた。キヨシは両手で抱きかかえ、彼を持ち上げた。湯船に水を張り、店から足を載せる台を運んできて、ヨーハンの体にお湯をかけ、背中をこすってくれた。彼は湯船のなかで両ひざを抱え、ずっとキヨシからされるがままでいようとした。（p. 178）

ポルトガル語と日本語でだけつながっていたキヨシとヨーハンが、ポルトガル語でしかつながれない教会の用務員の「魚《ペイシェ》」やビアを介して、いっそう一体化し、キヨシという日本人の記憶が、ブラジルの港町のなかで、ほそぼそとだが、その温かみとともにヨーハンの体の奥底に棲みついていく。

九．語圏と文学

ポストコロニアル批評がなしとげたことのなかでも最も大きな功績は「英文学」や「日本文学」（「国文学」という名称の古めかしさは別として）といった概念そのものの賞味期限が切れたことを明らかにしたことにある。

そもそも英語で書かれてはいても米国で生まれた文学は「米文学」の名で呼ぶという慣例が第二次大戦後には定着しつつあったのだが、それこそ旧英領（インドやフィリピン他のアジア諸国、南アやナイジェリアなどのアフリカ諸国、カナダや中米・カリブ地域の数ヵ国）から次々に登場する巨人たちを包摂できる範疇としては「英語圏文学《アングロフォン》」という名称を用いるしかなかった。それこそアングロ・アイリッシュの文学も「英文学」という範疇には収まりきらないのだった。

そして、英語圏ほどの広域性を示さないまでも、カリブ海や南米北部、南太平洋やインド洋の島嶼部に領土を持ち、旧植民地でもフランス語が一定の影響力を行使しているフランス語文学には「フランス語圏文学《フランコフォン》」、ブラジルに加えて、一九七四年のカーネーション革命後に独立を果たしたアフリカのアンゴラやモサンビークなどを含めた「ポルトガル語圏文学《ルゾフォニア》」といった名称にも、妥当性ばかりか、そうすることで文学史そのものが書き直される可能性が開かれてきたという歴史がそれぞれにある。

しかし、ここで用いられている「語圏」という言葉は、基本的に旧植民地地域に「宗主国の言語」が定着した広がりのことであり、その広がりは、「大英帝国の版図」の大きさに、ほぼ対応する。つまり、

「語圏」という言葉は、「帝国」の支配圏との親和性が高いことになる。

ただ、『外地巡礼』をまとめながら気づいたのは、「日本語圏」は、かならずしも帝国日本の版図にかぎられるわけではなく、たとえば、南北アメリカの日本人移住地もまた「日本語圏」の「飛び地」だったということだ。

それらの地域では、世代交代とともに日本語の使用範囲が局限されることになるし、かりに移民第二世代が文学創作に挑むとしても英語やポルトガル語やスペイン語にすがるしかなくなっていく。しかし、そこには日本語圏の一翼をになっていた日本人居住地の「共通語」(ブラジルでは、ポルトガル語まじりのそれを「コロニア語」の名で呼ぶ)の響きや香りが染みついている。それこそカレン・テイ・ヤマシタの『ブラジル丸』*Bazil-Maru*(一九九二)には、ポルトガル語圏であるブラジルの片隅で日本人コミュニティーを形成して、日本語圏ならではの言語生活や文化活動にも熱心なひとびとの姿が、英語を用いながら、生き生きと描かれている。(29)

つまり「語圏」という言葉は、そもそも「その言語が話されている」(-phone)空間を意味するのであって、「英語圏文学《アングロフォン》」や「フランス語圏文学《フランコフォン》」は、大半が「元帝国の言語」で書かれるが、出身地の「母語(的なもの)」をたずさえた労働移民として世界に散らばったディアスポラの民は、その「母語(的なもの)」を「国語」として認定している国家があろうとなかろうと、その名を与えられた「語圏」の構成員なのである。「語圏」というタームは、書記形態を念頭に置くことなく使用できると理解すべきだ。

そう考えれば、南北アメリカのコリアン作家たちが英語やスペイン語やポルトガル語で書き、旧ソ連邦の「高麗人《コリヨサラム》」がロシア語で書き、なにより在日コリアンの作家が日本語で書く豊かな作品群は、韓国＝朝鮮語で書かれていないからといって「韓国＝朝鮮＝高麗語圏《コリアノフォン》文学」という総称でくくれなくないはずだ。

書かれる言語と、作中の発話や思考を支えている言語が一致しないのが、いまでは現代文学の特徴のひとつなのである。

そして、ここで李箱からポール・ユーンまで、朝鮮半島に出所を持つ作家たちの作品群は、何語で書かれようと「韓国＝朝鮮＝高麗語圏《コリアノフォン》文学」の範疇に収まるし、それどころか、それらはすべて、なにがしかの形で「日本語圏《ジャパノフォン》」の広がりを背景にしたものばかりなのである。

「語圏」の膨張や収縮が、「帝国」の膨張と収縮だけでもはや説明がつかない、より大規模な人口移動を背景とする世の中が続いているいま、「たったひとつの言語」で書かれた文学作品は、特定の「語圏」だけでなく、数々の「語圏」のあわいで生を紡いでいるひとびとの姿を描くという使命を負い始めている。

短篇集『かつては岸』*Once the Shore* に収められた短篇は、済州島から、現在、その名称問題で紛争のある日本海＝東海《トンヘ》周辺を舞台にした作品が大半で、登場人物も韓国人や日本人が登場するが、これを言い換えれば、まさに「朝鮮語圏と日本語圏が重合する地域」の物語が、英語（光復後の韓国に駐留し、「韓国戦争」で重要な立場に立った米国の言語）で書かれたものだと言える。

そして、『スノウ・ハンターズ』は、ポール・ユーンにとっては、さらにポルトガル語圏をまで視野に入れた新境地だったと言えるのだろう[30]。

一〇．おわりに

こんなことを考えている矢先、二〇〇二年のブラジル滞在期に面識をえた映像作家の岡村淳さんが、一九九〇年代に撮りためられた映像のひとつを使って、二〇一七年、ついに完成された『ブラジルのハラボジ』*Haraboji no Brasil*（二〇一七：改訂版二〇一九）という作品を日本で観る機会があった。そういえば、二〇〇二年に岡村さんを紹介されたのは、サンパウロ大学での集中講義のタイトルが「浦島太郎と日本」であったことを聞き知った知人が、岡村さんの『郷愁は夢のなかで』（一九九八）のなかに、戦後は、一度は帰国したものの、郷里の鹿児島で、自分は「浦島太郎」だと感じ、骨を埋めるのはブラジルしかないと心に決めて隠遁者のような生活を送られていた「西佐市」(31)という方が、そこには登場するから、というのがその理由だった。

以来、岡村さんが日本に来られたさいには時にお目にかかり、『ブラジルのハラボジ』を観ることができたのも、その友誼《よしみ》があってのことだ。

じつは、この映画、タイトルからも分かるように、朝鮮半島出身の男性がブラジルで老後を過ごしているという、そのありのままの姿を描いたドキュメンタリーだ。

それこそ『スノウ・ハンターズ』に描かれたヨーハン以前にも、半島出身者は日本船籍ほか、さまざまな貨物船の船員としてブラジルにも足をふみ入れていたといわれてはいたのだが、それとはべつの経緯を経て、ブラジルに根づくことになった方がおられたということだ。

その主人公は、「セニョール三田」の名前で日系人のあいだで知られ、ブラジルと韓国のあいだに国交が結ばれるようになって以降は、チャン・スンホ（張昇浩）の名で、韓国の側からも「先駆移民」として認定されたのだそうだ。

一九〇七年生まれで、食うに困って大阪に出てはみたものの、貧しさから逃れることはできず、半島時代から「救世軍」に信頼を寄せていた彼は、大阪のメソジスト派教会の日本人から誘いを受けて、渡伯を決めた。そして、一九二六年の渡伯後、一九三八年に三田家に婿養子に入り（居住地はサンパウロ近郊のジュキェーリ）、一旦は朝鮮語を忘れてしまいそうになったともいう。それこそ、一九五〇年代後半にすれちがった「反共捕虜」のコリアンとは日本語で話したというくらいだ。しかし、韓国からの移民が増えた一九六〇年代以降は、そうした新移民との付き合いも増え、彼はまさに「韓国語圏」「日本語圏」「ポルトガル語圏」のはざまで日々を送り、孫たちにはおいしいリンゴを食べさせてやりたいと映像の終わりの方では語られている。

ブラジル南部のサンタ・カタリナ州のサン・ジョアキンでリンゴ農家を開いて大成功を収めた日系人の噂が、「セニョール三田」の耳にも届いたのだろう。

生まれたときから食べるのにも苦労をし、自分は食べないでも子どもには食べ物をあてがってくれた故郷の母親のことを口にしては涙ぐむ「セニョール三田」ならではの夢がそれだった。

同映像は、一九九六年に撮影され、その四年後に「セニョール三田」は他界されたとのこと。

はたして、この男性の生涯をもし小説に書くとしたら、いったいだれが何語で書くことになるのだろうか。

◆本研究は、科研費補助金・基盤研究(c)「比較植民地文学研究の新展開――「語圏」概念の有効性の検証」（二〇一五-一七年度）の研究成果の一部である。

注

（1）西成彦「ブラジル日本人文学と「カボクロ」問題」『文学史を読みかえる⑧「この時代」の終わり』池田浩士責任編集（インパクト出版会、二〇〇七年）、六九-八九頁。

（2）西成彦（編訳）『世界イディッシュ短篇選』（岩波文庫、二〇一八年）

（3）ベルナルド・クシンスキー『K．消えた娘を追って』小高利根子訳（花伝社、二〇一五年）

（4）西成彦「東欧系ユダヤ人についての断章／「日記 2015 より」『れにくさ⑥特集：ロシア・中東欧』（東京大学文学部現代文芸論研究室、二〇一六年）、五六-六一頁。

（5）Yi Sáng, *Olho de corvo*, organização, notas e tradução por Yung Jung Im, revisão poética por Haroldo de Campos, Editora Perspectiva, 1999. 同書の翻訳や注釈などを担当されたユンジュン・イム（パク）さんは、十歳でブラジルに渡り、サンパウロ大学でアロルド・ジ・カンポスの息子に出会ったのがきっかけとなって、韓国文学の翻訳を始められたのだという。ポルトガル語訳の『烏瞰図《うかんず》』は、二〇〇一年に韓国で翻訳文学賞の対象になったとのこと。イムさんは、現在、サンパウロ大学東洋語学部で教鞭をとっておられる。ちなみに同学部ではアラビア語、アルメニア語、中国語、コリア語、ヘブライ語、日本語、ロシア語がそれぞれの学科を持っている。

（6）以下は、前掲書の袖に掲載された紹介文の全訳である。

李箱（一九一〇-三七）は、現代コリアン文学のなかで最もラジカルな実験者である。詩も書き小説も書く彼は、肉をそぎ落とした「ミニマリズム」を先取りする文体を駆使しながら、東洋版のダダ構成主義者（クルト・

シュヴィッタース流の）にとどまらず、とくに物語（というよりも散文テキストと呼ぶ方がふさわしい）を見ると、いくつかの面で、文章をたたみかける言語遊戯の点でガートルード・スタインや、言語を無にまでおいつめる点ではベケットに近い。北米での翻訳者、W・K・ルウが一九九五年に語ったところによれば、その「反抗精神」において、その作品を凌駕する作品はいまだ他のコリアン作家によっては書かれていないとのこと。

散文テキストにかぎった場合、希望のない待機を描いたベケットや、日常を不条理へと移したカフカの名前を挙げれば西洋の読者にはピンとくるだろう。しかし、李箱はこれにとどまらない、きわめて謎めいた特異性がある。極端な冷酷さ。しかもそれが幼児性を帯びている。善悪を超越した簡素な東洋的静謐さ。それが磨き上げられた表皮をなし、空の青みにも似た、あたかも剃刀の鋼のようだ。そして物語テキストにも詩にも死の衝動が貫かれている。より正確にいえば、衝動的な自殺願望だ。詩人の実人生ではそれが二七歳の若さでの夭折という形をとることになった。そして苦痛（息づまるような）や愛（解決されない）やユーモア（ブラックでシニカル、自己アイロニー的で棘のある）を生み出す謎めいた中核をなすのは、女——天使化され、かつ／もしくは悪魔化された女——である。そして彼はこれらを絡みあわせ、解きほぐし、そしてふたたび丁寧に錯綜させる。言語の達人、そして文字言語の達人であった李箱は、音声面ではその言語に備わる遊びの可能性、そして書記言語の視覚性の面では漢字とハングルの混合から生じる多義性をみごとなまでに掘りおこした。

ゲーテ的な世界的普遍性をめざし『シグノス（記号）叢書』の企画がこのきわめて異色の詩人＝散文家をブラジルの読者に紹介するはこびとなったのは、ひとえにポルトガル語と韓国語に堪能な編訳者のユンジュン・イムさんの詩的感性、そして言語間を往復する翻訳実践をなしとげたその訳業のたまものである。李箱——別名、セニョール・カイーシャ（Caixa）は、その渾名からして、なにやらモノ的な雰囲気を感じさせるが、その背後からは、ひとりの反＝作者がカラスのまなざしとともにこちらを窺っている。盲目の真空から放たれるかのようなまなざし。そしてこの反＝作者は、ずたずたになり、かつひとをずたずたにもするエクリチュールと実存のミニマリズムを産み出す。言語からなる複雑怪奇な鏡のひとつひとつが、ひとつの命を犠牲にして通り過ぎていった。

（西成彦訳）

（7）『李箱作品集成』崔真碩訳（作品社、二〇〇六年）
（8）松井太郎『うつろ舟』西成彦・細川周平編（松籟社、二〇一〇年）、『遠い声』西成彦・細川周平編（松籟社、二〇一二年）
（9）西成彦『外地巡礼――「越境的」日本語文学論』（みすず書房、二〇一八年）
（10）黒川創（編）『〈外地〉の日本語文学選』全三巻（新宿書房、一九九六年）
（11）川村湊『異郷の昭和文学――「満州」と近代日本』（岩波新書、一九九〇年）
（12）増山朗『グワラニーの森の物語・増山朗作品集』川村湊編（インパクト出版会、二〇一三年）
（13）川村湊『ハポネス移民村物語』（インパクト出版会、二〇一九年）
（14）김환기 (엮은이)、브라질 (Brazil) 코리안 문학선집、도서출판 포고사、2013.
（15）김환기 (엮은이)、아르헨티나 (Argentine) 코리안 문학선집、도서출판 포고사、2013.
（16）김환기 (엮은이)、브라질 (Brazil) 코리안 문학선집【시／소설】、p. 477.
（17）Paul Yoon, *Snow Hunters*, Simon & Schuster, 2013. 以下の引用は、本文中に同書からのページ数を記入する。
（18）ポール・ユーン『かつては岸』藤井光訳（白水社、二〇一四年）
（19）『憑依する過去――アジア系アメリカ文学におけるトラウマ・記憶・再生』小林富久子監修（金星堂、二〇一四年）。同論集の「序文」のなかで、小林さんは、こんなふうに書いておられる――「元来は精神医学の用語にすぎなかったこのトラウマという概念を文学の読みに適用するのに大きく貢献したキャシー・カルース編による『トラウマへの探究』によると、トラウマとは、現実に起きた悲劇的な出来事の犠牲者に対して、出来事そのものからくる傷痕だけでなく、その記憶を言葉としてなかなか他人に伝えがたいことからくる「二重の傷」をもたらすことになり、さらに、その傷痕がたまたま民族全体に降りかかるようなものである場合には、当事者個人に留まらず、世代から世代へと民族間で集団的に引き継がれるものになるという。そう考えれば、多くが出身地での血なまぐさい戦争や紛争から逃れるべく故国を離れ、苦難の道筋の後、ようやく落ち着いた移住先の米国でも多かれ少なかれ差別や偏見からくる様々な圧迫的な出来事に悩まされるといった社会的・歴史的背景をもつアジア系アメリカ人の作家たちが、最近の若手に至るまで、自らの作品を通して延々と過去に自民族が巻き込まれたトラウマ的な出来事を題材とする作品を書き続けているのも当然と頷ける」(ⅳ-ⅴ頁)。

(20)エレイン・キム『アジア系アメリカ文学』植木照代・山本秀行・申幸月訳、(世界思想社、二〇〇二年)

(21)チャンネ・リー『最後の場所で』高橋茅香子訳、(新潮社、二〇〇二年)以下の引用は高橋茅香子訳を用い、そのつどページ数を記入する。ただし、部分的に以下の英語版を参照して、原語を補った(Chang-rae Lee, *A Gesture Life*, Granta Books, 2001.)

(22)テレサ・ハッキョン・チャ『ディクテ/韓国系アメリカ人女性アーティストによる自伝的エクリチュール』池内靖子訳(青土社、二〇〇三年)

(23)Nora Okja Keller, *Comfort Woman*, Penguin Books, p. 16. 以下の引用は、本文中に同書からのページ数を記入する。

(24)「女たちのへどもど」『外地巡礼——「越境的」日本語文学論』(みすず書房、二〇一八年)、二三三-二四二頁。

(25)スキ・キム『通訳』(國重純二訳、集英社、二〇〇七年)

(26)西成彦『世界文学のなかの『舞姫』』(みすず書房、二〇〇九年)、一三六頁。

(27)小堀杏奴『晩年の父』(岩波文庫、一九八一年)、一七三頁。

(28)日本からのブラジル移民に「徴兵忌避者」が混じっていたことは、石川達三が『蒼氓』(一九三五年)のなかで大きく取り上げたこともあって広く知られるようになったが、これにさらに大城立裕の『ノロエステ鉄道』(一九八五年)があつかった沖縄出身の笠戸丸移民の事例などもふまえながら、「老移民と皇太子」という論考を書いたことがある(『胸さわぎの鷗外』人文書院、二〇一三年)。また前掲『外地巡礼』に収めた「外地の日本語文学/ブラジルの日本語文学拠点を視野に入れて」でも日本人移民のバックグラウンドの多様性を取り上げた。

(29)カリフォルニア州オークランド生まれの日系三世、カレン・テイ・ヤマシタは、自身のブラジル経験を活かした『熱帯雨林の彼方へ』*Through the Rain Forest*(一九九〇年:風間賢二訳、新潮社、二〇一四年)、『ブラジル丸』*Brazil-Maru*(一九九二年)で頭角をあらわした。

(30)ポール・ユーンの『山々』*Mountains*(二〇一七年)に収録された「ウラジオストク駅」ではロシアの沿海州が

舞台になっていて「ロシア語圏」「中国語圏」などが新たに存在感を示しつつあり、コリアン・ディアスポラの広がりをさえ飛び越えていく。また最新作『はいつくばらせて』*Run Me to Earth*（二〇二〇年）はラオスが舞台だ。

（31）岡村淳『忘れられない日本人移民』（港の人、二〇一三年）には「西佐市《さいち》さん」を岡村さんに紹介した溝部富雄さんを扱った章に、西さんへの言及がある。「貧しげな暮らしをしている変わり者の日本人」が「独自の「浦島太郎」の話を誰に聞かせるわけでもなく作り続けている」（七五頁）という噂が、岡村さんを西さんのもとへと向かわせたというのである。

［付記］

本稿を準備中に、かれこれ五年ばかりフェイスブックでつながっていたアデレード在住のセジン・パク（Sejin Pak）さんから、ご自身のブラジル体験を中心に、情報提供をいただいた。一九四八年生まれのパクさんは、ご両親がともに日本（内地）留学の経験をお持ちであった（お父さまは東京帝国大学工学部、お母さまは日本女子大だったそうだ）こともあり、一六歳のときに家族でブラジルに渡られた時期にも、細川周平さんの『シネマ屋、ブラジルを行く』（新潮選書、一九九九年）に活写されているような日本人向けの映画館に家族で通われたり、彼自身、ポルトガル語を学ぶかたわら、日系の出版社でアルバイトするなど、日本人・日本語との縁は深かったそうだ。五年弱のブラジル滞在の後に、カナダおよび米国で学歴を積まれたが、最初は物理学を専攻されていたのを、途中から社会学に切り替え、東アジア研究、そしてマルクシズム研究という新しい課題をかかげて、一九八五年から八九年までは日本でも調査をおこなわれ、一九九二年以降は、アデレードに腰をおちつけて長く教鞭をとってこられ、今に至るとのことだ。

ご自身の経験は、海外移住コリアンのなかでは典型的というよりも例外に近く、両親が日本語に堪能であったのも、けっしてそれが一般的ではなかったとおっしゃりながら、ご自身の経験を私が本稿のなかで紹介することを快くお許しくださった。この場を借りてお礼を言いたい。

なお、パクさんの来歴に関しては、メールのやりとり、および二〇二一年十月に下関の東亜大学が企画されたオンライン講演の資料から、要点だけを拾わせていただいた。

あとがき

本論集は、二〇二一年度の立命館大学国際言語文化研究所の出版助成を得て刊行するものだが、本企画の出発点をさぐるならば、二〇一二～一三年度の「研究所重点プロジェクト・トラベルライティングの研究」（研究代表者：中川成美）、及び二〇一二～一四年度の「科研費連動プロジェクト・比較植民地文学研究会」（代表者：西成彦）まで行きつく。両プロジェクトは、その後、研究所紀要に特集を組むことがないまま一旦活動を終えたが、西成彦（当時、先端総合学術研究科教授）が上梓した『外地巡礼／「越境的」日本語文学論』（みすず書房、二〇一八）を核にして、あらためて新旧、ならびに内外の研究者に広く声をかけ、『立命館言語文化研究』三一巻四号、および三三巻一号で「外地巡礼の試み」と題した特集を組んだ。多様な問題性を含んだテーマであるだけに、非常に広範な地域に亙る多岐な論文がここに収められた。呼びかけに応じてくださった方々のなかには、立命館大学に院生や研究生、外国人研究員として籍を置き、中川や西の研究会に参加してくださった若手研究者や、ＡＡＳ（アメリカ・アジア学会）、日本台湾学会などの国際会議で出会った方々、さらには植民地文化学会や日本近代文学会などの国内学会等で親交を結んだ方々、立命館大学での同僚など、「日本語（とは無縁ではありえない）文学」をキータームとして縁を結ぶことができたさまざまな研究者の皆さんが含まれている。

「外地巡礼」という運動は日本語が足跡を刻んだ場所への尽きせぬ興味によって起動するものであるが、同時に「外地」と名づけられるそこに身を置いていた人々の感情と記憶を、研究者が自らの身体によって再現する行為でもある。その「そこ」に渦巻く喚起力を追認する営みだと言い換えてもいいかもしれない。編者二人は、そのような情動の力によって世界の各地を旅してきた。文学研究者は、巡礼者でなければならないとでもいうかのように。そして、自らの日本語を他の土地に転位させながら、その土地に埋め込まれた日本語の記憶を追いかけていった。

だが、新型コロナの脅威に世界が翻弄されている時代に、手足を縛られたかのように物理的移動は禁止され、一色に染まった日本語にだけ領有される状況下に、本論集を編むことができたのは望外の幸せと言うほかない。しばしば、コロナ禍の閉塞性が問題として呈上されるが、「日本語文学」という課題の前に、これだけの多種多様な人々が、相互に意見を交換できたのは、コロナ時代に産まれた新たな可能性として評価してもいいのではないかと思っている。それは本論集の主要な論点である他者の視点をどのように獲得していくかという問題系にも繋がっていることを付け加えたい。

今回の出版にあたって、助成をたまわった、国際言語文化研究所（田浦秀幸所長）には心より御礼を述べたい。また本論集を『世界の文学、文学の世界』（奥彩子・鵜戸聡・中村隆之・福嶋伸洋編、二〇二〇）や『生まれつき翻訳／世界文学時代の現代小説』（レベッカ・L・ウォルコウィッツ著、佐藤元状・吉田恭子監訳、田尻芳樹・秦邦生訳、二〇二一）など、日本における各国文学研究を言語圏を越えた「世界文学」という広場へと解き放つ試みを強く後押ししてくださっている松籟社から刊行できることは何よりの幸運である。担当編集者の木村浩之さんにこの場を借りてお礼を申し述べる。

二〇二二年二月八日

中川成美
西成彦

【編著者紹介】

中川成美（なかがわ・しげみ）

立教大学大学院文学研究科博士課程修了。博士（文学）。立命館大学文学部名誉教授。

専攻は日本近現代文学、比較文学。特に、日本近現代文学におけるモダニティーの問題をジェンダーや国民国家などの多面的な領域から考察している。

主な業績に『戦争をよむ――70冊の小説案内』（岩波新書、二〇一七年）、『モダニティの想像力――文学と視覚性』（新曜社、二〇〇九年）、『語りかける記憶――文学とジェンダー・スタディーズ』（小沢書店、一九九九年）、「フェミニズムの桎梏：家父長制と性暴力」（『日本文学』第六九号）、「トラベル・ライティングという機構：文学とツーリズム」（『昭和文学研究』第七五号）などがある。

西成彦（にし・まさひこ）

東京大学大学院人文科学研究科比較文学比較文化博士課程中退。立命館大学先端総合学術研究科名誉教授。

専攻は比較文学。ポーランド文学、イディッシュ文学、日本植民地時代のマイノリティ文学、戦後の在日文学、日系移民の文学など、人々の「移動」に伴って生み出された文学を幅広く考察している。

主な業績に『声の文学――出来事から人間の言葉へ』（新曜社、二〇二一年）、『外地巡礼――「越境的」日本語文学論』（みすず書房、二〇一八年）、『バイリンガルな夢と憂鬱』（人文書院、二〇一四年）、『ターミナルライフ　終末期の風景』（作品社、二〇一一年）『世界文学のなかの『舞姫』』（みすず書房、二〇〇九）年、『エクストラテリトリアル　移動文学論Ⅱ』（作品社、二〇〇八年）などがある。

【著者・訳者紹介】

アンドレ・ヘイグ（Andre Haag）

二〇〇九年〜一一年、国際交流基金フェローとして立命館大学で客員研究員。カリフォルニア州スタンフォード大学東アジア言語文化科において博士号取得。現在、ハワイ大学マノア校東アジア言語文学部准教授。

専攻は近代文学・文化史から見た大日本帝国。特に植民地朝鮮と「不逞鮮人」を書いた作家・文化人について研究。

主な業績に「中西伊之助と大正期日本の「不逞鮮人」へのまなざし――大衆ディスクールとコロニアル言説の転覆」（『立命館言語文化研究』第二二巻第三号）、「植民地朝鮮の国境および国境警備文化」（三上聡太編『「外地」日本語文学研究論集』、「外地」日本語文学研究会、二〇一九年）、「「どうして、まあ殺されたんでしょう」夏目漱石、帝国、そして（反）植民地的暴力の「公然たる秘密」」（安倍オースタッド玲子ほか編『漱石の居場所――日本文学と世界文学の交差』所収、岩波書店、二〇一九年）「Colonizing Genres on the Imperial “Gaichi” (Outer Lands) : Taxonomic Anxieties, Mysterious Media Ecologies, and Popular Empire Writing」（『立命館言語文化研究』第三三巻第一号）など。

追田好章（おった・よしあき）

東京大学大学院総合文化研究科言語情報科学専攻修士課程修了。現在、ハワイ大学大学院東アジア言語・文学科博士課程、明治大学情報コミュニケーション学部兼任講師。

専攻は日本近現代文学、特に「南洋」「南方」を描いたテクストを中心に研究。

主な業績に“Homoerotic Solutions: Colonial Queer Desire and Postwar Sexual Politics in Ōta Ryōhaku's ‘Kurodaiya’ (1949).” In *Journal of Japanese Studies*, Vol. 49, No. 1 (forthcoming, February 2023)、“The Myth of Resistance: Contradictory Colonialism and Heteroglossia in Kaneko Mitsuharu's ‘Same’ (1935).” In *Jurnal Kajian Jepang*, Vol. 2, No. 2 (October 2018) など。

金東僖（きむ・どんひ）

立命館大学大学院文学研究科修士課程修了、高麗大学校韓国語韓国文学科博士課程修了。立命館大学衣笠総合研究機構客員研究員を経て、現在、高麗大学校民族文化研究院研究教授及び立命館大学コリア研究センター客員研究員。

専攻は韓国の近現代詩文学。特に鄭芝溶・李箱など朝鮮語・日本語で創作した詩人を中心に研究。

主な業績に「植民地体験と翻訳の政治学——『朝鮮詩集』に収録された鄭芝溶の作品を中心に」（『立命館言語文化研究』第三三巻第一号）、「打破界線的人們——以李箱及「風車詩社」為中心」（黃亞歷・陳允元編『共時的星叢』所収、原點出版、二〇二〇年）、「朝鮮における「近代文学」と日本語詩」（『現代詩手帖』第六二巻第八号）、「鄭芝溶——日本で活動した朝鮮人詩人」（和田博文ほか編『〈異郷〉としての日本』所収、勉誠出版、二〇一七年）など。

杉浦清文（すぎうら・きよふみ）

立命館大学国際関係学部卒業。大阪大学大学院言語文化研究科博士後期課程単位取得満期退学、博士（言語文化学）。二〇一九年〜二〇二〇年、英国リーズ大学大学院英語英文学研究科にて客員研究員。現在、中京大学国際学部准教授。

専攻は英語圏文学、比較文学。カリブ海諸島及び朝鮮半島における（旧）植民者の文学、特にジーン・リースや森崎和江を中心に研究。

主な業績に「少年時代の断片化された記憶、そして〈原体験〉——三木卓の『ほろびた国の旅』を読む——」（伊勢芳夫編『「近代化」の反復と多様性：「東と西」の知の考古学的解体』所収、溪水社、二〇二一年）、「トリニダードの「ごろつき」と新植民地主義——アール・ラヴレイスの『ドラゴンは踊れない』にみるスラム住民たちの闘争の記録——」（森有礼・小原文衛編『路と異界の英語圏文学』所収、大阪教育図書、二〇一八年）、「（旧）植民地で生まれ育った植民者——ジーン・リースと森崎和江」（『立命館言語文化研究』第二四巻第四号）など。

劉怡臻（りゅう・いちぇん）
明治大学教養デザイン研究科博士後期課程。
専攻は日本統治期の台湾文学。特に日本詩歌との関わりを中心に研究する。
主な業績に「植民地台湾における啄木短歌の受容について」（池田功編『世界は啄木短歌をどう受容したか』所収、桜出版、二〇一九年）、『王白淵と日本大正詩壇との関わり――『蕀の道』の詩群における野口米次郎文学の受容』（『文史台灣學報』（第一一期）所収、国立台北教育大学）、「Taiwan's literature received the world literature from the name of "surrealism" carried by the Windmill Poetry Society」（WEN-CHI LI 、PEI-YIN LIN 共編『*Taiwanese Literature as World Literature*』所収、Bloomsbury）などがある。

呉佩珍（ご・はいちん）
一九九六〜一九九八年シカゴ大学留学。筑波大学大学院人文社会科学研究科文芸言語専攻修了。学術博士（文学）。現在、国立政治大学台湾文学研究所准教授兼所長。
専攻は日本近代文学、日本統治期日台比較文学、比較文化。日本女性文学、とくに田村俊子、真杉静枝、津島佑子を対象に研究。
主な業績に『帝国幻想と台湾　1871―1949』（共著、花鳥社、二〇二一年）、『我的日本：台湾作家が旅した日本』（共編訳、白水社、二〇一八年）、『真杉静枝與殖民地台灣』（聯經出版、二〇一三年）、「「青鞜」同人をめぐるセクシュアリティー言説」（『立命館言語文化研究』第二八巻第二号）など。

栗山雄佑（くりやま・ゆうすけ）
立命館大学大学院文学研究科博士後期課程修了。博士（文学）。現在、立命館大学文学研究科初任研究員。
専攻は近現代日本文学、特に目取真俊を中心とした近現代沖縄文学を中心に研究。
主な業績に「暴力の記憶を〈語る〉ために――目取真俊「眼の奥の森」論」（『立命館文学』第六六九号）、「眼前のフェンスを〈攪乱〉するために――又吉栄喜「ジョージが射殺した猪」論」（『昭和文学研究』第八一集）など。

謝恵貞（しゃ・けいてい）

東京大学大学院人文社会系研究科修了。博士（文学）。現在、台湾・文藻外語大学日本語文学科准教授。

専攻は日本近現代文学、日本統治期台湾文学、越境文学。特に横光利一、村上春樹、東山彰良、温又柔、李琴峰を中心に研究。

主な業績に『横光利一と台湾――東アジアにおける新感覚派《モダニズム》の誕生』（ひつじ書房、二〇二一年）、「『色彩を持たない多崎つくると、彼の巡礼の年』論――巡礼の意味をめぐって」（『越境する中国文学』編集委員会編『越境する中国文学』所収、東方書店、二〇一八年）、「越境するノスタルジア――東山彰良『流』におけるアウトロー像を通して」（林淑丹編『東アジアにおける知の交流：越境・記憶・共生』所収、國立台湾大学出版中心、二〇一八年）など。

また、西成彦『外地巡礼――「越境的」日本語文学論』（みすず書房、二〇一八年）を中国語訳し（允晨文化、二〇二二年）、台湾の読者に紹介している。

三須祐介（みす・ゆうすけ）

早稲田大学大学院文学研究科博士課程単位取得満期退学。一九九四年〜九六年復旦大学（上海）交換留学、二〇一〇年〜一一年中央研究院文哲研究所（台湾）訪問学人。現在、立命館大学文学部教授。

専攻は近現代中国演劇、特に上海を中心とした地方劇の研究、台湾を中心とした中国語圏のセクシュアル・マイノリティ文学研究。

主な業績に「林懐民「逝者」論――「同志文学史」の可能性と不可能性をめぐって」（『ことばとそのひろがり』第六号）、「『秋海棠』から『紅伶涙』へ――近現代中国文芸作品における男旦と〝男性性〟をめぐって」（『立命館文学』第六六七号）など。

本書は立命館大学国際言語文化研究所の出版助成を受けて刊行されました。

旅する日本語——方法としての外地巡礼

2022年3月4日　初版第1刷発行　　　定価はカバーに表示しています

編著者　中川成美、西成彦
著　者　アンドレ・ヘイグ、金東僖、杉浦清文、
劉怡臻、呉佩珍、栗山雄佑、謝惠貞、
三須祐介

発行者　相坂　一

発行所　松籟社（しょうらいしゃ）
〒612-0801　京都市伏見区深草正覚町1-34
電話　075-531-2878　振替　01040-3-13030
url　http://www.shoraisha.com/

印刷・製本　モリモト印刷株式会社
装幀　西田優子

Ⓒ 2022　ISBN978-4-87984-423-1　C0095